Alex Steiner
Eine neue Hüfte ist wie ein neues Leben

PIPER

Zu diesem Buch

Die erste Flugreise im Tantenleben steht an! Die Aufregung sorgt schon im Vorfeld für jede Menge Chaos und mit ihrem Gepäck könnten die vier Müller-Schwestern sogar ein Containerschiff in Seenot bringen. Alles muss mit: Bett- und Tischwäsche, Möbelpolitur, ein Notfallkoffer … und natürlich massenweise Lebensmittel. Wer weiß schon, was es in Spanien zu essen gibt? Beim Einchecken am Flughafen erleben sie dann natürlich ihr erstes blaues Wunder und die ganze Reise droht zu scheitern. Doch die Tanten sind fest entschlossen, sich von diesen jungen verbohrten Sicherheitsfuzzies das Wiedersehen mit dem Neffen nicht verderben lassen.

Toni ahnt derweil nichts von dem geplanten Besuch seiner Tanten. Allabendlich singt er auf der Hotelbühne für deutsche Rentner »Cindy & Bert«-Schlager, von denen die Gäste einfach nicht genug bekommen können. Dabei ist seine Show ein einziger Albtraum für ihn. Auch wenn er dank ihr zum Liebling der Rentnerinnen avanciert. Generell hatte er sich das Engagement in der verstaubten 70er-Jahre-Ferienhochburg allerdings anders vorgestellt. Viel Sonne, nette Gäste, vielleicht eine neue Liebe. Aber stattdessen macht ihm ein Stalker aus Deutschland das Leben schwer und er wagt es kaum noch, die Hotelanlage zu verlassen.

Und dann kommen auch noch seine Tanten zu Besuch …

Alex Steiner, geboren 1973 in der westdeutschen Provinz, hat es nie bereut, in die Großstadt gezogen zu sein, und seine zahlreichen Tanten feiern auf dem Berliner CSD inzwischen genauso ausgelassen wie auf dem heimischen Schützenfest. Nach »Fünf Tanten und ein Halleluja« und »Tante Ebba dreht am Rad« ist »Eine neue Hüfte ist wie ein neues Leben« sein dritter Roman.

Alex Steiner

Eine neue Hüfte ist wie ein *neues Leben*

Roman

Piper München Zürich

Mehr über unsere Autoren und Bücher:
www.piper.de

Von Alex Steiner liegen bei Piper vor:
Fünf Tanten und ein Halleluja
Tante Ebba dreht am Rad
Eine neue Hüfte ist wie ein neues Leben

FSC
www.fsc.org
MIX
Papier aus verantwortungsvollen Quellen
FSC® C083411

Originalausgabe
Oktober 2014

Umschlaggestaltung: Cornelia Niere, München
Umschlagmotiv: Kordula Röckenhaus
Satz: Kösel Media GmbH, Krugzell
Gesetzt aus der Bembo
Papier: Munken Print von Arctic Paper Munkedals AB, Schweden
Druck und Bindung: CPI books GmbH, Leck
Printed in Germany ISBN 978-3-492-30507-5

1

Ein einziger Irrgarten war das hier. Kilometerlange Hallen, Wegweiser, Treppen, Aufzüge. Und überall wimmelte es von Menschen, die herumwuselten wie die Ameisen. Mit den vielen Schildern konnte man auch nichts anfangen. Da waren nur Nummern drauf, Buchstaben und seltsame Symbole wie bei einer Schnitzeljagd. Wer sollte sich denn in so einem Labyrinth zurechtfinden? Ebba jedenfalls war mit ihrem Latein am Ende.

»Helga!«, wandte sie sich an ihre Schwester. »Du bist doch schon mal geflogen. Mit deinem Wolfgang nach Mallorca damals. Du weißt, wie das hier geht.«

Helga sah von ihrem rosafarbenen Koffer auf und schob würdevoll ihre Sonnenbrille im Haar zurecht.

»Also, das ist ganz einfach«, sagte sie, aber ihr ratloser Blick sprach eine andere Sprache. »Wir müssen erst zu unserem Gate, genau, und dann am Terminal unsere Koffer abgeben.«

»Schon klar, aber woher wissen wir, wo unser Gate ist?«

»Das hängt mit der Flugnummer zusammen. Wir müssen einfach beim Boarding nachfragen. Die wissen das.«

Helga wirkte nicht so, als wüsste sie so genau, wovon sie sprach. Wieder ließ Ebba den Blick durch die riesige Halle gleiten. Vielleicht hätten sie lieber nicht von Düsseldorf fliegen sollen. Gleich beim ersten Flug in ihrem Leben ein so großer Flughafen.

»Dann müssen wir also zuerst zu den Leuten vom Boarding.«

Sie sah auf die Uhr. Nur noch vier Stunden bis zum Flug. Waren sie nicht viel zu spät dran? Hätten sie nicht doch früher kommen sollen? Nachher reichte wieder die Zeit nicht. Sie spürte, wie sich ihr Brustkasten verengte. Jetzt nur nicht hektisch werden, Ebba, sagte sie sich. Damit machst du alles nur noch schlimmer.

»Wo bleibt denn nur Kamilla?«, presste sie hervor. »Muss die immer zu spät kommen? Furchtbar ist das.«

Sie hätten alle zusammen herfahren sollen. In *einem* Auto, so wie Ebba es vorgeschlagen hatte. Aber Kamilla musste ja selbst am Steuer sitzen, in ihrem eigenen Auto, sonst wurde ihr schlecht während der Fahrt. Das war typisch für sie. Immer diese Extrawürstchen.

»Sie muss gleich da sein«, kam es von Immi, die sich an einem Geländer abstützte. Sie griff sich an die Hüfte, als wollte sie die Schmerzen lindern. »Kamilla und Heinz waren direkt hinter uns.«

»Geht's dir nicht gut?«, erkundigte sich Ebba.

»Nein, nein, geht schon. Alles in Ordnung, Ebba. Du kennst mich. So schnell haut die gute Immi nichts um.«

»Wir sollten einfach hier stehen bleiben«, meinte Helga. »Heinz darf vorm Eingang nicht parken. Kamilla wird schnell aus dem Auto springen und ihn ans Steuer lassen.«

Immi sah sich um und steuerte mit steifen Bewegungen eine Bank an. »Tut mir leid, aber ich kann nicht mehr. Meine Hüfte bringt mich um.« Mit einem Stöhnen setzte sie sich. »Wer sagt's denn? Jetzt geht's wieder.«

In zwei Wochen würde sie operiert werden. Sie sollte ein neues Hüftgelenk bekommen. Ebba hatte sich gefragt, ob es wirklich eine gute Idee war, ausgerechnet jetzt mit Immi in den Urlaub zu fahren. Aber ihre Schwester hatte nur gelacht.

»Wir wollen schließlich nicht bergsteigen, Ebba. Wir liegen den ganzen Tag am Pool und machen gar nichts. Das ist doch kein Problem.«

Auf der Bank schien es ihr gleich viel besser zu gehen. Sie strahlte Ebba begeistert an. »Die vier Müller-Schwestern auf großer Fahrt. Ist das nicht wunderbar? Wann waren wir das letzte Mal zusammen unterwegs? Helene Bruns war ja ganz beleidigt, dass wir nicht wie geplant mit den Landfrauen in die Lüneburger Heide sind. Aber ich hab zu Helene gesagt, Helene, sag ich, wer will denn in die Lüneburger Heide, wenn er nach Gran Canaria kann? Du etwa? Das hat sie ganz fuchsig gemacht. Ich weiß schon, das war nicht gerade nett von mir, aber ich hab noch gemeint: Wir haben da unten halt Familie, da kann man nichts machen. Aber grüß mir deine Schwester in der Lüneburger Heide. Ich sage euch, die ist ganz grün geworden vor Neid. Wenn ihr mich fragt: Das hat sie nun davon. Sie hat ja nie ein gutes Haar an unserem Toni gelassen. Als wenn Toni was dafür gekonnt hätte, dass er anders war als die anderen Jungen. Ich meine, seht euch doch den Sohn von Helene an, den Max. Ich weiß noch, als der in die Schule gekommen ist. Wisst ihr, was der am ersten Tag zu seiner Lehrerin gesagt hat?«

»Immi, sei mal kurz ruhig«, meinte Ebba und ließ ihren Blick über die Wegweiser schweifen. »Helga, kannst du dich noch erinnern, in welche Richtung ihr zuerst gegangen seid, damals, als ihr nach Mallorca geflogen seid?«

»Das war was mit Boarding. Und dann Terminal.«

Immi streckte das eine Bein aus und rieb über ihre Hüfte. »Schule ist unnötig, hat er gesagt, der Max. Hier lernt man nicht, wie man Geld macht. Das muss sich mal einer vorstellen. Hat er natürlich zu Hause gehört, bei seinem Vater. Aber der Max, der stellt sich dann vor allen Leuten hin und plaudert das aus.«

»Was denn für ein Terminal?«, fragte Ebba. »Da vorne auf dem Schild steht was mit Terminal soundso.«

»Dann müssen wir da hin.«

»Bist du dir sicher, Helga?«

»Ja, ganz sicher.«

»Wenn ihr mich fragt, soll sich die Helene lieber um ihren eigenen Sohn Sorgen machen«, fuhr Immi fort. »Jetzt, wo wir unter uns sind, kann ich's ja sagen: Einen Porsche fahren ist nämlich nicht alles. Der Max hat ja jetzt die Scheidung durch, seine zweite Frau war das schon, und außerdem …«

In diesem Moment verstummte Immi und sah auf. Kamilla war plötzlich aufgetaucht, lautlos wie eine dunkle Wolke. Sie wirkte so abgekämpft, als hätte sie es mit allerletzter Kraft zum Flughafen geschafft. Das Ganze nahm sie sichtlich mit, dabei waren sie ja noch gar nicht losgeflogen. Sie würden sich auf einiges gefasst machen müssen.

Ebba fragte sich, was wohl gerade in Kamillas Kopf vorging. Ihre Schwester war nämlich etwas speziell. Sie brauchte Ordnung in ihrem Leben, um es mal vorsichtig zu sagen. Sie putzte ständig. Wusch sich gern die Hände. Sortierte alles nach komplizierten Systemen. Sie zählte, bildete Quersummen und stellte Bezüge her. Auf diese Weise ordnete sie die Welt. Und trieb alle Menschen um sich herum regelmäßig in den Wahnsinn.

Dieser Urlaub bedeutete Stress für sie, das war klar. Aber Kamilla hielt sich demonstrativ aufrecht, mit einem Blick, den Ebba nur zu gut kannte. Die kleine Märtyrerin. Aufrecht stehen und weitermachen, egal was passiert.

»Was willst du denn mit den Koffern?«, fragte Helga und deutete auf die beiden riesigen Hartschalenkoffer, die Kamilla hinter sich herzog. »Die kannst du nicht mitnehmen. Nur zwanzig Kilo, das haben wir doch gesagt.«

Kamilla sah irritiert zu ihrem Gepäck. »Dann nehme ich halt einen ins Handgepäck.«

»Da gehen nur acht Kilo«, meinte Helga. »Und die Tasche darf nicht länger als sechzig Zentimeter sein.«

Natürlich, da kannte Helga sich genauestens aus. Auch wenn sie nicht wusste, wo man eincheckte. Ebba schüttelte grimmig den Kopf. Das war mal wieder typisch. Helga hatte Tage damit zugebracht, die passende Strand- und Abendgarderobe einzupacken. Fast eine ganze Woche ohne ihren kontrollsüchtigen Ehemann, das musste gefeiert werden. Da wurde jedes Gramm Gepäck verplant. Aber wenn es darum ging, sich am Flughafen zu orientieren, war sie wirklich keine Hilfe.

»Ich hab doch nur das Nötigste eingepackt«, meinte Kamilla. »Wirklich.«

»Was hast du denn alles darin?«, fragte Ebba.

»Ich sag doch, nur das Nötigste. Mein Desinfektionsset, wegen der Toiletten. Und etwas Nachtwäsche. Das war's eigentlich schon. Also quasi gar nichts.«

»Zeig mal her, ich seh mir das an!«

Ebba wollte nach einem der Koffer greifen, doch Kamilla stellte sich ihr in den Weg. Nervös sah sie sich in der Halle um. Da waren überall Leute. Doch Ebba nahm keine Rücksicht darauf.

»Nein, Ebba, das ist … hör auf, das … Ebba!«

Ein Gezerre um den Koffer entstand. Ebba wollte nach dem Griff schnappen, doch dann hatte sie plötzlich eine Schnalle in der Hand. Im nächsten Moment sprang der Koffer auf. Mit einem lauten Rums. Mitten in der Halle.

Die Schwestern rückten näher und starrten verwundert in den Koffer. Ebba konnte es nicht glauben. Kamilla hatte einen ganzen Drogeriemarkt eingepackt. Putz- und Desinfektionsmittel in allen denkbaren Größen und Ausführungen. Plastikhandschuhe, Mundschutz, eine Klobürste. Bett- und Tischwäsche. Einen Wasserkocher. Rohrreiniger.

Keine der Schwestern sagte etwas. Dann fischte Ebba eine Flasche Möbelpolitur hervor und hielt sie Kamilla entgegen.

»Was willst du denn damit?«

Kamilla wurde kleinlaut. »Man weiß ja nie, wo man hinkommt. Ich will für alle Eventualitäten gerüstet sein. Ihr wisst doch, dass ich es gern ordentlich hab.«

Was wohl die Untertreibung des Jahrhunderts war.

Helga deutete auf einen Stapel Zeitungen und ein Kreppklebeband. Ehrlich interessiert fragte sie: »Und wozu brauchst du das, Kamilla?«

»Das ist, falls man die Fenster nicht ausreichend verdunkeln kann. Dann kann ich Zeitungen an die Scheiben kleben. Ihr wisst doch, wie schlecht ich schlafe. Über so was muss ich mir eben vorher Gedanken machen, damit ich vorbereitet bin.«

»Das geht aber nicht, Kamilla«, meinte Ebba. »Das Zeug muss hierbleiben.«

»Nein! Dann zahl ich halt drauf.«

»Das hättest du vorher anmelden müssen«, meinte Helga. »Das geht nicht so kurz vorher. Die müssen das planen mit dem Gepäck.«

Kamilla stützte sich an einer Säule ab. Sie war am Ende ihrer Kraft. »Dann muss eine von euch einen Koffer hierlassen. Es geht nicht anders. Immi! Du brauchst doch nichts. Einen Badeanzug können wir dir auch vor Ort kaufen.«

Immi sah aus wie ein angeschossenes Waldtier. »Aber …«

»Ich kauf dir auch ein Kleid zum Wechseln, versprochen«, meinte Kamilla. »Bitte, Immi, du musst das für mich tun. Du kannst mich hier nicht hängen lassen.«

Ebba warf einen weiteren Blick zur Uhr. Hier verrann wertvolle Zeit.

»Schluss jetzt!«, sagte sie. »Wir klären das mit der Frau am Schalter. Vielleicht lässt sich ja doch noch was machen. Pack deinen Koffer zusammen, Kamilla.« Sie blickte sich um. »Also. Wo müssen wir hin, Helga?«

»Zum Boarding-Terminal.«

»Gut. Ihr habt es gehört. Dann los!«

Und damit setzten sie sich in Bewegung.

2

Die Idee mit der Urlaubsreise war beim Kegelabend in der Gaststätte Mühlenkamp entstanden, wo sich die Müller-Schwestern einmal im Monat gemeinsam mit Immis Nachbarin Gisela Bertling trafen. Gisela hatte sie auf das Thema gebracht, nachdem sie drei Mal hintereinander Rinne geworfen hatte – was in der Tradition ihres Kegelabends bedeutete, dass sie eine Runde Aufgesetzten ausgeben musste.

»Nicht schon wieder!«, sagte sie und ließ sich auf die Bank fallen. »Da muss ich wohl noch eine Runde schmeißen.«

Doch statt mit der Bestellung in den Wirtsraum zu gehen, wechselte sie das Thema. »Sagt mal, wie geht's eigentlich eurem Toni? Seit der nicht mehr im ›Männerknast‹ mitspielt, gucken Alfons und ich uns die Serie nicht mehr an. Ich finde die jetzt langweilig. Kommt der noch mal in die Serie zurück?«

»Wie soll der denn zurückkommen?«, meinte Kamilla. »Toni ist beim Ausbruch erschossen worden. Oder vielmehr Willi, so hieß er ja. Ich mein, tot ist tot, oder?«

»Na ja. Bobby ist damals einfach aufgewacht, und da waren die letzten fünfzig Folgen von ›Dallas‹ nur ein Traum gewesen.«

»Nein, Gisela. Das ist endgültig. Toni kommt nicht mehr zurück.«

»Wirklich eine Schande. Das hat uns immer so gut gefallen, wenn er im Fernsehen war. Wann hat man das schon mal, dass man da einen persönlich kennt?«

»Ihm geht's gut«, sagte Ebba, um das Thema zu beenden. Gisela musste nicht unbedingt erfahren, was seitdem passiert war. »Eine Runde Aufgesetzten also.«

»Spielt der denn mal woanders mit?«, fragte Gisela weiter. »Wenn ja, dann müsst ihr mir unbedingt Bescheid sagen.«

Ebba presste die Lippen aufeinander. Sie versuchte, die Schwestern mit einem finsteren Blick zum Schweigen zu bringen, doch vergebens.

»Der arme Junge ist arbeitslos«, sagte Immi. »Schon seit Monaten. Furchtbar ist das.«

»Es liegt am Geschäft«, sagte Kamilla. »Knallhart geht es da zu. Heute bist du ganz oben, und morgen kannst du schon wieder abstürzen. Das ist wirklich nicht einfach.«

»Arbeitslos?«, fragte Gisela erschrocken. »Aber was wird denn jetzt aus ihm? Der Junge hat doch nichts anderes gelernt, oder?«

»Er ist nicht arbeitslos«, ging Ebba dazwischen. »Er hat ein Engagement. In einem Hotel. Er arbeitet als Unterhalter.«

»In einem Hotel? Und wo?«

»Auf Gran Canaria«, sagte Kamilla. »In so einem Touristenort. Das ist ein All-inclusive-Hotel.«

»Ehrliche Arbeit ist das«, sagte Ebba entschieden, um jede Kritik schon im Vorfeld zu ersticken. »Und er verdient gutes Geld.«

Wäre Toni da gewesen, hätte er sich wohl sehr über diese Schützenhilfe gewundert. Aber Ebba sagte das ja auch nur gegenüber Gisela. Schließlich wollte sie vor anderen Leuten nichts auf Toni kommen lassen.

Gisela schien jetzt endlich zu spüren, dass man über dieses Thema mit den Müller-Schwestern lieber nicht sprach. Sie stand auf und nahm ihre Handtasche.

»Dann besorge ich mal ein Tablett mit Aufgesetztem«,

sagte sie und steuerte den Wirtsraum an. »Wartet auf mich, bevor ihr mit der nächsten Runde anfangt.«

Als sie allein waren, meinte Immi: »Wieso sollen wir das mit Toni denn keinem sagen? Ist das etwa schlimm? Gran Canaria ist doch eine schöne Insel. Die Bösels waren letzten Winter da – das ist ein einziger Traum dort, sagt Marianne. Und man glaubt ja gar nicht, wie günstig der Urlaub war. Aber in dem Flieger, ja, da saß man wie in einer Sardinenbüchse, sagt die Marianne. Das muss schlimm gewesen sein. Und als sie gelandet sind, da …«

»Ich finde auch, dass das mit Toni jeder wissen darf«, ging Kamilla dazwischen. »Deine Tochter hat jahrelang auf Juist im Hotel gearbeitet. Das ist doch ehrliche Arbeit. Hast du gerade selbst gesagt.«

Ebba hatte anfangs auch gefunden, dass Tonis Engagement auf Gran Canaria ehrliche Arbeit war. Aber dann hatte sie erfahren, was der Sohn von Helene Bruns gesagt hatte. Max, der in München bei einer Medienagentur arbeitete und auf Heimatbesuch gerne mit seinem blöden Angeberporsche so lange durch Papenburg knatterte, bis ihn auch jeder gesehen hatte. »Peinlich«, hatte Max über Tonis Engagement gesagt. »Wer so was macht, der ist ganz unten angekommen. Das ist schlimmer als Taxifahren.«

Und Helene hatte sich das Ganze mit stiller Genugtuung angehört. Das war typisch für sie. Sicher freute sie sich insgeheim darüber, dass ihr Junge so erfolgreich war und Toni nicht.

Ebba hoffte ja immer noch, diese Schauspielerei sei nur eine Phase. Toni war doch in einem Alter, wo sich so was noch ändern konnte. Natürlich, er hatte ein Talent, das war auch ihr nicht verborgen geblieben. Schon als Kind war das so gewesen. Wenn er eine Aufführung mit dem Schultheater hatte, dann hatte man immer den Eindruck gehabt, als sei es gar nicht Toni, sondern ein anderer Mensch, der da oben auf der Bühne stand. Beeindruckend war das gewesen, keine Frage. Aber deshalb musste man doch nicht gleich einen Beruf daraus machen.

Eine Zeit lang hatte Toni sich irgendwie durchgeschlagen, doch dann war plötzlich der Erfolg in dieser Vorabendserie gekommen. Plötzlich war er berühmt gewesen, und alle hatten sein Gesicht gekannt. Auch das war im Grunde schrecklich gewesen. Man konnte mit ihm nicht mehr in Ruhe in der Papenburger Eisdiele sitzen, ohne dass er alle fünf Minuten von irgendjemandem angesprochen wurde. Als wäre er Franz Beckenbauer. Oder Angela Merkel. Nur wegen so einer dummen Vorabendserie.

Aber so schnell, wie der Ruhm gekommen war, so schnell war er wieder vorbei gewesen. Und Toni war plötzlich arbeitslos gewesen. Ebba hatte gehofft, dass er nun vielleicht endlich eine Umschulung machen würde. Das hatte sie ihm immer wieder vorgeschlagen. Es gab doch eine Menge Möglichkeiten. Er war als Kind immer so gut in Mathe gewesen. Wäre denn da eine Ausbildung bei der Sparkasse nicht das Passende? Aber was das anging, konnte Toni richtig dickköpfig sein. Sie hatte keine Ahnung, von wem er diese Sturheit hatte.

Es war auch nicht das erste Mal, dass das so lief. Damals nach der Schule hatte er unbedingt nach Berlin gemusst. Alles andere war egal, Hauptsache Berlin. Nach seiner Ausbildung an der Schauspielschule war er dann schon mal arbeitslos gewesen, und als da das Angebot vom Staatstheater Oldenburg gekommen war – nur wenige Kilometer von seiner alten Heimat entfernt! –, da hatte er glattweg abgelehnt. Einen gut bezahlten Job. Oldenburg war dem Herrn damals wohl nicht *trendig* genug gewesen. Das hatte wirklich keiner verstanden.

Und heute würde er – selbst wenn er wollte – nicht mehr nach Oldenburg kommen können. Seit seiner Rolle in »Aufruhr im Männerknast« haftete ihm ein gewisser Makel an. Die Kulturleute in Oldenburg fanden nun, dass er nicht mehr dem Stil des Theaters entsprach. Das hatte jedenfalls ihre Freundin Brigitte gesagt, die im Theater an der Kasse arbeitete und jeden Tratsch im Haus mitbekam. Diese schnöseligen Kulturfritzen.

Aber so waren sie, die jungen Leute heutzutage. Es ging nur um Party und Selbstverwirklichung. Ebba hatte schon immer gesagt: Man muss hingehen, wo die Arbeit ist. Da muss man halt auf Berlin verzichten. Und offenbar hatte Toni das inzwischen begriffen. Nach einer Menge von Niederlagen. Er hatte zwar seine Wohnung in Berlin noch nicht gekündigt, aber er arbeitete auf unbestimmte Zeit als Entertainer auf der Urlaubsinsel.

»Wie es ihm jetzt wohl geht?«, meinte Kamilla, während sie am Tisch saßen und auf Gisela warteten. »Ob er sich da unten wohlfühlt?«

»Er muss auf jeden Fall furchtbares Heimweh haben«, sagte Immi. »Ganz allein auf dieser Insel. Für vierzehn Tage mag das ja gehen. Aber Toni ist schon zwei Monate da. Und solange sich nichts an seiner Situation ändert, wird er wohl auch da bleiben. Der arme Junge. Dabei kennt er da unten doch keinen.«

»Und er ist so sensibel«, fügte Kamilla hinzu. »Das war er schon immer.«

»Eigentlich sollten wir ihn da unten besuchen«, meinte Immi. »Wir würden ihm eine solche Freude damit machen!«

»Ja, das wär was!«, meinte Helga. »Wir Müller-Schwestern auf Gran Canaria.«

Und dann sprachen alle durcheinander.

»Wir könnten seelische Unterstützung leisten.«

»Wir könnten ihn in seiner Show anfeuern!«

»Oder wir machen unsere Rommé-Abende, so wie früher, als er noch zur Schule gegangen ist.«

»Wir könnten ihm sein Lieblingsessen kochen!«

»Sauerbraten mit Rotkohl und Salzkartoffeln.«

»Er wird sich wie zu Hause fühlen.«

»Richtig! Essen ist das beste Mittel gegen Heimweh!«

»Und jeden Abend würden wir im Publikum sitzen. Wir wären seine größten Fans!«

Ebba ging dazwischen. »Stopp, stopp! Hört schon auf damit. Ihr wisst genau, dass das nichts wird.«

Die anderen wurden still. Natürlich wussten sie das.

»Wir werden niemals alle zusammen eine Woche freikriegen«, sagte Immi. »Bei uns auf dem Hof geht das ja auch gar nicht, da werde ich gebraucht. Was sollen wir denn den Kühen erzählen?«

»Bei mir ist es das Gleiche«, meinte Ebba. »Ewald wird mir was flöten, wenn ich noch mal wegwill.«

»Aber eine schöne Vorstellung ist es schon, nicht wahr?«, meinte Kamilla.

Eine Weile herrschte Schweigen.

»Ich hab's!«, rief Helga auf einmal und sah begeistert in die Runde. »Ich hab *die* Idee!«

»Spuck's schon aus«, sagte Ebba.

»Wir *haben* uns schon freigenommen. Genau eine Woche.«

Zuerst verstand Ebba nicht. Aber dann fiel der Groschen. Die Urlaubsfahrt der Landfrauengruppe, zu der sie sich angemeldet hatten. Radwandern in der Lüneburger Heide. Die Reise war schon seit Ewigkeiten geplant, eben weil es in der Landwirtschaft so schwer war, sich eine Woche freizuschaufeln.

»Du meinst …?« Ebba stockte.

»Die Landfrauen können ohne uns fahren«, meinte Helga. »Schließlich geht es um unseren Neffen. Da haben die sicher Verständnis. Familie geht vor.«

Ebba sah in die Runde. Die Gesichter der anderen hellten sich auf. Begeisterung flackerte in ihren Augen auf. Eben war es noch eine fixe Idee gewesen, aber jetzt bot sich plötzlich eine Möglichkeit.

Die Tür flog auf, und Gisela kam mit einem Tablett in der Hand herein. Als sie die Müller-Schwestern so einträchtig und gut gelaunt am Tisch sitzen sah, blieb sie stehen und sah sie fragend an.

Ebba begann zu lachen. Dann winkte sie Gisela zu sich.

»Komm her, Gisela. Es gibt was zu feiern.«

»Ach so? Was denn?«

»Wir fliegen nach Gran Canaria.«

3

»Also wirklich, Helga«, meinte Ebba. »Was ist denn so schwer daran, sich ›Check-in‹ zu merken?«

Langsam rückten sie in der Schlange vor. Kamilla umklammerte ihre beiden Koffer, als erwarte sie jede Minute einen bewaffneten Raubüberfall. Ebba kramte die Tickets aus der Handtasche hervor.

»Check-in – das kennt man doch aus dem Fernsehen. Selbst ich kenne das. Ich würde mir das sofort merken.«

»Ich war mir ganz sicher mit Boarding-Terminal«, meinte Helga. »Aber Wolfgang hat das alles gemacht. Ich bin ihm eigentlich nur hinterhergelaufen.«

»Aber man muss doch aufpassen, was um einen herum geschieht. Wie willst du sonst je …?«

Ebba stellte fest, dass Helga ihr gar nicht mehr zuhörte, sondern mit verführerischem Blick einen Mann in der Nachbarschlange anlächelte. Es war ein Geschäftsmann in den Fünfzigern, der trotz seiner Halbglatze recht gut aussehend war. Er lächelte ebenfalls.

Ebba versetzte ihrer Schwester einen Stoß in die Rippen.

»Helga! Ich rede mit dir!«

»Aua. Ist ja gut.«

Immi mischte sich ein. »Als Astrid Steenhuis letzten Winter auf die Kanaren geflogen ist – ihr wisst schon, Astrid, dieses nette Mädchen, das im Sommer im Autohaus Schwidden angefangen hat … jedenfalls … also *die* musste in Stuttgart notlanden, das hat sie mir gestern erzählt. Ist das zu glauben? Es hat wohl Feuer im Cockpit gegeben. Man hätte gar nichts davon mitbekommen im Passagierbereich, meinte Astrid, aber dann war plötzlich der Kapitän über Lautsprecher zu hören, und der hat gesagt, es sei ein Notfall eingetreten. Sie meint, sein Tonfall hätte geklungen, als wollte er auf den Board-Service hinweisen oder das Wetter auf den Kanaren verkünden. Und die Stewardessen hätten dabei rumgestanden und gelächelt wie Models auf dem Laufsteg. Und Musik hätte es auch gegeben, aber so wie im Supermarkt an der Wursttheke. Und das alles, obwohl sie jede Sekunde in den Tod stürzen könnten. Ist das nicht schaurig? Und ich sag zu Astrid, aber Astrid, sag ich, wie habt ihr denn ... Aua!«

Jetzt hatte Ebba auch sie in die Seite geknufft. Immi sah empört auf. Ihre ältere Schwester schüttelte den Kopf und legte den Finger an die Lippen. Zuerst verstand Immi nicht, aber dann wurde ihr plötzlich alles klar. Sie presste die Lippen aufeinander und warf Kamilla, die hinter ihnen in der Schlange stand, einen verstohlenen Blick zu.

Kamilla sah jedoch über ihre Köpfe hinweg in die Ferne und tat, als würde sie gar nicht zuhören. Als wäre sie mit den Gedanken weit, weit weg. Aber Ebba hatte sie längst durchschaut. Mit jedem Meter, den sie sich dem Check-in-Schalter näherten, wurde sie blasser.

»Hast du deine Pillen genommen, Kamilla?«, fragte Ebba. »Die gegen Flugangst.«

Ihre Schwester nickte tapfer und gab ein heiseres Ja von sich. Immi sah jetzt aus wie ein geprügelter Hund.

»Die sind ganz sicher in Stuttgart gelandet«, schob sie hinterher. »Es war alles gar nicht so schlimm. Flugzeuge sind das sicherste Verkehrsmittel überhaupt, das hört man ja immer wieder.«

Kamilla nickte noch mal, dann wandte sie sich ab und ließ den Blick würdevoll durch die Abflughalle schweifen.

Ebba wollte etwas Tröstendes sagen, doch da waren sie schon an der Reihe. Aufgeregt drängten sich die Müller-Schwestern um den Schalter. Die Angst, irgendwas zu verpassen und nicht in den Flieger zu kommen, war groß. Bei allen außer Kamilla.

Hinterm Tresen saß ein blutjunges Ding mit makelloser Haut, das aussah wie eine Porzellanpuppe. Aufrechte Haltung, eine perfekt sitzende Uniform, und jedes Haar war an seinem Platz. Sie schenkte den Schwestern ein professionelles Lächeln.

»Guten Tag, Ihre Tickets bitte.«

Jetzt gerieten sie richtig in Hektik.

»Unsere Tickets! Du hast unsere Tickets doch, Ebba?«

»Ebba, wenn du die vergessen hast! Was machen wir denn jetzt? Dann kriegen wir den Flieger nicht!«

»Was denkt ihr denn? Dass ich sie in der Waschküche gelassen hab?«

»Wir fragen ja nur. Du musst doch nicht gleich patzig werden.«

»Hoffentlich geht jetzt nichts schief! Das schaffen wir nie, noch mal nach Hause, um die Tickets zu holen.«

»Nach Hause?«, kam es von Kamilla.

Das uniformierte Mädchen blickte mit steifem Lächeln an den Tanten vorbei zu der länger werdenden Schlange der Wartenden.

»Ich …« Ebba kramte die Tickets und die Reisebestätigung aus ihrer Handtasche. »Ich meine, das ist alles, was wir im Reisebüro gekriegt haben.«

Die Uniformierte nahm die Tickets entgegen und tippte geschäftig auf die Computertastatur ein. Die Schwestern sahen ihr gebannt dabei zu.

»Pro Person ein Gepäckstück zum Einchecken?«, fragte die Frau.

»Erst mal ja«, meinte Ebba. »Aber dann müssen wir noch mal miteinander sprechen, wir zwei. Meine Schwester, wissen Sie … vielleicht kann man da noch was machen. Aber erst einmal für jede einen Koffer, ganz richtig. Alles andere später.«

Schweigen. Die Schwestern sahen die Frau erwartungsvoll an.

»Ähm … Würden Sie Ihre Koffer bitte aufs Band legen?«

»Ach so, klar, die Koffer …«

Ebba trat zurück und sah sich hektisch um. Es gab ein Transportband wie bei der Post, wenn sie Weihnachtspakete aufgab. Da mussten offenbar die Koffer hin.

»Hier«, sagte Ebba. »Schnell. Gebt mir einen Koffer. Macht schon!«

Es kam Bewegung in die Gruppe. Ebbas Koffer wurde als Erster zum Band befördert. Kamilla schrie kurz auf, als er ihr auf den Fuß fiel. Aber dann hatte Helga ihn schon umklammert und reichte ihn an Ebba weiter, die ihn aufs Band wuchtete. Die Uniformierte beobachtete alles mit eingefrorenem Lächeln.

»Mit dem geht es los«, keuchte Ebba. »Was muss ich jetzt machen?«

»Gar nichts, danke«, sagte die Frau, druckte ein paar Klebebänder aus und legte sie um den Griff. Als Nächstes verschwand der Koffer aus dem Blickfeld der Schwestern.

»Und krieg ich den auch wieder?«, vergewisserte sich Ebba.

»Natürlich. Am Kofferband in Las Palmas.«

Ebba war sich da nicht so sicher. Aber bevor sie nachhaken konnte, wurde sie aufgefordert, das nächste Gepäckstück aufs Band zu legen.

Es musste jetzt schnell gehen. Also nahm sie ihre große Handtasche und stellte sie drauf. Die Frau druckte wieder ein Klebeband aus. Bevor sie es um den Griff legte, bat sie Ebba: »Könnten Sie die Tasche bitte zumachen?«

»Nein. Die brauch ich gleich noch. Was denken Sie denn?«

Die Frau sah irritiert auf. »Ist das Handgepäck?«

»Weiß ich nicht. Aber ich nehm sie mit ins Flugzeug. Die geb ich nicht aus der Hand.«

»Ich brauche hier nur das Gepäck, das aufgegeben wird.«

»Ach so. Also dann …«

Der Griff rutschte zur Seite und gab einen Blick auf den Inhalt frei. Die Zutaten für Tonis Begrüßungsessen, die Ebba eingekauft hatte. Sauerbraten mit Rotkohl und Salzkartoffeln. Kein Mensch wusste, ob man irgendwas davon in einem spanischen Supermarkt bekommen würde, deshalb hatte sie vorsorglich alles eingepackt. Obenauf lagen das Fleisch und eine Tupperbox mit Rotkohl, den sie bereits vorgekocht hatte. Toni schmeckte der Rotkohl am besten, wenn er schon einen Tag durchgezogen war. Sie kannte doch ihren Jungen.

Die Uniformierte verlor die mühsam aufrechterhaltene Freundlichkeit.

»Das können Sie aber nicht mitnehmen!«

»Natürlich kann ich. Wieso denn nicht?«

»Sie dürfen keine Flüssigkeiten mitnehmen, das wissen Sie doch. Das steht in den Sicherheitsrichtlinien.«

Flüssigkeit! So ein Unsinn. Ebba zog die Tupperdose aus der Tasche und donnerte sie auf den Tresen.

»Das ist Rotkohl, keine Flüssigkeit. Was denken Sie denn, was wir damit machen? Eine Bombe bauen?«

»Das ist für unseren Neffen«, sprang ihr Immi zur Seite. »Der Ärmste muss auf Gran Canaria in einem Hotel arbeiten. Wir besuchen ihn, wissen Sie? Ein Überraschungsbesuch. Und wir wollen ihm sein Lieblingsgericht machen, zur Begrüßung.«

»Tut mir leid, aber es dürfen keine Flüssigkeiten mitgenommen werden. Da können wir keine Ausnahmen machen.«

Nun wurde Ebba ärgerlich. »Nehmen wir mal an, der Rotkohl wäre eine Flüssigkeit und nicht einfach … Rotkohl. Was sollte denn bitte schön passieren? Die Tupperdose schließt ganz hervorragend. Ich lege sehr viel Wert darauf, dass nichts ausläuft. Ich habe nur Eins-A-Ware bei diesen Dosen. Sie brauchen sich keine Sorgen zu machen.«

»Das sind nun mal die Sicherheitsvorschriften.«

»Es ist *Rotkohl!*«, polterte Ebba los. »Seit wann ist Rotkohl ein Sicherheitsrisiko? Der wird wohl kaum ein Flugzeug zum Abstürzen bringen.«

Die Uniformierte blickte gequält. In der Schlange der Wartenden machte sich Unruhe breit.

»Hören Sie doch«, begann sie. »Ich würde ja gern …«

»Nein, warten Sie! Augenblick.« Ebba wandte sich an ihre Schwestern. »Kamilla! Du hast doch sicher einen Löffel dabei, oder?«

Kamilla, die gerade einem startenden Flugzeug ängstlich hinterhergeblickt hatte, wandte sich nun Ebba zu und strich sich fahrig durch die Haare.

»Ja«, sagte sie, »im Koffer.«

»Gib ihn mir. Jetzt mach schon.«

Die junge Frau hinter dem Tresen blickte gequält. Aber Ebba hatte kein Mitleid. Dann sollte die sich eben nicht so anstellen. Sie nahm die Tupperdose und öffnete den Deckel. Rotkohlaroma breitete sich aus.

»Hier, probieren Sie«, sagte sie zu der Uniformierten. »Das ist Rotkohl, sonst nichts. Kamilla? Den Löffel. Danke sehr. Bitte, nun machen Sie schon!«

Ebba streckte ihr den Löffel entgegen. Die junge Frau wurde grün im Gesicht.

»Machen Sie schon!«, befahl sie.

»Es tut mir leid, aber Flüssigkeiten …«

»Also gut. Dann nehme ich einen Löffel«, sagte Ebba und probierte für alle sichtbar vom Rotkohl. »Sehen Sie? Kein Gift, keine Sprengflüssigkeit, gar nichts. Nur Rotkohl. *Rotkohl!*«

Die Uniformierte hatte längst aufgegeben.

»*Sie* müssen damit durch die Sicherheitskontrolle«, sagte sie. »Machen Sie das mit den Kollegen aus. Aber ich kann Ihnen schon jetzt sagen: Sie werden das hierlassen müssen.«

Ebba nickte. »Das wollen wir doch erst mal sehen«, sagte sie und packte die Box wieder weg.

Die Frau legte nun kleine Pappkärtchen vor Ebba auf den Tisch.

»Was ist das?«, fuhr Ebba sie kampfbereit an.

Das Lächeln der Frau war endgültig verschwunden.

»Ihre Boarding-Karten. Die müssen Sie an den Kontrollen vorzeigen.«

Ebba ließ die Uniformierte nicht aus den Augen, aber offenbar gab es bei diesen Karten keinen Haken. Diesmal wollte die Frau ihr nichts. Also nahm sie die Boarding-Karten in Empfang und drückte sie Helga in die Hand.

»Nimm du sie. Pass gut drauf auf.«

Dann fiel Ebba etwas ein, das noch dringend geklärt werden musste. Ihr war klar, dass es der Sache dienlicher wäre, wenn sie jetzt freundlich war. Also zauberte Ebba für die Uniformierte ihr herzlichstes Lächeln aufs Gesicht.

»Ach, da wäre noch die Sache mit dem Koffer«, sagte sie. »Wir haben einen Koffer zu viel. Vielleicht könnten Sie da für uns ein Auge zudrücken …?«

Auf dem Weg zur Sicherheitskontrolle war die Stimmung etwas gedämpft. Zwar hatten sie Kamillas zweiten Koffer doch noch aufgeben können, aber die Auseinandersetzung mit der Uniformierten hing noch in der Luft.

Immi schwang sich die Handtasche über die Schulter und humpelte neben Ebba her. Eine Weile sagte keine was.

»Was macht deine Hüfte?«, fragte Ebba schließlich.

»Es geht schon. Wenn wir erst auf Gran Canaria sind, kann ich mich ein bisschen ausruhen.«

Eine Weile gingen sie schweigend nebeneinanderher. Dann fragte Immi: »Ist es eigentlich richtig, was wir hier machen?«

»Was meinst du mit richtig? Wegen dem Rotkohl?«

»Nein, ich meine die ganze Fahrt.«

»Natürlich ist das richtig. Wärst du lieber mit den Landfrauen zum Radwandern gefahren? Wegen deiner Hüfte?«

»Nein, ich meine nur … Vielleicht hätten wir uns doch bei Toni anmelden sollen. Er hat ja überhaupt keine Ahnung, dass wir kommen.«

»Warum soll das nicht richtig sein? Ohne Überraschung ist es doch nur der halbe Spaß. Toni wird sich irrsinnig freuen, uns zu sehen, glaub mir.«

Immi machte ein Gesicht, als wäre sie davon nicht ganz überzeugt.

»Was ist denn auf einmal? Denkst du etwa, er wird sich nicht freuen?«

»Doch, doch. Ich hoffe es wenigstens.«

Ebba verstand Immi nicht. Sie waren doch eine Familie, sie alle zusammen. Und die Familie war das Allerwichtigste. Deshalb machten sie das alles. Damit Toni sich freute. Die Müller-Schwestern hatten eine besondere Beziehung zu ihrem Neffen. Nach dem frühen Tod seiner Mutter war Toni abwechselnd bei seinen Tanten aufgewachsen. Er war wie ein eigener Sohn für Ebba und ihre Schwestern. Was Toni jetzt brauchte, war seine Familie. Wegen des Heimwehs, wegen seiner Arbeitslosigkeit, wegen all dem, was im Moment nicht so gut lief für ihn.

»Ich hab nur gedacht«, fuhr Immi zögerlich fort. »Du weißt schon, wegen Berlin. Erinnerst du dich noch, wie wir ihn da besucht haben? Da ist ja einiges schiefgelaufen.«

»Ach so.« Ebba räusperte sich, denn daran dachte sie in der Tat nicht so gern zurück. »Nun ja. Vielleicht hat es da ein paar Probleme gegeben, ganz zu Anfang, das mag sein. Aber am Ende war es doch toll. Da hat es allen gefallen, auch Toni, da kannst du nichts sagen.«

»Schon, aber ... Ich hab halt nur drüber nachgedacht.«

Nein. Toni würde sich freuen. Darauf würde Ebba schwören. Er wusste ja, was er an seiner Familie hatte. Heutzutage waren so viele Familien kaputt, da war das, was sie hatten, ein Juwel. Das musste man pflegen, natürlich. Toni wusste schon, wie gut er es mit seinen Tanten hatte.

»Sieh mal, was alle hier für Toni machen«, sagte Ebba. »Kamilla überwindet ihre Flugangst. Du machst dich trotz deines Hüftleidens auf den Weg. Das wird schon. Ich meine, wenn sogar Kamilla ...«

Ebba sah sich um. Wo war die überhaupt?

»Helga, hast du Kamilla gesehen?«

Doch ihre Schwester war abgelenkt. Sie hatte den Geschäftsmann aus der Nachbarschlange an einem Kaffeestand entdeckt und flirtete wieder wild mit ihm herum.

»Was sagst du, Ebba?«, erwiderte sie.

»Kamilla! Wo ist sie?«

Helga blickte sich um.

»Da vorne. An der großen Scheibe.«

Kamilla stand verloren an einer Glasfront und betrachtete das Flugfeld. Sie schien ihre Schwestern völlig vergessen zu haben. Ebba ging hinüber und wollte sie am Arm nehmen.

»Komm schon, Kamilla. Wir müssen uns beeilen.«

»Da sind Vögel«, hauchte sie.

»Wie bitte?«

»Vögel. Beim Start geraten die in die Triebwerke, und dann stürzt die Maschine ab.«

Ebba folgte ihrem Blick. »Wo denn? Ich sehe keine.«

»Da vorn. Sieh doch mal genau hin. Da sind überall Vögel.«

Ebba folgte ihrem ausgestreckten Finger. An den Parkplätzen hockten zwei zerrupfte Tauben auf einem Zaun und starrten bewegungslos vor sich hin.

»Wir werden abstürzen, Ebba.«

»Ach, komm schon. Das ist doch Unsinn.«

Sie zog Kamilla hinter sich her und steuerte die Sicherheitskontrolle an, wo die anderen beiden Schwestern bereits warteten. Immi wirkte immer noch nachdenklich. Reichlich spät überlegte die sich so was, dachte Ebba. Außerdem waren ihre Sorgen wirklich unbegründet. Sie kannte doch ihren Toni. Natürlich freute der sich. Unbändig.

»Bist du eigentlich sicher, dass er nichts von unserem Besuch weiß?«, fragte Immi. »Hat Silke ihm nichts verraten?«

Silke war Ebbas Tochter. Sie und Toni hatten sich schon als Kinder sehr gut verstanden.

»Beinahe hätte sie«, meinte Ebba. »Aber ich habe sie mir zur Brust genommen. Es wird eine Überraschung werden, ganz sicher.«

»Vielleicht sollten wir doch noch mal kurz durchklingeln?«

»Jetzt hör schon auf! Toni wird sich freuen!« Da sorge ich schon für, fügte sie in Gedanken grimmig hinzu. »Und jetzt los, alle Mann, aber dalli!«

»Aber die Vögel …« Kamilla klang verzweifelt.

Vor ihnen tauchte die Sicherheitsschleuse auf. Ebba

machte sich bereit, den Männern dort die Leviten zu lesen, sollten auch sie ihr die Sache mit dem Rotkohl ausreden wollen. Sie rüstete sich innerlich.

Ein junger Mann in Uniform lächelte ihr entgegen. Sie packte ihre Handtasche mit dem Essen auf den Tisch.

»So, junger Mann«, begrüßte sie ihn. »Wie's aussieht, werden wir hier ein Hühnchen miteinander zu rupfen haben.«

Das schien ihn nicht weiter zu beunruhigen. »Zuerst Ihre Boarding-Karten, bitte«, sagte er.

Also gut. Ebba ließ sich die Karten von Helga geben. Zuerst das. Dann der Rotkohl.

»Sie sind vier Personen?«, fragte er.

»Wenigstens können Sie zählen«, meinte Ebba vergrätzt.

»Das sind aber nur drei Karten.«

Ebba stutzte. Ihr war sofort klar, was das bedeutete. Sie drehte sich zu Helga um, die blass wurde. Die anderen sahen sich hektisch nach der verlorenen Board-Karte um. Doch nirgends war eine zu finden.

»Ich hab doch alle eingesteckt!«, meinte Helga ratlos und sah Ebba mit großen Augen an. »Oder etwa nicht?«

4

Der Vorhang war unten, das Publikum nicht zu sehen. Es wurde getuschelt, eine Frau kicherte verhalten. Toni holte Luft. Dann gab er dem kleinen untersetzten Spanier am Bühnenrand ein Zeichen, woraufhin das Licht im Zuschauerraum verlosch. Es wurde still, und Spotlights huschten von außen über den Vorhang.

»Gerade noch im ›Männerknast‹«, kam es über Lautsprecher, »und jetzt bei uns auf der Showbühne!«

Eine Fanfare setzte ein, wie bei einem Film von 20th Century Fox. Was für ein albernes Theater. Toni dachte daran, was er sich einst während seiner Zeit an der Schauspielschule erträumt hatte. King Lear war seine Abschlussarbeit gewesen. Shakespeare. Er hatte zu den großen ernsthaften Darstellern gehören wollen. Damals war er ganz selbstverständlich davon ausgegangen, dass das irgendwann mal seine Zukunft sein würde.

»Toooni Müüüller!«

Die Spotlights bündelten sich, und der Vorhang ging hoch. Dann stand er im Scheinwerferlicht. Die Arme vom Körper gestreckt. Er trug Gefängniskleidung, wie in der Serie. Auf der Bühne war ein Käfig aufgebaut, der an eine Zelle erinnerte. Toni stand mittendrin und rüttelte links und rechts am Gitter. Applaus brandete auf. Im blendenden Licht konnte er keine Gesichter erkennen, nur die Umrisse der Menschen, die dort unten zwischen Palmen und Springbrunnen an ihren Tischen saßen.

Musik setzte ein. Es waren die ersten Takte zu »Break free« von Queen. Toni nahm das Mikrofon. Er musste wohl dankbar sein, dass er damals im Studium auch eine Gesangsausbildung gemacht hatte. Sonst hätte er nicht einmal dieses Engagement annehmen können.

»I want to break free«, sang er. »I want to break free, baby.«

Dann zog er eine riesige Säge aus Pappmaschee hervor, mit einem übertriebenen Sägeblatt wie aus einem Comicstrip. Er ratschte damit über eine Gitterstrebe, um einen Ausbruch darzustellen, und links und rechts neben der Bühne zogen zwei marokkanische Küchenhilfen, die jeden Abend hier abgestellt waren, an einem Seil. Das Gefängnis verschwand von der Bühne, Toni warf die Säge weg, trat vor, und passend zum letzten Takt des Songs riss er sich mit einer einzigen schwungvollen Bewegung die Gefängniskleidung vom Leib – um daraufhin im Smoking vorm Publikum zu stehen.

Frenetischer Applaus. Die Leute waren begeistert. Er war es wirklich. Toni Müller. Und er sah genauso aus wie im Fernsehen. Unfassbar.

»Guten Abend, meine Damen und Herren!«, sagte Toni ins Mikrofon. »Herzlich willkommen hier auf der Open-Air-Bühne vom All-inclusive-Hotel Las islas del las palmeras auf Gran Canaria!«

Wieder Applaus. Las palmeras del las islas. Verflucht. »Las palmeras del las islas« musste es heißen. Das machte er ständig falsch. Er konnte sich diesen blöden Namen einfach nicht merken. Wieso nannte sich ein Hotel mit über neunzig Prozent deutschen Urlaubsgästen auch Las palmeras Dingsda? Eine Straße weiter gab's eine Kneipe, die »Bei Karin und Wolfgang« hieß. Warum auch nicht? Denen war klar, dass sowieso nie ein Spanier dort aufschlagen würde. Aber wahrscheinlich gehörte das zum Marketing. Las palmeras del las islas – das klang nach Sonne und Palmen. Nach Urlaub und Entspannung. Hoffentlich hatte es heute keiner gemerkt. Das würde sonst nur wieder Ärger geben.

»Ein weiterer Showabend unter Palmen und Sternenhimmel, zu dem ich Sie recht herzlich begrüßen möchte.«

Der Applaus hörte gar nicht auf. Aber Toni machte sich keine Illusionen. Er war gerade erst aus der Serie rausgeschrieben worden, noch kannte jeder sein Gesicht. In zwei Jahren würde kein Hahn mehr nach ihm krähen. Doch das sollte ihn jetzt nicht stören. Es ging ja auch darum, für dieses Jahr die Rechnungen zu bezahlen. Was im nächsten war, wussten die Götter.

»Ich werde Sie heute Abend durchs Programm führen«, fuhr er fort. »Und ich habe einige Überraschungen mitgebracht. Seien Sie also gespannt! Aber keine Angst«, sagte er und machte eine übertriebene Kunstpause. »Sie werden nicht abgeführt!«

Wohlwollendes Lachen erklang. Das war zwar einer der schwächeren Witze, aber viel besser würden die anderen auch nicht werden. Das Management hatte ihm die Texte diktiert. Toni war nicht nach seiner Meinung gefragt worden. Er sollte es einfach auswendig lernen und aufsagen.

»Im Gefängnis ist es ja so«, redete er weiter. »Da wird ein Haufen Leute an einen Ort gebracht, wo sie auf engem Raum aufeinanderhocken, ohne abhauen zu können. Die Zimmer sind zu klein, die Sporträume überfüllt, und draußen auf dem Hof sieht man immer die gleichen Leute. Mit anderen Worten: Da ist es genauso wie in einem All-inclusive-Hotel.« Er bekam einen Lacher. »Nur dass hier das Essen besser ist«, schob er hinterher. Und wieder wurde gelacht.

So machte Toni weiter. Erzählte einen Witz nach dem anderen, ging in seinem Smoking auf der Bühne auf und ab und hielt das Publikum bei guter Laune.

Das ging jetzt schon seit zwei Monaten so, jeden Abend, wie bei »Und täglich grüßt das Murmeltier«. Immer die gleichen Shows, immer das gleiche Publikum, immer die gleichen faden Witze. Und außerhalb der Shows – darauf legte das Management sehr viel Wert – sollte Toni sich in der Hotelanlage *zeigen*. Es gab keine festen Regeln dafür, aber wo sie schon mal einen Prominenten in der Show hatten, sollte das zahlende Publikum auch was davon haben. Die Gäste bekamen also die Möglichkeit, Toni mal am Pool zu treffen, im Restaurant oder in der Lounge. Dann konnten sie einen echten Fernsehstar ganz zwanglos im Gespräch kennenlernen. Aufregung pur also.

Eigentlich hatte Toni nur für zwei oder drei Wochen auftreten wollen, weil er pleite war und die Zeit bis zum nächsten Engagement überbrücken wollte. Und selbst das hatte ihn einige Überwindung gekostet. »Ach was! Gehst halt mal auf die Kanaren, Schatzerl«, hatte seine Agentin gesagt, nachdem er gleich zu Anfang klargemacht hatte: »Auf gar keinen Fall! Das mache ich nie im Leben!« Victoria Glück, die Grande Dame der B-Schauspieler, hatte versichert: »Des geht scho, Toni. Bei dem Wetter da drunten sowieso. Gell, Mausi? Legst di a bisserl in die Sonne. Erholst di. Und wennst wiederkommst, bist an anderer Mensch. Und a bisserl a Teint (ausgesprochen: Teng) tut dir auch gut. Ist ja nicht für immer. Und wenn die Sache mit dem ›Tatort‹-Casting klar ist, dann kommst sowieso zurück.«

Das »Tatort«-Casting. Seine letzte wirkliche Chance auf eine Rolle. Wenn auch nur eine Nebenrolle. Victoria Glück hatte immer so getan, als hätte er die Rolle sicher. Sie kannte die Leute von der Produktion und hatte ihm jeden Zweifel an der Sache offiziell verboten. Aber wie befürchtet hatte es auch mit dieser Rolle nicht geklappt, und so war er auf den Kanaren geblieben.

Inzwischen wäre er bereit gewesen, selbst für unwichtige Castings nach Deutschland zu fliegen. Hauptsache, es tat sich was. Aber nichts. Es war wie verhext. Von wegen King Lear – inzwischen würde er auf Knien danken, wenn ihn jemand für eine Margarinewerbung engagieren würde.

»Und wenn Sie einmal hochsehen, meine Damen und Herren«, sagte er und deutete zum Nachthimmel, »dann sehen Sie den Mond. Es ist derselbe wie im kalten Deutschland, stellen Sie sich mal vor. Und die Sterne – funkeln sie nicht wunderschön heut Nacht?« Er lächelte ins Publikum. »Auch in den Gefängniszellen sehen wir die Sterne am Himmel. So können wir nachts durchs Fenster blicken und von der Freiheit träumen.« Er zwinkerte. »Und natürlich von der Liebe …«

Mit diesen Worten nickte er der Hotelband zu, die zu spielen begann: »Ein Stern« von DJ Ötzi.

»Einen Stern«, sang Toni, »der deinen Namen trägt, hoch am Himmelszelt, den schenk ich dir heut Nacht.«

Er blickte unauffällig hinter die Bühne, wo eine der Küchenhilfen begann, an einer Kurbel zu drehen. Vom Bühnenhimmel senkten sich goldene Plastiksterne – passend zum Lied. Er sang weiter, pflückte einen Stern vom Plastikband und reichte ihn einer älteren Dame in der ersten Reihe.

Während die Band die nächsten Takte in Schleife weiterspielte, begann er zu sprechen: »Für Sie hole ich die Sterne vom Himmel, meine Damen und Herren.«

Er pflückte die anderen Sterne ab, stieg von der Bühne und begann, sie im Publikum zu verteilen. »Einen Stern für Sie, meine Damen. Direkt vom Firmament. Einen Stern … wann hat Ihnen zum letzten Mal jemand einen Stern vom Himmel geholt? Hand aufs Herz, seien Sie ehrlich.«

Die älteren Gäste schunkelten im Takt. Alle schienen sich zu amüsieren.

»Neulich hat mir eine ältere Dame gesagt, sie würde ihrem Mann lieber singen: Einen Stein, der deinen Namen trägt.«

Wieder wurde gelacht. Es lief gut heute Abend.

»Einen Stern hab ich noch.«

Sein Blick fiel auf eine ältere Dame am Tisch neben dem Springbrunnen. Einen Moment hielt er inne. Die Frau erinnerte ihn an seine Tante Ebba, obwohl sie viel jünger war und sicher zehn Kilo weniger wog. Er gab ihr den Stern, lächelte und kehrte zur Bühne zurück, während er laut den Sternen-Song weitersang.

Er dachte an seine Cousine Silke, die Tochter von Tante Ebba. Vor einer Woche hatte er mit ihr telefoniert, sie hatte ihn nach der Show auf seinem Handy angerufen.

»Deine Tanten überlegen zu kommen.«

Sein Herz hatte einen Schlag ausgesetzt. »Wohin?«

»Na, wohin schon? Nach Gran Canaria! Zu dir ins Hotel.«

Toni hatte geschwiegen, unfähig, etwas zu sagen. Alles verschwamm vor seinen Augen.

»Ich dachte, ich warne dich schon mal vor. Es ist ja noch gar nicht sicher, ob die das überhaupt machen. Wenn du mich fragst, ist das wieder so eine fixe Idee. Aber du kannst dich ja schon mal seelisch drauf einstellen, sollte doch was draus werden.«

»Nein, bitte nicht. Das kann doch nicht … Hör zu, Silke! Du musst ihnen das ausreden! Du musst dafür sorgen, dass die sich das anders überlegen. Versprichst du mir das? Bitte versprich mir das.«

»Komm schon, so schlimm ist es doch auch wieder nicht. Die wollen dich halt besuchen, weil du ganz alleine bist da unten. Die bringen bestimmt was zu essen mit. Ist doch eigentlich ganz nett.«

Nein! Das war überhaupt nicht nett, sondern ein Albtraum! Das alles hier kostete ihn schon genug Mühe: die Show, das Management, die Wünsche der Gäste. Das war harte Arbeit, und sein Familienleben wollte er wirklich raushalten. Wie er seine Tanten kannte, würden sie das ganze fragile Gebilde, das er sich hier aufgebaut hatte, binnen Minuten zum Einstürzen bringen.

Toni hatte in der folgenden Nacht kaum geschlafen, und am darauffolgenden Tag hatte er es nicht mehr ausgehalten und Silke noch mal angerufen.

»Und? Weißt du jetzt mehr? Kommen sie?«

»Ähm … also … nein. Ich … ähm … ich glaub nicht.«

»Was soll das heißen, du glaubst nicht? Ja oder nein? Und warum stotterst du so rum?«

»Ich … ähm, nein. Vergiss das Ganze einfach. Ich darf dir nicht mal sagen, dass sie darüber nachgedacht haben.«

»Damit meine Enttäuschung nicht so groß ist, wenn nichts draus wird?«, hatte Toni gemeint und gelacht.

»Ja, in etwa. Es sollte ein Geheimnis bleiben.«

Toni wunderte sich. Warum hatte Silke so verlegen gewirkt? Aber egal. Das musste ihn nicht interessieren. Hauptsache, die Tanten kamen nicht. Das war das Wichtigste.

Gerade erklangen die letzten Takte des Songs, und Toni hatte wieder seinen Platz auf der Bühne erreicht. Applaus ertönte. Er verbeugte sich und ging nach rechts ab, um sich für die nächste Nummer umzuziehen.

Beim Gehen fiel sein Blick auf die Frau, die ihn an Tante Ebba erinnert hatte. Sie saß da mit ihrem Stern und nippte lächelnd am Cocktail.

Familie! Da hatte er noch mal Glück gehabt. Denn das wäre wirklich das Letzte, was er jetzt ertragen könnte.

5

Die Künstlergarderobe war in einem muffigen Kellerraum untergebracht, ohne Fenster und mit einer niedrigen Decke, von der der Putz bröckelte. Eine nackte Glühbirne hing an einem Kabel aus der Wand, darunter war ein großer Spiegel angebracht. Ein billiger Tapeziertisch stellte die Frisierkommode dar. Der Raum war keine fünfzehn Quadratmeter groß und diente sämtlichen »Künstlern« des Hotels als Garderobe. Die Kostüme hingen schutzlos an nackten Kleiderstangen, in der Ecke waren Schuhe zu einem Haufen getürmt. Einen Schrank suchte man hier genauso vergeblich wie Privatsphäre.

Am Tapeziertisch saß sein Kollege Sam und tuschte sich die Wimpern. Er trug einen pinkfarbenen Overall mit fluoreszierenden Glockenärmeln und paillettenbesetztem Kragen. Dazu einen passenden Gürtel und glitzernde Plateauschuhe. Das Kostüm blendete einen, wenn man nicht darauf vorbereitet war. Eigentlich müsste Toni hier Schmerzensgeld bekommen.

Sam hieß eigentlich Samuel und kam aus Graz. Ein schlanker hübscher Junge, der in mehreren Hotels als Travestiekünstler auftrat und mit seinem süffig-leiernden österreichischen Akzent die deutschen Touristen verzauberte. Als Frau verkleidet war er die perfekte Illusion, ein echter Künstler. Sein einziges Problem war, dass er jeden Tag aufs Neue einen Krieg gegen seine Körperbehaarung führen musste. Toni hatte noch nie einen Zweiundzwanzigjährigen mit so starkem Haarwuchs gesehen. Das vertrug sich natürlich nicht so gut mit seinem Job als Travestiekünstler. Mehrmals täglich rasierte Sam sich das Gesicht, denn sobald die letzte Rasur ein paar Stunden zurücklag, ließ sich unter seinem Make-up schon wieder ein neuer Bartschatten erahnen.

Im Spiegel sah er Toni in den Raum eintreten.

»Da bist ja endlich! Gib Gas, jetzt mach schon!«

Wobei die Botschaft so gar nicht zu der gemächlichen Sprachmelodie passte. Aber er hatte recht. Es blieben nur wenige Minuten bis zum nächsten Auftritt.

Tonis Kostüm lag schon bereit: ein leuchtend blauer Westernrock mit strassbesetzter Borte, dazu eine eng anliegende Bluse mit Flatterärmeln und eine ebenfalls blaue, paillettenbesetzte Cowgirl-Weste. Er atmete tief durch. Denk nicht drüber nach. Lass dich einfach treiben. The show must go on.

Sie traten als die weibliche Hälfte von ABBA auf. Der dunkelhaarige Sam war Anni-Frid, natürlich, und Toni musste mit seinen blonden Haaren und dem nordischen Teint als Agnetha herhalten. Mit der Perücke und dem Strasshütchen sah er ihr nicht einmal unähnlich.

»Was war denn das eben mit ›Las islas del las palmeras‹?«, fragte Sam, ohne die Wimperntusche aus der Hand zu legen. »Hast du das absichtlich gemacht?«

Es war also doch jemandem aufgefallen. Verdammt.

»Mensch, Toni. Der Manager hat dich sowieso schon auf dem Kieker.« Er bemerkte, dass sich Toni immer noch nicht umzog. »Jetzt tu schon!«, fuhr er ihn an. »Umziehen!«

Noch immer kam es Toni jedes Mal seltsam vor, in ein Kleid zu steigen. Bevor er nach Gran Canaria gekommen war, hatte er nie Frauenkleider getragen. Irgendwie schaffte er es nicht, überzeugend in diese Rolle zu schlüpfen. Nie fühlte er sich so männlich wie in den Momenten, in denen er ein Kleid anzog.

Mit schnellen Bewegungen entledigte er sich des Smokings, dann schnappte er sich den Westernrock aus Elastan und stieg widerwillig hinein.

»Das hätte ich mir auch nicht träumen lassen, dass ich mal als Transe auftrete«, murmelte er.

»Also bittschön!« Sam ließ empört den Schminkpinsel sinken. »Du bist *schwul!*«

»Das hat doch damit nichts zu tun.«

Er zog die Flatterbluse an, die sich anfühlte, als wäre sie aus Styropor. Er musste aufpassen, dass er damit nicht zu nah an eine Kerze kam.

»Das ist doch eine andere Generation«, sagte er. »Ich weiß nicht ... irgendwie Achtziger oder so. Ich komm mir vor wie im Zeittunnel.«

Sam verdrehte theatralisch die Augen. »Und ausgerechnet du bist Agnetha. Eine Ungeheuerlichkeit, aber wirklich.«

»Ich kann doch nichts dafür. Ich kann ja nicht mal ordentlich in Pumps laufen.«

Sam stand auf, schnappte sich die blonde Perücke und schwang sie Toni auf den Kopf. Dann zupfte er sie sorgfältig zurecht, trat einen Schritt zurück und klatschte ihm mit beiden Händen auf die Hüften.

»Schau, *fühlst* es!«, sagte er. »Bist a Frau. Beweg dich. Beweg deinen Hintern. *Spür* deinen Hintern.« Dann schüttelte er hoffnungslos den Kopf. »Man glaubt es nicht, dass du schwul bist.«

Toni betrachtete sich im Spiegel. Er warf die Haare zurück und legte die Hand auf die Hüfte.

»Und ich hab gedacht, es würde reichen, wenn ich hier als Serienstarlet auftreten würde.«

»Ach, komm schon. Das ist doch witzig.«

Toni nahm vor dem Spiegel Platz und begann sich zu schminken.

»Weißt eigentlich, dass Klemens Horst auf der Insel ist?«, fragte Sam.

Toni schmierte sich Lidschatten auf die Nase. »Was? *Der* Klemens Horst?« Ihm blieb für einen Moment die Luft weg. Klemens Horst war einer der bekanntesten Filmproduzenten in Deutschland.

»Ja, er ist in Las Palmas. Wegen irgendeinem Filmprojekt. Er sucht Talente.«

Las Palmas war die Hauptstadt am anderen Ende der Insel. Weit weg von den Touristenzielen im Süden. Zu weit weg für Toni, der immer nur für ein paar Stunden aus dem Hotel wegdurfte.

»Aber er kommt sicher auch runter in den Süden«, meinte Sam. »Schon wegen der vielen Schwulenbars hier.«

Nun landete der Lidschatten auf Tonis Kinn. »Der ist schwul?«, fragte er verdattert.

»Das weißt du nicht? Also manchmal frag ich mich wirklich, was mit dir los ist.«

Toni fühlte sich plötzlich ganz fiebrig. Einer der einflussreichsten Filmleute Deutschlands hier auf der Insel. Und er suchte Talente. Toni würde ihn ganz zwanglos in einer Schwulenbar treffen können. Das war seine Chance, hier rauszukommen.

»Den *muss* ich kennenlernen, Sam. Hörst du? Ich muss einfach.«

Sam kannte fast jeden im Süden der Insel, die Wirte, Barkeeper und Discobetreiber allemal. Wenn einer für Toni herausfinden konnte, wann und wo Klemens Horst anzutreffen war, dann Sam. Der lächelte jetzt sibyllinisch und schwang die Haare über die Schulter.

»Dann werde ich mal sehen, was sich da machen lässt, Spatzl.«

»Oh, Sam! Das wäre ...«

Es polterte an der Tür, und der Manager platzte herein. Wer ihn nicht kannte, hielt ihn für einen netten Märchenonkel mit Lachfalten und freundlichen Augen. Aber das war nur Tarnung. Diese Seite von ihm bekamen die Gäste zu sehen. Für die Angestellten hatte er eine andere.

»Wo bleibt ihr Schwuchteln, verdammt! Langsam müsstet ihr das doch draufhaben mit dem Kostümwechsel!«

Sam legte unbeirrt Schminke auf. Seine Hand war dabei völlig ruhig. Der Manager zeigte auf Toni.

»Denkst du, ein Fernsehgesicht zu haben ist alles? Und dann muss man nicht mehr arbeiten? Willkommen im Leben! Und jetzt zeig, dass du das Geld wert bist, das du von mir bekommst. Aber dalli!«

Und damit war er wieder draußen. Toni holte tief Luft, aber Sam begann zu schmunzeln.

»Er hat nicht bemerkt, dass du den Hotelnamen verdreht hast.«

Toni lachte. »Stimmt. Komm, helf mir mal mit den Schuhen.«

Gerade rechtzeitig erreichten sie die Bühne. Toni hatte in den hochhackigen Schuhen das Gefühl, als ginge er auf rohen Eiern. Jedes Mal fragte er sich, wie er damit die Tanzschritte hinkriegen sollte.

Draußen herrschte plötzlich Unruhe. Toni lugte hinter dem Vorhang hervor. Am Eingangsbereich war ein kleiner Tumult ausgebrochen. Ein Handgemenge, das die Sicherheitsleute auf den Plan gerufen hatte. Die Gäste im Zuschauerraum reckten die Hälse und tuschelten. Ein kleiner, dicker und sonnenverbrannter Mann war zu sehen, der vor die Tür gesetzt werden sollte und sich mit Händen und Füßen wehrte.

Es war mal wieder Christoph, einer von Tonis Fans aus Deutschland. Wobei das Wort Stalker es wohl besser traf. Christoph war Vorsitzender seines inoffiziellen Fanclubs in

Mannheim, und als er von Tonis Engagement auf Gran Canaria erfahren hatte, war er ihm einfach nachgeflogen. Er hatte sich irgendwo in der Stadt ein Zimmer genommen und versuchte nun ständig und mit allen Tricks ins Hotel zu gelangen.

Toni bemerkte den düsteren Blick seines Managers, der ebenfalls am Eingang aufgetaucht war. Er hatte Toni hinter dem zur Seite geschobenen Vorhang entdeckt und sah ihn an, als ob der was dafür könnte, dass dieser Typ ihm nachstellte. Schließlich war die Unruhe vorbei, und der Vorhang hob sich.

Die ersten Takte von ABBAs »Mamma Mia« wurden gespielt. Toni und Sam tanzten auf die Bühne. Die meisten Gäste erkannten die Melodie sofort, und als Toni und Sam als Agnetha und Anni-Frid ins Blickfeld rückten, wurde wieder begeistert applaudiert.

Toni hatte Mühe, sein strahlendes Lächeln aufrechtzuerhalten. Irgendwann würde er sich die Knöchel brechen, davon war er überzeugt. Sam und er begannen zu singen. In der ersten Reihe saßen drei ältere Damen, die begeistert klatschten und laut mitsangen, wobei sich bei ihnen »I've been cheated by you« eher nach »I can chilly for you« anhörte.

Toni fragte sich, ob man sich als Schauspieler noch weiter vom ernsthaften Fach entfernen konnte, als er es hier auf dieser Hotelbühne tat. Ob hier einer ahnte, wie sehr er sich danach sehnte, ein Charakterdarsteller zu sein?

Aber so durfte er nicht denken. Es gab ein Licht am Ende des Tunnels. Klemens Horst war hier und suchte Talente. Alles andere spielte keine Rolle. Seine Kostüme, die blöde Show, der Manager, sein Stalker. Das alles bedeutete nichts. Er musste sich einfach konzentrieren und seine Chance nutzen. Dann würde es schon funktionieren.

Jetzt durfte nur nichts dazwischenkommen.

6

Ebba setzte den Fuß auf spanischen Boden. Zum ersten Mal in ihrem Leben. Ein großartiges Gefühl. »Einmal noch nach Bombay, einmal nach Shanghai« – der Text des alten Liedes ging ihr durch den Kopf. Hinter dem Flugfeld lag der Ozean, blaugrau und weit und voller glitzernder Sonnenspiegelungen. Und auf der anderen Seite die Berge. Sandige Hügel, Geröll und verdörrte Sträucher. Wolkenfetzen zogen am Himmel entlang.

Sie hielt sich schützend die Hand über die Augen. Das Flughafengelände war von Palmen umgeben. Wie im Palmencafé im Oldenburger Seniorenheim. Nur größer. Und ein warmer, trockener Wind wehte ihr durchs Gesicht.

Ebba kam nicht umhin, ein bisschen Dolce Vita zu spüren. Sie gönnte sich einen kurzen Moment und atmete die warme Luft tief ein. Dann wandte sie sich den Schwestern zu, um wieder das Kommando zu übernehmen.

»Wo bleibt ihr denn? Jetzt aber los! Wir müssen unser Gepäck wiederkriegen. Falls das überhaupt mitgeflogen ist. Wenn ich nämlich an dieses Mädchen vom Check-in denke …«

Alle machten sich auf den Weg in die Flughafenhalle. Kamilla schlurfte erschöpft neben Ebba her und lächelte resigniert wie jemand, der akzeptiert hatte, dass ihm das Schicksal aus der Hand genommen worden war.

»Geht's dir gut, Kamilla?«, fragte Ebba.

Ihre Schwester nickte tapfer. Sie wirkte immer noch

müde, wenn auch nicht mehr ganz so weggetreten wie zuvor. Das machten diese Pillen, die sie im Flugzeug bekommen hatte, nachdem der Flieger ihretwegen beinahe notgelandet wäre.

Dabei schien Kamilla beim Start noch alles unter Kontrolle gehabt zu haben. Sie hatte Platz genommen, durchgeatmet, sich angeschnallt und Ebba zu verstehen gegeben, dass sie bereit war. Alles war in Ordnung gewesen, bis zu dem Moment, in dem der Flieger aufs Rollfeld gefahren war und beschleunigt hatte. Dem Moment also, als es kein Zurück mehr gab. Da war Kamilla plötzlich durchgedreht.

»Ich muss hier raus! Lasst mich raus! Wir stürzen ab!«

Ebba und Helga hatten versucht, sie festzuhalten, aber da war es schon zu spät gewesen. Kamilla löste ihren Gurt und versuchte, aus der Sitzreihe zu klettern. In ihrer Panik klammerte sie sich an alles, was sie zu fassen bekam. Gleich vier Stewardessen kamen angelaufen, obwohl die doch beim Start selbst angeschnallt sein mussten. Kamilla war wie von Sinnen. Sie starrte die anderen Fluggäste mit weit aufgerissenen Augen an.

»Wir werden alle sterben!«, schrie sie. »Begreifen Sie das denn nicht? Wir alle!«

Sofort waren die Flugbegleiterinnen bei ihr gewesen. Lauter junge Dinger mit hübschen Frisuren und perfekt sitzenden Uniformen. Sie versuchten Kamilla zu beruhigen, doch die schlug wild um sich. Einer rupfte sie ein Büschel Haare aus, eine andere zog sie so fest am feschen Halstüchlein, dass sie sie beinahe erwürgt hätte. Schließlich hatten sie Kamilla zurück auf ihren Sitz befördert und ihr eine kleine Pille einverleibt. Kurz danach hatte Kamilla mit glasigem Blick dagesessen und nur noch gelächelt.

Ebba sah sich in der Flughafenhalle um.

»Wo müssen wir jetzt hin?«, fragte sie und wandte sich an Helga. »Was passiert als Nächstes?«

»Wir müssen unsere Koffer holen. Die kommen auf einem Fließband an.«

»Und wo finden wir dieses Band?«, fragte Ebba.

Helga dachte eine Weile nach. »Da müssen wir durch den Duty-free und dann zu der Terminalnummer.«

Ebba fixierte sie. Helga schien sich ihrer Sache absolut sicher zu sein. Trotzdem fragte Ebba den erstbesten deutschen Touristen, der ebenfalls im Flieger gewesen war: »Wohin müssen wir, um die Koffer zu kriegen?«

»Einfach der Meute hinterher«, sagte er. »Dann kann nix passieren.«

Ebba entschloss sich, lieber ihm zu trauen als Helga. Mit ihren Schwestern im Schlepptau folgte sie den anderen Fluggästen. Und tatsächlich, nach einer Wanderung durch ein Labyrinth aus Gängen, Schleusen und Rolltreppen erreichten sie eine Halle mit Laufbändern, wo sich alle versammelten, die in ihrem Flugzeug gewesen waren.

Immi humpelte hinter ihnen her. Für ihre Hüfte war das wohl alles etwas zu viel. Aber wenn sie erst im Hotel waren, würde sie sich ausruhen können. Lange würde das hoffentlich nicht mehr dauern.

Sie schien sich von den Schmerzen allerdings nicht weiter die Stimmung vermiesen lassen zu wollen. Begeistert verfolgte sie alles, was um sie herum geschah. Sie war immer noch ganz selig von ihrem ersten Flug. Offenbar wusste sie gar nicht, wohin mit ihrem Glück, denn sie strahlte den erstbesten Mitpassagier am Gepäckband an: »Warten Sie auch auf Ihren Koffer? Ist es nicht herrlich zu fliegen?«

Ebba blickte sich um.

»Wo ist denn Helga?«, fragte sie Kamilla.

»Die ist schon mal rausgegangen.«

Ebba schüttelte den Kopf. Dass Helga heimlich rauchte, wusste sie. Aber dass das nicht einmal Zeit hatte, bis sie im Hotel waren, fand sie übertrieben. Nur gut, dass Wolfgang nicht da war. Der mochte es nämlich gar nicht, wenn seine Frau rauchte.

Kamilla rückte näher an sie heran und senkte die Stimme. »Was ich noch sagen wollte. Das mit dem Rotkohl ... Das tut mir leid, Ebba.«

Der Kohl und das Fleisch hatten in Düsseldorf am Boden bleiben müssen. Es war Ebba nicht gelungen, sich gegen die Sicherheitsleute durchzusetzen. Das machte ihr immer noch zu schaffen. Es passierte nicht oft, dass andere Ebba sagten, wo es langging. Sie fühlte sich danach immer ein bisschen angeschlagen.

»Das Essen hätte jeder dalassen müssen, Ebba«, tröstete Kamilla. »Nimm dir das nicht zu Herzen.«

Ebba nickte finster. »Das sind diese Sicherheitsleute.«

»Ja, genau. Da konnte man gar nichts machen.« Und als Ebba nichts erwiderte, fügte sie hinzu: »Es lag nicht an dir. Wirklich nicht.«

»Danke, Kamilla.« Ebba lächelte. »Jetzt müssen wir nur sehen, ob wir die Zutaten auch hier im Supermarkt bekommen. Aber der Rotkohl ... Toni mag es am liebsten, wenn er schon einen Tag durchgezogen ist.«

»Ach, er wird sich auch so freuen. Da bin ich sicher.«

»Was er hier wohl zu essen kriegt? Wahrscheinlich ist er ganz abgemagert. Er isst ohnehin immer zu wenig.«

»Wir werden sehen. Aber bestimmt geht es ihm gut. Das Wetter ist ja phantastisch hier.«

»Wenn man aber so gar niemanden kennt ... Und ganz allein ist?«

»Du hast recht, das ist furchtbar. Er wird sich so freuen, uns zu sehen.«

Immi war mit dem Mann am Gepäckband weiter ins Gespräch gekommen. Ein älterer Spanier mit freundlichen Augen, der offenbar ein paar Worte Deutsch sprach.

»Da kommen die Koffer raus, nicht wahr?«, meinte Immi. »Da vorne. Das ist ja alles so aufregend.«

»Koffer«, sagte er, offenbar stolz, das Wort zu kennen. »Großes Koffer.«

»Ja«, strahlte Immi. »Einen sehr großen Koffer hab ich. Ich nehm ja jedes Mal viel zu viel Gepäck mit. Ich weiß auch nicht, warum. Meine Schwestern sagen immer: Immi, du ziehst doch sowieso immer dasselbe an. Wozu die vielen Sachen? Ehrlich gesagt, ich weiß auch nicht, warum ich das mache. Aber so ist es halt.«

»Mit Koffer fliege. Dann hier.«

»Richtig. Fliegen, war das nicht wunderbar? Es war ja mein erster Flug, ob Sie mir das glauben oder nicht. Man macht sich gar keine Vorstellung, wie schön das ist über den Wolken. Wenn da die Sonne ist und der Himmel, und man blickt bis in den Horizont. Ich könnte stundenlang nur so aus dem Fenster sehen. Und die Wolken, die wirken ja von oben irgendwie ganz anders. Viel schöner. Ich weiß auch nicht. Die Leute am Boden, unter den Wolken, bei denen regnet's nur. Aber wir, wir waren ganz nah am Himmel, nicht wahr? Ganz nah an der Sonne.«

»Sonne. Hier sein viel Sonne. Gran Canaria.«

»Ja, ganz wunderbar ist es hier, das glaube ich. Allein der Strand und das Meer. So was sieht man bei uns ja gar nicht. Verstehen Sie mich nicht falsch, man ist ja von Papenburg aus ruckzuck an der Nordsee, mit dem Zug ist man in einer Stunde in Norddeich Mole. Aber irgendwie sieht hier alles ganz anders aus. Vielleicht, weil es der Atlantik ist und nicht das Wattenmeer.«

»Das Meer ... El mar.«

»El mar … ist das spanisch für Meer? Ach, ist das entzückend. Jetzt kann ich schon ein bisschen Spanisch. Wenn das so weitergeht, wird man mich in zwei Wochen noch für eine Spanierin halten.«

Ebba schenkte Kamilla ein Lächeln. »Immi wird anscheinend keine Probleme mit der Sprachbarriere haben.«

Da setzte sich mit einem Ruck das Band in Bewegung, und die ersten Koffer wurden ausgespuckt. Sofort herrschte wieder Hektik. Was, wenn ihre Koffer nicht dabei waren? Oder jemand anders sie einfach vom Band nahm? Ebba drängte sich in die erste Reihe und befahl die anderen beiden auf die Plätze.

»Hören Sie mal, Sie können mich doch nicht einfach zur Seite drängeln«, beschwerte sich eine Urlauberin. Doch Ebba nahm keine Rücksicht. Sie überzeugte sich, dass alle in Stellung waren, dann starrte sie zu dem schwarzen Loch, aus dem die Koffer gespuckt wurden. Bereit, jeden Moment zuzuschlagen.

Eine halbe Stunde später saßen die Schwestern samt Gepäck in einem großen Reisebus, der vom Flughafen zum Ferienort fuhr. Sie belegten zwei Doppelsitze und sahen beeindruckt zum Fenster hinaus. Unterhalb der Autobahn waren zerklüftete Felsen, dahinter lag der Ozean. Die Luft flirrte in der Sonne, kleine Ortschaften zogen vorüber, neben der Fahrbahn reihten sich zahllose Palmen aneinander. Sie betrachteten schweigend die Landschaft. Schweigend und glücklich.

Immi seufzte. »Schön, oder?«

»Das Licht ist ganz anders.«

»Ja, viel heller.«

»Und die Hitze ist nicht so drückend wie bei uns.«

Dann schwiegen sie wieder und bestaunten das Gebirge,

das weit in den Himmel ragte. Wilde, raue Berge mit karger Flora. Die Gipfel waren in dichten grauen Wolken verschwunden – den einzigen weit und breit unter einem sonst blauen Himmel.

»Ach, das war eine gute Idee, Ebba.«

»Stellt euch vor, wir wären jetzt beim Radwandern«, meinte Helga, woraufhin ihre Schwestern lachten.

»Nichts gegen die Lüneburger Heide«, meinte Kamilla. »Die ist wirklich schön, vor allem im Herbst. Aber das hier …«

»Familie geht eben über alles«, sagte Ebba nachdenklich. »Es ist gut, dass wir hierher gereist sind. Wenn man nicht will, dass die Familie auseinanderfällt, muss man ein bisschen Einsatz zeigen. Und wenn es einen ans andere Ende der Welt verschlagen hat, dann machen sich die anderen eben auf den Weg. So ist es richtig.«

Der Bus verließ die Autobahn und fuhr in den Urlaubsort. Eine Stadt aus den Siebzigern. Überall weiß getünchte Hotels und Pensionen. Auf den Straßen Taxis, Lieferwagen und Vespafahrer, Verkehrsinseln mit Palmen darauf, schmale Bürgersteige und Kakteenbeete. Jede Menge Cafés und Restaurants, und überall spazierten Menschen umher, braun gebrannt und gut gelaunt, Frauen mit Trägerkleidchen und Männer mit kurzen Hosen und Sandalen.

Sie bogen um eine Ecke, und plötzlich deutete Helga auf die Straße.

»Da vorne! Seht doch mal! Da an der Ecke!«

»Ist das nicht Toni? Toooni!«

Tatsächlich. Da draußen ging ihr Neffe spazieren, in Strohhut und Hemdchen. Immi donnerte gegen die Scheibe.

»Toni! Hier sind wir! Toooni!«

Doch da fuhr der Bus schon um die nächste Straßenecke, und Toni verschwand aus ihrem Blickfeld.

»Das gibt's ja gar nicht! Da war er! Unser Junge!«

»Ja, aber zu spät. Sollen wir dem Busfahrer schnell sagen, er soll anhalten?«

Ebba ging dazwischen. »Wir sehen Toni noch früh genug. Nämlich heute Abend in der Show. Bringen wir erst mal unsere Koffer aufs Zimmer und richten uns ein.« Sie lächelte. »Und dann bereiten wir für ihn die Überraschung vor.«

7

Ein Bus fuhr auf der engen Straße an Toni vorbei. Drinnen saß eine Frau, die gegen die Scheibe hämmerte. Er sah hoch, aber die Sonne spiegelte sich in den Fenstern, und dann war der Bus auch schon vorbei. Nur eine stinkende Abgaswolke blieb zurück, die ihm ins Gesicht gepustet wurde.

»Toni! Wo bist'n? Jetzt mach schon.«

Sam stand auf der anderen Straßenseite und winkte ihm zu. Toni kannte eine Menge Transen, die als Frauen zwar umwerfend aussahen, abgeschminkt aber seltsam unproportioniert wirkten. Männer mit etwas zu runden Gesichtern oder zu hohen Wangenknochen. Bei Sam dagegen war es schwer zu sagen, ob er als Frau oder wie jetzt als Mann besser aussah. Er hatte ein hübsches Gesicht mit zarten Zügen, das aber trotzdem ziemlich männlich wirkte.

Toni überquerte die Straße und holte ihn ein.

»Ich schwöre, da saß eine Frau im Bus, die aussah wie meine Tante Immi«, sagte er.

»Du hast eine Tante?«, fragte Sam.

Toni lachte. »Ich habe *fünf* Tanten. Eine in Berlin und vier in Papenburg. Dem Kaff, wo ich aufgewachsen bin.«

»Das muss schön sein, so eine große Familie zu haben.«

»Ja. Schön schrecklich.«

Sam sah ihn nachdenklich von der Seite an.

»Ich hab nur eine saufende und schlagende Mutter, weißt. Mehr nicht. Was mit meinem Vater ist, keine Ahnung. Und falls da noch eine Tante ist, dann weiß ich nichts davon.«

Toni war sprachlos. Es war das erste Mal, dass Sam etwas über seine Familie preisgab.

»Ich wünschte, ich hätte auch eine so große Familie wie du. Das habe ich mir immer gewünscht.«

»Na ja, manchmal ist es ganz schön«, räumte Toni ein. »Weihnachten zum Beispiel oder wenn mal richtig gefeiert wird. Meine Cousine hat im letzten Sommer geheiratet, da sind über zweihundert Gäste gekommen. So was macht schon Spaß.«

»Das glaube ich. Du hast ein Heim, wo du immer hin kannst.«

Toni wusste schon, was Sam damit sagen wollte. Und im Prinzip hatte er ja auch recht damit. Trotzdem hatte er den Drang, ihm zu widersprechen. Ganz so einfach war es eben nicht.

»Mein Zuhause ist Berlin. Nicht Papenburg. Und stell dir mal vor, die wollten sogar hierherkommen und mich besuchen. Meine Tanten aus Papenburg.«

»Hierher? Das wäre doch großartig.«

Toni war völlig entgeistert. »Nein! Das wäre *nicht* großartig. Das wäre der Horror!«

»Ach, das passt schon. Ist doch lustig. Dann würden sie dich in der Show sehen. Und du könntest ein bisschen Zeit mit ihnen verbringen. Am Pool meinetwegen, dann schaut das für den Manager sogar nach Arbeit aus.«

»Das siehst du völlig falsch. Die mischen sich überall ein. Die sind laut und total präsent. Die würden hier alles durcheinanderbringen.«

So wie Sam ihn ansah, hatte er offenbar überhaupt keinen Schimmer, wovon Toni sprach.

»Außerdem sollen die mich nicht *so* sehen, verstehst du? Ich schäme mich dafür. Diese furchtbare Show. Das Hotel. Und dann auch noch dieses ganze Travestiezeug. Die debilen Senioren im Publikum. Ich will nicht, dass die herkommen und alles mitkriegen. Das hier ist doch der absolute Tiefpunkt meiner Karriere.«

Sam schwieg. Viel zu spät begriff Toni, was er da gesagt hatte. Schließlich war es das Leben, das Sam für sich gewählt hatte. Und er arbeitete hart dafür, um genügend Engagements in den Hotels zu bekommen. Toni hatte zwar keine Ahnung, wie hoch Sams Gage für gewöhnlich war, aber er konnte Gift darauf nehmen, dass es nur ein Bruchteil seiner eigenen war. Er hätte das alles wohl etwas vorsichtiger formulieren sollen.

»Oh, verdammt. Entschuldige bitte, Sam. Manchmal bin ich echt ein Idiot.«

Sam sah ihn an. Seine Augen blieben jedoch hinter den Gläsern der Sonnenbrille verborgen.

»Schon okay«, sagte er schließlich. »Ich kann ja verstehen, dass du …«

Er stockte und sah über Tonis Schulter hinweg zur anderen Straßenseite. »Ach, du Scheiße.«

Ehe Toni reagieren konnte, packte Sam ihn und zerrte ihn unter die Markise eines italienischen Restaurants. Hinter einem Palmenbäumchen gingen sie in Deckung.

»Was ist denn?«, fragte Toni.

Aber da sah er es schon selbst: Christoph, sein Stalker aus Mannheim. Irgendwie hatte er es geschafft, ihre Fährte aufzunehmen. Dabei schlichen Toni und Sam immer auf leisen Sohlen durch den Hintereingang des Hotels und achteten genau darauf, nicht gesehen zu werden. Sie dachten sich für Christoph ständig neue Ablenkungsmanöver aus, um ihm ja nicht ins Netz zu gehen.

Christoph stand mitten auf der Straße und suchte mit irrem Blick die Läden und Cafés ab – nach Toni, den er offenbar gerade noch gesehen hatte.

»Wie hat der uns gefunden?«, flüsterte Toni.

»Keine Ahnung. Am Hotel war er jedenfalls nicht.«

»Verdammt. Ich trau mich gar nicht mehr auf die Straße.«

In diesem Moment hatte Christoph ihn entdeckt. Er winkte aufgeregt und marschierte direkt auf ihn zu.

»O Gott! Was mach ich denn jetzt?«

»Schleich dich durch die Ladenzeile. Ich halte ihn auf. Wir treffen uns bei Enrico.«

Sam stieß ihn in die Gasse neben dem Restaurant, in der sich Verkaufsstände aneinanderreihten. Billiguhren, Gürtel, Cowboyhüte, Strandmatten – alles, was das Urlauberherz begehrte. Toni huschte hinein und ging erst mal hinter einem Postkartenständer in Deckung. Er sah, wie Sam Christoph aufzuhalten versuchte. Aber vergebens. Sein durchgeknallter Fan stieß ihn einfach beiseite und stürmte in die Gasse. So nah war er seinem Star schon lange nicht mehr gewesen. Toni drängte sich hektisch durch die umherflanierenden Touristen. Vorbei an Kleiderständern, die seltsame Chemiegerüche verströmten, an pinkfarbenen Luftmatratzen, an Schlüsselanhängern in Penisform und an T-Shirts, mit denen man seine Haltung zum Leben ausdrücken konnte: »I love Jesus«, »I love Sangria«, »I love farting«.

Er nahm eine Abkürzung durch einen Sonnenbrillenladen, huschte in die Nachbargasse, dann über ein paar Treppen nach oben, vorbei an einem Handyshop und blickte schließlich von einer Balustrade hinunter ins Gewühl. Unten irrte Christoph ziellos umher. Plötzlich riss er einen Mann, der Toni ähnlich sah, an der Schulter zurück, erkannte dann das Missverständnis, entschuldigte sich und hastete manisch weiter. Er hatte Toni verloren, und man konnte ihm die Verzweiflung förmlich ansehen.

Toni atmete tief durch und ging dann in die entgegengesetzte Richtung davon. Es war nicht weit bis zu Enricos Strandbar. Eine Cocktailbar auf einem Felsen oberhalb der Strandpromenade. Abends war sie rappelvoll mit Urlaubern, die vom Strand zurückkehrten und im Sonnenuntergang Cocktails tranken. Doch am Nachmittag war es meist gähnend leer. So auch heute. Nur eine kleine Gruppe dänischer Frauen saß auf der Terrasse und trank Caipirinhas, das war alles.

Der Barkeeper hockte drinnen an seinem Tresen, einem Konstrukt aus Bambusrohren mit Schilfdach, und plauderte mit einem Gast am Tresen. Tagsüber trafen sich bei ihm gerne all jene, die abends in den Hotels oder Restaurants arbeiteten. Die Arbeiterklasse der ausgewanderten Deutschen. Sie saßen im Schatten und vertrieben sich die Zeit bis zum nächsten Schichtbeginn.

Heute war Sam der einzige Gast am Tresen. Als er Toni im Eingang bemerkte, rief er: »Toni! Bist du ihn losgeworden?«

»Gerade noch.« Toni ließ sich auf einen Barhocker fallen. »Ich muss mir irgendwas überlegen. So kann das nicht weitergehen.«

Enrico, ein breitschultriger Endvierziger, der eigentlich Heinrich hieß und aus Rheda-Wiedenbrück stammte, erhob sich schwerfällig und schlurfte hinter den Tresen.

»Wie immer, Toni? Einen Milchkaffee für dich?«

»Gib ihm besser a Schnapserl«, meinte Sam.

»Milchkaffee ist perfekt, danke«, sagte Toni.

Heinrich hantierte an der Kaffeemaschine herum und ließ die Milch aufschäumen.

»Du wusstest gar nicht, dass Klemens Horst auf der Insel ist, höre ich?«, fragte er beiläufig. »Ich dachte, du bist Schauspieler! Das weiß doch jeder.«

»Anscheinend alle außer mir. Da muss ich mich ja nicht wundern, dass ich keine Rollen kriege. Was weißt du denn über die Sache?«

»Nur, dass er einen Film drehen will. Mit Szenen in Las Palmas und in Santa Cruz auf Teneriffa. Irgend so ein Auswandererdrama aus den Sechzigern. Er sucht hier nach Schauplätzen und Darstellern, hab ich gehört.«

»Und sind die deutschen Rollen schon vergeben?«

»Der Film wird wohl hauptsächlich in Köln gedreht. Aber ob die Rollen schon besetzt sind, keine Ahnung. Soll ich das mal für dich rausfinden?«

»Toni möchte Klemens Horst persönlich kennenlernen«, flötete Sam mit bedeutungsschwangerem Unterton. »Vielleicht ergibt sich dabei ja was.«

»Ich verstehe.« Enrico grinste. »Die Besetzungscouch.«

»Nein, so meine ich das nicht«, sagte Toni. »Es ist nur …«

»Was man so hört, ist Klemens Horst ziemlich attraktiv, oder?«, fragte Enrico.

»Ich weiß nicht«, kam es von Sam. »Wenn man auf ältere Burschen steht.«

»Ältere Typen wie mich, meinst du?«, witzelte Enrico.

»Es ist einfach eine große Chance«, sagte Toni. »Wenn ich ihn kennenlernen könnte, ließe sich ja vielleicht was machen. Er soll sich nur ein Demo von mir ansehen. Wenn er es gut findet, ist vielleicht eine Rolle für mich drin.«

Er ließ seinen Blick über die Terrasse hinweg zum Meer gleiten. »Und dann hau ich ab von dieser verfluchten Insel.«

»So schlimm?«, fragte Enrico.

»Frag besser nicht«, meinte Sam.

»So verflucht ist diese Insel doch gar nicht«, sagte Enrico. »Schließlich sind wir hier. Und dann das Wetter …«

»Ach, hör auf. Auf die Dauer macht mich dieser Job im Hotel krank. Ich will eine ordentliche Rolle. Außerdem will ich zurück nach Berlin. Da ist mein Zuhause. Und gegen ein bisschen Regenwetter ab und zu habe ich gar nichts. Im

Gegenteil, die ständige Sonne geht mir langsam auf die Nerven.«

»Gibt's denn hier gar nichts Gutes?«

Toni dachte an den Tantenbesuch, der sich ja zum Glück zerschlagen hatte. Und an all das, was noch hätte kommen können.

»Doch«, sagte er und grinste. »Sei mir nicht böse, Sam, aber es gibt was Gutes. Dass meine Familie meilenweit von hier entfernt ist.«

8

Ebba trat in das Hotelzimmer. Ein dicker, butterweicher Teppich schmiegte sich um ihre Füße. Das war schon mal gut. Falls Kamilla das Bett für sich allein brauchte, würde Ebba problemlos auf dem Boden schlafen können. Und dann der Geruch. Ebba brauchte eine Weile, bis sie begriff, wonach es hier so wunderbar roch. Es roch neu, als wäre das Zimmer eben erst eingerichtet worden. Beeindruckend. Sie musste unbedingt mit den Putzfrauen sprechen, wie die das machten. Das mussten sie ihr ganz einfach verraten. Unfassbar. Damit hatte Ebba nun wirklich nicht gerechnet, dass sie sich hier noch etwas würde abgucken können.

Das Zimmer war sehr geschmackvoll eingerichtet. In Ocker und Creme. Ein riesengroßes Bett, eine einladende Sitzgruppe, ein Fernseher, Vitrinen, Vorhänge. Ebba sah sich genau um. Mit geschultem Auge sah sie natürlich sofort, ob gründlich geputzt worden war. Aber es war alles tadellos. Auf den Türrahmen saß kein Dreck, genauso wenig wie unter den Waschbecken oder hinter den Schränken. Sie nickte anerkennend. Die Putzfrauen waren durch eine gute Schule gegangen.

Kamilla trat hinter ihr ins Zimmer. Sie stellte die beiden Koffer ab und blickte sich sorgenvoll um. Ebba wollte sie erst einmal in Ruhe ankommen lassen und trat so lange auf den Balkon. Ein warmes Lüftchen empfing sie dort draußen. Es fühlte sich an, als würde sie hinausgezogen in das sonnige Klima Gran Canarias. Wer wollte sich da beschweren? Über ihr der blaue Himmel, die Palmen, sogar das Meer konnte sie erkennen. Als sie ans Geländer trat, blickte sie auf den Hotelpool. Wobei es eher eine Poollandschaft war, mit geschwungenen und ineinander übergehenden Schwimmbecken, mit Brücken und kleinen Wasserfällen. Dazwischen Palmen und fremdartige, wild blühende Gewächse.

Auf dem Balkon nebenan wurde gegiggelt.

»Pass doch auf«, sagte eine Stimme und kicherte. »Du machst das noch kaputt.«

»Ich mach das nicht kaputt! Komm schon, jetzt riech mal hier dran. Das steht überall im Bad rum. Ich glaub, das ist umsonst.«

Ebba beugte sich übers Geländer.

»Immi? Helga? Seid ihr das?«

Ihre Schwestern traten ebenfalls ans Geländer, beide mit einem Sektglas in der Hand. Sie schienen sich prächtig zu amüsieren.

»Trinkt ihr etwa Alkohol?«, fragte Ebba.

»Nur ein Piccolöchen«, meinte Helga. »Zum Einstand. Die habt ihr auch, in der Minibar. Guckt mal da rein, da gibt's die tollsten Sachen.«

»Alles haben die da«, stimmte Immi zu. »Man kann sich Longdrinks machen oder sogar Cocktails. Und da gibt's frische Ananas und Kirschen. Ist das nicht unglaublich?«

»Und was man alles in den Schubladen finden kann! Da müsst ihr unbedingt mal nachsehen, Ebba.«

»Und guck dir nur den Pool an. Ist das nicht toll?«

Dann stießen die beiden mit dem Sektglas an, als wollten sie ihrer älteren Schwester zeigen, wie großartig alles war.

»Gut, dann seid ihr also zufrieden«, war alles, was Ebba dazu einfiel. »Wir treffen uns gleich unten am Pool. Aber passt auf, dass ihr nichts kaputt macht. Wir wollen hier nicht negativ auffallen.«

Damit ging sie wieder zurück ins Hotelzimmer. Kamilla sah ihr mit großen Augen entgegen, als sie eintrat.

»Und?«, fragte Ebba. »Wie ist es?«

Kamilla sagte zunächst gar nichts. Sie ging umher, begutachtete alles und seufzte schließlich.

»Man weiß nicht, wie es nachts ist«, sagte sie.

Was bedeutete, dass es tagsüber schon mal machbar war. Ein gutes Zeichen.

»Es ist nachts bestimmt sehr ruhig«, sagte Ebba. »Die Hotelbar ist in einem anderen Flügel, und am Pool ist ja nachts kein Mensch. Außerdem ist da draußen eine kleine Laterne, siehst du? Die steht genauso da wie die Laterne bei dir zu Hause. Du hast sogar die gleichen Lichtverhältnisse hier. Ist das nicht großartig?«

Doch mehr als ein zögerndes Nicken war aus Kamilla nicht herauszuholen.

»Es wird schon gehen«, sagte sie. »Irgendwie …«

Eine halbe Stunde später ging es hinunter zum Pool. Ebba hatte ein leichtes Sommerkleid über ihren Badeanzug gestreift. Sie fühlte sich nicht sehr wohl in dieser Rolle. Einfach so daliegen und nichts tun, das gab es bei ihr auf dem Bauernhof nicht. Gut, man konnte mal den Mittagsschlaf auf der Terrasse halten. Oder man machte bei der Gartenarbeit eine kurze Pause, und dann setzte man sich mit einem Rätselheft in die Sonne. Aber so was tat Ebba eher heimlich. Eben auf eine Art und Weise, dass sie sich jederzeit wieder geschäftig geben konnte, sollte einer in den Garten kommen und sie sehen. Sich hier auf einen Liegestuhl zu setzen und vorsätzlich den Tag zu vertrödeln, das kam ihr beinahe obszön vor. Wenn ihr Ewald sehen würde, wie sie hier faul in der Sonne herumlag, am besten noch mit einem Cocktail in der Hand, würde er sich bestimmt sehr wundern.

Helga und Immi waren nirgends zu sehen. Kamilla deutete auf ein hübsches, von Palmen umgebenes Separee, in dem vier Liegestühle um einen Tisch herumstanden.

»Da vorne, Ebba. Das ist doch wie für uns gemacht.«

Ebba folgte ihr, legte das Badetuch ab und begann, den Tisch abzuräumen. Gläser, Servietten und einen Aschenbecher, offenbar von den letzten Gästen zurückgelassen. Sie würde das alles schnell zur Bar bringen und sich einen Kaffee bestellen.

»Ein nasser Lappen wäre jetzt nicht schlecht«, sagte sie. »Kamilla, hast du das Desinfektionsspray dabei?«

»Natürlich. In meiner Badetasche. Warte kurz.«

In diesem Moment kam eine Hotelangestelle angerannt. »Bitte, lassen Sie das! Dafür bin ich doch da!«

Sie nahm Ebba alles aus der Hand und wischte eilig über den Tisch. Ebba blieb etwas verdattert stehen. Doch die Angestellte machte sich emsig und beinahe lautlos daran, die Ecke mit den Liegestühlen in ihren Urzustand zu bringen.

»Zwei Tassen Kaffee, bitte«, sagte Kamilla, woraufhin die Angestellte nickte und wieder verschwand.

»Ich kann doch wohl selber den Tisch abräumen«, sagte Ebba verwundert. »Ich mein, wo sind wir denn hier?«

Kamilla nahm ihr Spray und bearbeitete eine Liege. Dann warf sie ihr Badetuch darüber und legte sich hin. Plötzlich wirkte sie ganz entspannt. Sie machte es sich gemütlich und räkelte sich in der Sonne.

Ebba nahm zögernd neben ihr Platz. Sie ließ den Blick schweifen. Es sah aus wie im Palmenhaus im Botanischen Garten in Oldenburg. Nur dass über ihnen kein Glasdach, sondern der blaue Himmel war. In einer Holzhütte wurden Cocktails zubereitet, und von irgendwoher drang leise spanische Gitarrenmusik. Vielleicht war es für Toni ja gar nicht so schlimm, wie sie glaubten. Wenn man ohnehin die Zeit bis zum nächsten Engagement überbrücken musste, war das sicher ein netter Ort.

Aber das setzte natürlich voraus, dass es überhaupt ein nächstes Engagement geben würde. Aber auch in dieser Hinsicht hatte Ebba vorgesorgt. Sie hatte nämlich eine Überraschung aus Papenburg mitgebracht. Einen Vorschlag, den sie Toni unterbreiten wollte. Es war ein Ausweg aus seiner Misere.

Aber erst einmal würden sie ihn in seiner Show besuchen und Wiedersehen feiern. Alles zu seiner Zeit.

»Ist das nicht Helga?«, fragte Kamilla. »Da vorne am Pool?«

Ebba sah auf. »Ich glaub nicht. Wo denn genau?«

»Na, bei dem älteren Herrn. Unter dem Sonnenschirm.«

Tatsächlich. Es war Helga. Mit einem Cocktail in der Hand hockte sie da, die Beine im Wasser, die Haare hochgesteckt. Sie lachte glockenhell und affektiert. Der Mann neben ihr, ein braun gebrannter, grau melierter und gepflegter Herr in den Sechzigern, flirtete ohne Hemmungen drauflos.

»Das darf doch wohl nicht wahr sein«, donnerte Ebba. »Was soll denn Wolfgang dazu sagen? Stell dir vor, der würde das sehen. Eifersüchtig, wie der ist. Sie denkt wohl, dass wir ihr alles durchgehen lassen, nur weil ihr Mann nicht dabei ist, oder? Komm schon, geh sie holen.«

»Aber ich kann doch nicht …«

»Geh sie holen, Kamilla! Aber zackig.«

Widerwillig stand Kamilla auf und ging zum Pool hinüber. Ebba konnte nicht verstehen, was sie den beiden sagte, aber Helga stieg daraufhin aus dem Wasser, verabschiedete sich in aller Form von dem Herrn und kam gut gelaunt mit Kamilla zurück.

»Bist du verrückt, Helga?«, nahm Ebba sie in Empfang.

»Wenn das Wolfgang erfährt! Du weißt doch genau, wie der auf so was reagiert.«

»Wieso sollte er das erfahren? Willst du etwa petzen?«

»Darum geht es doch gar nicht! Du bist verheiratet! Wer war denn dieser hergelaufene Gigolo überhaupt?«

»Das ist kein Gigolo, das ist Klaus-Peter. Er ist niedergelassener Arzt in Rostock. Und Witwer.«

»Witwer!« Ebba schüttelte den Kopf. »Was ist denn los mit dir, Helga? Erst dieser Mann am Flughafen und jetzt das! Legst du es darauf an fremdzugehen?«

Helga setzte sich beleidigt auf ihre Liege und drehte Ebba den Rücken zu.

»Und wenn, dann würde es dich jedenfalls nichts angehen«, sagte sie leise.

Nichts angehen! Das wurde ja immer besser!

Aber ehe Ebba etwas erwidern konnte, tauchte Immi am Pool auf. Sie entdeckte ihre Schwestern und winkte freudig, während sie näher kam.

»Wo war Immi überhaupt die ganze Zeit?«, fragte Ebba.

»Sie hatte ihre Sonnenbrille vergessen«, sagte Helga. »Deshalb war sie kurz draußen, um sich an den Verkaufsständen eine neue zu besorgen.«

Immi humpelte mit ihrer schlimmen Hüfte am Pool entlang. Ebba musste ihr Respekt zollen. Sie ließ sich von den Schmerzen nicht die Stimmung vermiesen. Dabei war das bestimmt nicht ohne, mit der kaputten Hüfte unterwegs zu sein.

Sie trug ein langes blaues Sommerkleid, das im Wind um sie herumflatterte. Immi hatte ein paar Pfunde zu viel, aber hier am Pool und in ihrem Kleidchen erinnerte sie Ebba eher an eine dieser Nanas, die Frauenskulpturen dieser französischen Künstlerin. In Hannover standen ein paar davon auf der Skulpturenmeile, die hatten sie mal bei einem Ausflug der Landfrauen bewundern können. Irgendwie sah Immi ganz ähnlich aus. Auf natürliche Weise schön, trotz Alter und Gewicht.

»Leute, ich hab ein wunderschönes spanisches Restaurant entdeckt, gleich gegenüber vom Hotel«, begrüßte sie ihre Schwestern. »Das ist ganz herrlich! Und urgemütlich. Da müssen wir unbedingt mal hin. Es ist auch gar nicht so teuer.«

»Was gibt's denn da?«, fragte Kamilla. »Tapas, richtig? Isst man die nicht hier in Spanien?«

»Nein, da gibt's alles Mögliche. Schnitzel mit Pommes. Und Pizza.«

»Dann ist es doch kein spanisches Restaurant«, gab Helga zu bedenken.

»Es sieht aber alles ganz spanisch aus. Außerdem hat es einen spanischen Namen, El Soundso, und die Leute, die da arbeiten, sind auch Spanier. Ach, ich sage euch, es ist ganz urig da. Wir müssen unbedingt mal dahin. Das wird uns ganz großartig gefallen. Vielleicht gleich heute Abend?«

»Wir kriegen doch hier zu essen«, sagte Ebba. »Immi, das ist ein All-inclusive-Hotel. Hier gibt's alles, was wir brauchen. Deshalb war es auch so teuer. Wir müssen nirgendwo essen gehen.«

Immi wirkte enttäuscht. »Ach, dann bleiben wir also immer hier im Hotel?«

Die Angestellte kam und brachte Ebba und Kamilla den Kaffee. Immi strahlte sie an, die kleine Enttäuschung schien bereits vergessen.

»Ach, würden Sie mir auch einen Kaffee bringen? Mit einem klitzekleinen Schluck Milch? Oder Sahne, wenn Sie haben. Sahne wäre ganz phantastisch. Aber wirklich nur, wenn es keine Umstände macht.«

Sie blickte der Hotelangestellten hinterher, wie sie in diese

Holzhütte ging, wo es offenbar die Getränke gab. Dann zeigte sie aufgeregt auf die Seitenwand der Hütte.

»Da ist Toni! Seht doch, auf dem Plakat!«

Tatsächlich. Da war er. Er trug einen Smoking und sah aus wie Peter Frankenfeld in seinen besten Zeiten. Hier auf Gran Canaria! Ebba war plötzlich furchtbar stolz auf ihren Neffen.

»Die Show ist heute Abend um acht«, sagte Helga.

»Da haben wir noch Zeit genug«, sagte Immi. »Ach, das wird bestimmt ganz toll.«

Zwei Rentnerinnen flanierten gerade an den Schwestern vorbei. Offenbar hatten sie die letzten Sätze aufgeschnappt, denn sie blieben stehen, und die jüngere der beiden sagte: »Wollen Sie zu Toni Müller? Oh, das kann ich nur empfehlen. Uns hat das gestern Abend unheimlich gut gefallen.«

»Er sieht genauso aus wie im Fernsehen«, fügte die andere hinzu. »Ich habe mir die Serie ja jeden Abend angesehen. Ich versteh nicht, warum ausgerechnet Willi aus der Serie rausgeschrieben wurde. Also, ich habe bei RTL angerufen und mich beschwert. Für mich war das einer der absoluten Lieblinge in der Serie.«

»Unglaublich, dass der jetzt hier ist, finden Sie nicht auch? Und singen kann der, richtig gut. Das sollten Sie sich unbedingt ansehen.«

Immi wollte den beiden sofort erzählen, dass sie Tonis Tanten waren. Seine Familie. Das konnte Ebba ihr am Gesicht ablesen. Aber dann würden sie die beiden Damen wohl so schnell nicht wieder loswerden. Und Ebba wollte noch eine Weile mit ihren Schwestern unter sich bleiben. Es gab andere Sachen zu besprechen.

»Vielen Dank für den Tipp«, beendete sie die Unterhaltung. »Einen schönen Tag noch.«

»Was bist du unhöflich«, empörte sich Immi, als die beiden fort waren. »Die waren so nett, und du …«

»Ich möchte mit euch reden. Allein.«

»Aber was gibt es denn so Wichtiges?«

»Es geht um Toni. Um seine Zukunft. Das geht ja so nicht weiter. Mal hat er eine Anstellung, dann wieder nicht, und man weiß nie, ob überhaupt noch was kommt. Er braucht langsam ein bisschen Ordnung in seinem Leben.«

»Da hast du wohl recht«, meine Immi. »Ich mache mir auch ständig Sorgen. Er war ja schon einmal arbeitslos, bevor er in dieser Serie mitgespielt hat, erinnert ihr euch? Das war furchtbar. Und wisst ihr noch, dieses nette Mädchen, das damals im ZDF in der Weihnachtsserie die Anna gespielt hat? Die mit der Querflöte. Die hat danach nie wieder eine Rolle gekriegt. Und letztens hat sie sich dann das Leben genommen.«

»So weit sind wir noch nicht, Immi«, ging Ebba streng dazwischen. »Und da werden wir auch nicht hinkommen. Außerdem hat diese Anna Ballett getanzt und nicht Querflöte gespielt.« Sie holte Luft. »Hört euch an, was ich mir überlegt habe. Ihr wisst doch, unser Onkel Hubert ... Die Ärzte sagen, dass er nicht mehr lange leben wird.«

Tonis Großonkel war schon seit Jahren schwer krank. Seit ein paar Monaten lag er nun in einem Hospiz. Sein Tod würde eine Erlösung sein. Alle hatten sich längst darauf vorbereitet. Alle außer seinen Erben.

»Er hat ja nur den einen Sohn, den Günther. Der wird alles erben. Den Bauernhof, das Land, alles.«

»Und was hat Toni damit zu tun?«, fragte Helga.

»Günther wird in Amerika bleiben. Er hat da Frau und Kinder. Unsere Cousine Liselotte hat erzählt, dass er nicht zurückkommen wird. Verkaufen will er aber auch nicht, weil der Hof schon immer im Besitz der Familie war, seit Jahrhunderten.«

»Und weiter?«

»Also, ich habe mit Günther gesprochen. Er sucht einen Verwalter. Am liebsten einen aus der Familie.«

»Du meinst Toni …?«

»Es wäre wirklich nicht viel Arbeit. Das kann man praktisch nebenbei machen. Die Ländereien sind ja an andere Bauern verpachtet. Es geht nur um das Land, auf dem die Windräder stehen. Und dann ist da noch eine Solaranlage auf dem Dach. Toni könnte dort wohnen. Er bräuchte nur ein paar Stunden pro Woche zu arbeiten.«

Die Schwestern wechselten skeptische Blicke.

»Ich weiß, was ihr denkt. Aber er müsste die Schauspielerei ja gar nicht an den Nagel hängen. In Papenburg soll doch schon so lange eine Freilichtbühne eröffnet werden. Wie die in Meppen. Da könnte Toni sich einbringen. Es käme bestimmt prima an, wenn dort ein echter Schauspieler mitmachen würde. Toni würde zurück aufs Land ziehen. Der Hof würde ihn ernähren. Und die Freilichtbühne wäre für den Rest. Ich habe an alles gedacht. Perfekt, oder etwa nicht?«

Die fröhliche Urlaubsstimmung schien plötzlich wie weggeblasen. Alle dachten mit ernsten Gesichtern über das Gesagte nach. Ebba wusste, sie hatte recht. Auch wenn es eine Wahrheit war, die für Toni bitter schmecken mochte. Aber es war das Beste, was er jetzt noch aus seinem Leben machen konnte. Und die anderen sahen das genauso, denn sonst hätten sie längst widersprochen.

Schließlich war es Kamilla, die das Wort ergriff.

»Wahrscheinlich ist das wirklich eine gute Idee«, sagte sie. »Aber sei vorsichtig, wenn du das Toni beibringen willst, Ebba.«

Die anderen nickten.

»Ja, doch«, meinte Ebba. »Natürlich bin ich vorsichtig. Was denkt ihr denn von mir? Es wäre das Beste für ihn, und am Ende, davon bin ich überzeugt, wird auch er das einsehen.«

9

Toni saß in der Künstlergarderobe und betrachtete sein Spiegelbild. Er wollte nicht auf die Bühne, nicht heute. Die vage Möglichkeit, die sich durch Klemens Horst eröffnet hatte, führte ihm vor Augen, wie schrecklich dieses Engagement war. Er war kein Alleinunterhalter. Kein Schlagersänger. Er war Künstler. Und Klemens Horst würde genau so jemanden suchen. Einen Schauspieler, der wirklich gut war. Der sich auf seine Arbeit verstand.

Die Augenringe ließen sich heute nicht wegschminken. Im Licht der nackten Glühbirne sah er aus, als wäre er schon dreißig. Er wünschte sich, dass wenigstens Sam da gewesen wäre. Aber der trat heute Abend woanders auf. Toni würde die Show allein bestreiten müssen. Es wäre wohl das Beste, eine Kopfschmerztablette einzuwerfen.

Er legte die Puderquaste zur Seite und machte sich auf den Weg nach oben zur Rezeption. Die Tische rund um die Open-Air-Bühne füllten sich bereits. Toni wünschte sich, er wäre nur halb so gut gelaunt wie die vielen Gäste, die sich dort tummelten.

Er trat in die Eingangshalle und sah sich um. Ein unglaublich dicker Hintern rückte ins Bild. Umhüllt von einem blauen Flatterkleid. Eine Frau suchte etwas auf dem Boden und streckte dabei ihr Hinterteil in die Luft.

Toni hielt inne. Diesen Hintern kannte er doch.

Eine Hotelangestellte trat auf die Frau zu.

»Kann ich Ihnen helfen?«, fragte sie.

»Nein, nein. Mir ist nur was auf den Boden gefallen. Da, ich hab es schon. Nur … wenn Sie mir vielleicht aufhelfen könnten? Meine Hüfte, wissen Sie?«

Tante Immi. Toni traute seinen Augen nicht. War es jetzt schon so schlimm, dass er zu halluzinieren begann? Instinktiv trat er hinter eine Säule und brachte sich damit in Sicherheit.

Da bellte eine weitere vertraute Stimme: »Immi! Wo bleibst du denn? Wir kommen noch zu spät.«

Tante Ebba. Ganz ohne Zweifel.

»Wir wollen doch in der ersten Reihe sitzen.«

Und das war Tante Kamilla.

Toni lugte um die Säule herum. Tatsächlich. Er bildete sich das nicht ein. Es waren seine Tanten. Das Blut schoss ihm in den Kopf. Silke hatte doch gesagt, dass sie nicht kommen würden. Er hatte sich auf ihr Wort verlassen. Das war Verrat. Sie war doch seine Cousine. Seine Lieblingscousine. Wie konnte sie ihn so hintergehen?

Aber hatte sie wirklich gesagt, dass sie nicht kommen würden? Oder war es einfach das gewesen, was er hatte hören wollen?

Tante Immi ließ sich von der Hotelangestellten aufhelfen und verschwand gemeinsam mit den anderen nach draußen.

Toni blieb steif auf der Stelle stehen. Wenn er Glück hatte, würde er sich vielleicht einfach in Luft auflösen. Oder eine Herzattacke bekommen. Oder Aliens würden auftauchen und ihn entführen. Ganz egal was, nur weg von hier.

»Was machst du denn hier oben?«, wurde er vom Manager angeraunzt, der plötzlich mit verschränkten Armen hinter ihm stand. »Runter in die Garderobe, Toni! Die Show fängt gleich an. Und zwar pünktlich, verstanden?«

»Ich … ich hole mir nur eine Kopfschmerztablette.«

Der Manager fixierte ihn böse, doch offenbar ließ sich

nichts dagegen einwenden. Ein Künstler holte sich vor der Show eine Kopfschmerztablette. Das allein war noch kein Grund für eine Abmahnung.

Also wechselte er das Thema. »Und wo ich dich schon sehe: Was diese Sache mit deinem Freund gestern Abend angeht, du weißt schon, wenn so was noch mal vorkommt, ziehe ich dir den Einsatz der Sicherheitsleute vom Lohn ab.«

Toni war fassungslos. Sein Freund? Damit konnte er nur Christoph meinen.

»Das ist nicht mein Freund!«, sagte er entrüstet. »Der Typ stalkt mich. Da kann ich doch nichts für.«

»Der Typ stalkt mich«, äffte der Manager ihn nach. »Hör zu, Toni, mir ist völlig egal, wie du deine Betthasen entsorgst. Aber mach es so, dass sie auch wirklich weg sind und uns nicht weiter belästigen. Was macht das für einen Eindruck beim Publikum? Ich hab dich echt für professioneller gehalten. So was hat man doch unter Kontrolle, verflucht.«

Unter Kontrolle. Toni dachte an das Hotelzimmer in Frankfurt, während der Promotiontour für die Serie. Jemand hatte in seinem Bett gelegen und seine Dusche benutzt. Es konnte Christoph zwar nie nachgewiesen werden, aber Toni war überzeugt, dass er es gewesen war. Die Polizei hatte ihm geraten, keinerlei Kontakt zu ihm aufzunehmen und ihn in Zukunft einfach zu ignorieren. Was auch eine Weile funktioniert hatte – bis er auf Gran Canaria wieder aufgetaucht war.

»Ich war mit dem nie im Bett«, verteidigte er sich. »Ich habe nicht mal …«

»Toni, ich will es gar nicht wissen«, schnitt der Manager ihm das Wort ab. »Behellige mich nicht mit den schmutzigen Details aus deinem Privatleben. Bring das einfach in Ordnung.«

Toni war fassungslos. Das Gesicht des Managers veränderte sich. Er lächelte einem vorbeischlendernden Ehepaar zu und wirkte für Sekunden wie der freundliche Opa von nebenan. Als das Paar vorbei war, wandte er sich wieder Toni zu.

»Betrachte das als Abmahnung. Und mach heute Abend eine gute Show, hörst du? Gestern Abend war es ja ein bisschen lahm. Du bist zum Arbeiten hier und nicht, um den Hintern in die Sonne zu legen. Tu also was dafür.«

Lahm? Toni war sprachlos. Die Show gestern Abend war ein voller Erfolg gewesen. So gut wie schon lange nicht mehr. Was wollte er denn *noch?*

»Also los, hol dir deine Tabletten«, sagte der Manager abfällig. »Und dann sieh zu, dass du wieder nach unten kommst.«

Damit ließ er ihn in der Lobby stehen. Toni ging wie ferngesteuert zum Empfangstresen und kehrte mit den Tabletten zurück in seine Garderobe. Er fühlte sich wie nach einem Schleudergang. Seine Tanten würden im Publikum sitzen. Offenbar in der ersten Reihe. Seine ganze Konzentration wäre damit futsch.

Er erinnerte sich, wie er am Anfang seiner Karriere ständig Blackouts gehabt hatte. Bei allen wichtigen Castings und immer wenn der Produzent das Set besuchte. Das war ihm schon lange nicht mehr passiert. Aber allein die Tatsache, dass er jetzt wieder darüber nachdachte … Ihm schwante Übles. Wie war noch mal der Text von seinem Intro?

Er sah sich hektisch nach den Moderationskarten um. Je länger er darüber nachdachte, desto weniger schien er noch auswendig zu wissen. Als wären plötzlich große Löcher in seinem Gedächtnis aufgetaucht.

Konzentrier dich!, ermahnte er sich. Die besten Shows waren immer die, in denen er entspannt und gut drauf war.

Sobald er angestrengt war, kam er unnatürlich rüber. Dann schaffte er es nicht, einen guten Kontakt zum Publikum herzustellen.

Er würde mit der Queen-Nummer anfangen, natürlich, so wie jeden Abend. Danach folgte … Er hielt inne. Wo waren denn bloß die verfluchten Moderationskarten?

Am Schluss trat er als Cher auf, daran konnte er sich auch erinnern. Im Fummel. Tante Ebbas Meinung dazu kannte er zur Genüge. Sie hielt nichts davon, wenn er in Frauenkleidern auftrat.

Die Tür flog auf, und eine der Küchenhilfen, die abends hinter der Bühne halfen, stand aufgeregt vor ihm.

»Wo du bleiben? Show fängt an. Jetzt!«

Toni zog eilig die Gefängniskleidung über den Smoking, dann hastete er hinter dem Jungen her nach oben.

Er erreichte die Bühne gerade noch rechtzeitig. Die Musik spielte bereits, er sprang auf seinen Platz hinter den Gittern, und im nächsten Moment hob sich der Vorhang.

Das Publikum applaudierte kräftig. Offenbar war die Stimmung heute Abend gut. Toni stand oben und suchte sofort den Saal nach seinen Tanten ab. Lichter blendeten ihn.

»I want to break free«, sang er und holte seine Pappmascheesäge hervor. »I want to break free, baby.«

Da waren sie. An einem Tisch in der vordersten Reihe. Sie sahen gespannt zu ihm herauf. Warteten auf einen Blickkontakt. Dann winkten sie und lachten. Tante Immi warf Kusshändchen.

Toni nahm die Säge, und die beiden Küchenjungen zogen die Gitterstäbe zur Seite. Er riss sich die Gefängniskleidung vom Körper. Es wurde applaudiert. Alles wie immer. Nur dass seine Tanten unten saßen und winkten. Es wäre wohl das Beste, sie einfach zu ignorieren. Stur die Show durchzuziehen und sich nicht ablenken zu lassen. Aber sein Blick wurde wie magisch immer wieder von dem Tisch in der ersten Reihe angezogen.

»I want to break free from your lies«, sang er. »You're so …« Er stockte. Wie ging jetzt der Text noch mal? Das gab's doch gar nicht. Er sang diesen blöden Song jeden Abend. Doch in seinem Kopf war plötzlich nur noch Rauschen.

»I don't … lalala.«

Dann verstummte er.

Die Hotelband, bestehend aus drei Musikern jenseits der sechzig – einem dicken glatzköpfigen Keyboarder, einem gertenschlanken Schlagzeuger mit langen weißen Haaren und einem Bassisten mit grauem Brusthaar und Cowboyhut –, spielte unbeirrt weiter, doch die Männer wechselten fragende Blicke und warteten darauf, dass Toni wieder in den Text fand.

Was aber nicht passierte. Alles war weg. Er stand allein auf der Bühne. Es war der reinste Albtraum. Als hätte er das Lied noch nie zuvor gesungen.

Die Männer von der Hotelband handelten. Sie verkürzten den Song, ohne dass es zu sehr auffiel. Spielten einfach die letzten Takte des Refrains und endeten damit. Offenbar in der Hoffnung, dass Toni die Situation mit einer geschickten Anmoderation retten würde.

Vorne am Tisch seiner Tanten schüttelte Ebba den Kopf und sagte etwas zu ihren Schwestern. Als die Band aufhörte, war ihre Stimme deutlich zu vernehmen: »Er soll lieber deutsch singen!«

Schlagartig war es totenstill. Nur die Grillen zirpten leise. Alle hatten es gehört. Kamilla stieß ihrer Schwester in die Seite, aber es war zu spät.

Toni spürte sein Herz rasen. Er musste sich konzentrieren. Durchhalten. Irgendwie die Show retten.

»Die Dame hat recht, ich sollte lieber deutsch singen«, sagte er und erntete dafür ein paar Lacher aus dem Publikum.

Trotzdem sah man ihm bestimmt an, wie überfordert er war. Hinterm Mischpult entdeckte er seinen Manager. Natürlich, der war nicht weit, wenn etwas schieflief. Er stand da und warf Toni böse Blicke zu, als wollte er den Druck noch weiter erhöhen. Während Toni auf der Bühne stand und unterging. Der Mann wusste wirklich, wie man Mitarbeiter motivierte.

Toni kämpfte weiter: »Heute Abend erwartet Sie tatsächlich eine Vielzahl deutscher Hits und Schlager. Machen Sie sich auf ein buntes Programm gefasst.«

Er versuchte sich auf den Ablauf zu konzentrieren. Dabei umklammerte er fest das Mikrofon, damit keiner seine zitternden Hände bemerkte. Er ging betont lässig über die Bühne und gab der am Boden liegenden Gefängniskleidung einen Tritt.

»Jetzt bin ich also endlich raus aus dem Knast und genieße meine Freiheit auf Gran Canaria. Nach langen Jahren in einer Gefängniszelle ist es ganz großartig hier mit dem Sternenhimmel und den lauen Nächten unter Palmen.«

»Er war doch gar nicht wirklich im Knast.«

Diesmal war es Kamilla, die zu laut gesprochen hatte.

Im Publikum wurde vereinzelt gekichert. Ein paar Gäste reckten die Hälse, um die Frauen in der ersten Reihe besser sehen zu können.

»Nein, das stimmt«, sagte Toni. »Es war nur eine Fernsehserie. Aber wer kann das schon immer so genau auseinanderhalten? Neulich bei Karstadt sagte eine Verkäuferin zu mir: Ganz egal, wie berühmt Sie sind. Dieb bleibt Dieb. Ich hab den Kaufhausdetektiv gerufen.«

Wieder verhaltenes Lachen. Besser als gar nichts. Toni spürte die Anspannung in seinem Nacken.

Er gab der Band ein Zeichen. So aufmerksam waren die drei noch nie seinem Auftritt gefolgt. Sie spürten genau, was bei Toni los war, und begannen gleich loszuspielen. Es waren die ersten Takte von Cindy und Berts Klassiker »Spaniens Gitarren«. Wie im Drehbuch vorgesehen tänzelte er von der Bühne, um von einer Hotelangestellten eine Gitarre und einen Sombrero entgegenzunehmen.

Er nutzte die Gelegenheit, stellte das Mikrofon aus und tänzelte am Tisch seiner Tanten vorbei. Sie sollten sich verdammt noch mal aus der Show raushalten.

»Was macht ihr hier, verflucht!«, raunte er ihnen zu.

Seine Stimme dröhnte in den Boxen, gefolgt von einem lauten Quietschen. Er schrak auf. Er hatte das Mikro nicht leise, sondern laut gestellt. Ein weiteres Quietschen folgte. Das Publikum stöhnte auf. Toni blickte fassungslos zum Schaltpult.

»Ist das alles, was du uns zu sagen hast?«, fuhr ihn Tante Ebba an. »Wir sind extra aus dem Emsland hergekommen!«

Die Zuschauer starrten Toni und seine Tanten an. Er stand wie angewurzelt vor ihrem Tisch. Sein Blick irrte gehetzt durch die Menge. Es war totenstill im Saal.

Einen Witz. Er brauchte einen Witz. Oder eine Überleitung. Er musste irgendwas improvisieren.

Aber sein Kopf war wie leergefegt.

Dann war der Manager am Mikrofon. Er wandte sich vom Mischpult ans Publikum.

»Meine Damen und Herren«, sagte er fröhlich. »Heute als besondere Überraschung für Sie: Toni Müllers Familie! Exklusiv bei uns in der Show! Applaus bitte!«

Und es wurde applaudiert. Begeistert. Die Leute glaubten, das gehörte zur Show. Es wäre alles inszeniert. Toni floh mit Gitarre und Sombrero zurück zur Bühne.

Die Band begann wieder zu spielen. Ein paar Takte aus »Spaniens Gitarren« wurden in Schleife wiederholt. Die Männer wechselten beunruhigte Blicke. Im Gegensatz zum Publikum merkten sie sehr wohl, dass alles aus dem Ruder lief.

»Von Papenburg bis Gran Canaria«, nahm Toni den Faden auf. »Sie sehen, es geht wirklich international zu heute Abend im Las cervezas del las islas.«

Er sah, wie dem Manager hinterm Mischpult die Gesichtszüge entglitten.

»Nein ... im Las palmolive del la Ilse.«

Auch nicht richtig.

»Ähem ... La isla bonita.«

Wieder Applaus. Es wurde gelacht. Toni spürte das Blut an der Schläfe pochen. Er musste weitermachen. Irgendwie.

Er warf einen Blick auf seine Moderationskarte.

»Aus ganz Europa kommen Menschen hierher auf die schöne Insel Gran Canaria. Auch im Publikum sind heute Abend wieder viele Nationen versammelt. Sie zum Beispiel. Wo kommen Sie her? Aha ... you're from Sweden?«

Er nickte der Band zu, die Cindy-und-Bert–Schleife wurde unterbrochen, und sie wechselten zu einem schnellen Auftakt von ABBA. Toni sang: »Waterloo, I was defeated, you won the war!«

Ein Tusch und Applaus. Dann ging es weiter.

»Sie da vorn, Sie sehen doch aus, als wenn ... Oh, aus der Schweiz? From Switzerland? Oh, the lovely country of Miss Tina Turner.«

Wieder ein Lacher. Es funktionierte. Toni spürte kalten Schweiß den Rücken hinunterlaufen.

»Und Sie dort drüben? You're from France? Oh, Paris?«

Die Band spielte »Poupée de cire, poupée de son« von France Gall, das Gewinnerlied vom Grand Prix 1964. Für das überwiegend ältere Publikum war das immer noch ein Smashhit. Wieder wurde geklatscht.

Die Stimmung war gerettet. Vielleicht würde Toni den Abend ja doch überleben. Er wandte sich zur Band. Jetzt sollten die spanischen Gitarren von Cindy und Bert folgen.

»Jetzt frag uns schon, Toni«, trompetete Tante Immi. »Wir sind aus Norddeutschland. Was singst du jetzt?«

Erschrockene Blicke aus der Band. Auch Toni wusste nichts darauf zu sagen. Vereinzelte Lacher im Publikum, jetzt war die Aufmerksamkeit wieder beim Tantentisch.

»An der Nordseeküste …«, fing Immi an zu singen, und die Schwestern fielen ein: »… am plattdeutschen Strand …« Das Publikum begann zu schunkeln, und alle sangen: »… sind die Fische im Wasser und selten an Land.«

Es wurde gelacht und applaudiert. Toni stand belämmert auf der Bühne und hatte keine Ahnung mehr, was er als Nächstes tun sollte. Die Band griff ein, spielte wieder Cindy und Bert. Toni musste also nur noch singen. Also legte er los: »Spaniens Gitarren begleiten die Verliebten seit ewigen Zeiten, es muss Nacht sein, es muss Nacht sein, und da muss viel Musik sein, Señor!«

Er vergriff sich bei den Akkorden auf der Gitarre, aber das fiel keinem auf. Er durfte nur nicht zu seinen Tanten hinübersehen, sonst würde er wieder aus dem Konzept kommen.

»Spaniens Gitarren …« Er stockte.

Und wieder ein Blackout. Der Text war weg. Keine Ahnung, wie der Song weiterging. Schweiß trat ihm auf die Stirn. Die Leute im Publikum sahen sich fragend an und runzelten die Stirn. Wenn er doch einfach sterben könnte. Am besten jetzt gleich.

»… als ob sie mit den Liebenden fühlen«, sang Tante Immi lauthals. »Es muss Nacht sein, es muss Nacht sein, dann kommt Spanien so spanisch dir vor.«

Sie sang so, wie sie in der Kirche sang. Laut, drängend und mit zittrigem Vibrato. Nur dass es nicht »O Haupt voll Blut und Wunden« war, sondern Cindy und Bert.

Das Publikum brach in Jubel aus. Toni wurde knallrot. Die Band beendete elegant den Song. Die Musiker wollten offenbar auf Nummer sicher gehen und das Schlimmste verhindern.

Toni deutete eine Verbeugung an und wies zum Tantentisch.

»Meine Tante Immi!«, rief er, und die Menschen applaudierten frenetisch.

Tante Immi stand auf und verbeugte sich. Das Ganze schien ihr riesigen Spaß zu machen. Toni dachte fiebrig nach. Er musste mit der Show weitermachen, irgendwie. Hektisch blätterte er in seinen Moderationskarten.

Doch gerade als er eine passende Überleitung gefunden hatte, rief Tante Kamilla: »Toni, sing doch mal das Lied von Gitte Hænning, ›Die Frau, die dich liebt‹!« Sie wandte sich ans Publikum: »Das hat er als Kind immer gesungen. Er hat sich dann heimlich meinen Lippenstift aufgetan. Dachte wohl, ich merke das nicht.«

Die Leute lachten. Er gab sogar vereinzelt Applaus.

»Oder erzähl den Leuten, wie du als Kind immer ›Melrose Place‹ nachgespielt hast«, rief Tante Helga. »Bei uns in der Küche, ach, war das herrlich.«

An das, was danach folgte, würde sich Toni später nicht mehr erinnern können. Er hatte keine Ahnung, wie er durch die Show gekommen war, ohne zu sterben. Doch als alles vorbei war und er völlig gerädert und um zwei Kilo leichter die Bühne verließ, wurde er vom Publikum gefeiert wie noch nie. Es gab stehende Ovationen, zum ersten Mal überhaupt.

»Das war die beste Show bisher!«, riefen ihm die Leute zu. »Großartig! Mal ganz was anderes!«

Er warf seinem Manager hinterm Schaltpult einen Blick zu. Der Mann stand mit steinernem Gesicht da und rührte sich nicht. Toni würde sich noch auf was gefasst machen können. Egal, wie begeistert das Publikum war, seinen Chef hatte er nicht blenden können. Dieser Abend würde ein Nachspiel haben.

Seine Tanten saßen mit strahlenden Gesichtern an ihrem Tisch und klatschten. Toni stolperte auf sie zu.

»Na, Junge? Ist das nicht eine Überraschung?«, fragte Tante Immi. »Damit hättest du nie gerechnet, oder?«

»Wir haben den Ausflug der Landfrauen sausen lassen«, sagte Tante Kamilla, »und uns stattdessen auf den Weg hierher gemacht. Ich bin sogar *geflogen,* Toni. Und ich hatte kein bisschen Angst dabei. Was sagst du jetzt?«

»Wir haben uns so amüsiert«, fiel Tante Helga ein. »Das war ein ganz phantastischer Abend.«

Sie sahen sich strahlend an. Und Tante Immi fasste die Gefühle schließlich in einem Satz zusammen: »Ach, Toni, ist das nicht herrlich, dass wir hier sind?«

Das war das Letzte, was Toni hörte. Danach wurde alles um ihn herum schwarz.

10

Ebba hatte tatsächlich auf dem Fußboden schlafen müssen. Es lag an der durchgehenden Matratze. Jedes Mal, wenn Ebba sich bewegte, bekam auch Kamilla das zu spüren. Kamilla war untröstlich gewesen. Sie wollte Ebba nicht zumuten, aufs Bett zu verzichten, aber Ebba wusste ja, dass ihre Schwester sonst die ganze Nacht kein Auge zutun würde. Da war es für alle das Einfachste, sie schlief auf dem Teppich.

Ebba war schon eine Weile auf, hatte sich gewaschen und ihr Nachtlager zusammengeräumt, während Kamilla immer noch schlafend im Bett lag. Mit einem sanften Lächeln im Gesicht. Wer hätte gedacht, dass sie sich in einem Hotel so wohlfühlen würde? So weit weg von zu Hause? Sie hatten wirklich Glück gehabt.

Ebba legte vorsichtig ihre Decke in den Schrank. Da wachte Kamilla auf. Sie räkelte sich genüsslich und blinzelte gegen die Sonne.

»Du bist ja schon fertig angezogen«, sagte sie. »Warum weckst du mich denn nicht?«

»Wir haben Urlaub. Und es ist noch nicht einmal halb sieben. Frühstück gibt es bis elf.«

»Bis elf?«, fragte Kamilla ungläubig und setzte sich auf. »Wer, um Himmels willen, frühstückt denn so spät? Das ist ja schon Mittagszeit.«

»Toni zum Beispiel, nehme ich an.«

Kamillas Blick trübte sich. »Du meinst, wir sehen ihn gar

nicht beim Frühstück? Wann bekommen wir ihn denn überhaupt mal zu Gesicht?«

Am Vorabend nach der Show war er plötzlich wie vom Erdboden verschluckt gewesen. Ebba hatte sich schon an der Rezeption erkundigt, während Kamilla noch geschlafen hatte, aber da hatte man ihr nur gesagt, der Künstler frühstücke in der Regel sehr spät. Aber er sei im Hotel, da solle man sich keine Sorgen machen. Im Laufe des Tages gebe es bestimmt noch mal die Möglichkeit, mit ihm persönlich ins Gespräch zu kommen.

Als wären sie nicht seine Familie, sondern irgendwelche nervenden Fans. Unverschämt war das gewesen. Ebba würde Toni gleich als Erstes davon erzählen, sobald sie sich sahen. Bestimmt konnte er das an die Verantwortlichen weitergeben, wie sie hier behandelt wurden.

»Er hat sich gar nicht richtig gefreut, oder?«, meinte Kamilla. »Vielleicht hätten wir ihn nicht in seiner Show überfallen sollen.«

»Aber das war doch ein riesiger Spaß. Und es hat allen gefallen. Du hast doch selbst gesehen, wie heftig der Applaus war.«

»Schon. Aber Toni wirkte ein bisschen angestrengt. Vielleicht hat es ihn doch ein bisschen überfordert, dass wir plötzlich in der ersten Reihe saßen.«

»Ach was. Das glaube ich nicht. Du kennst doch Toni. Er ist manchmal etwas eigen.«

Kamilla nickte. »Wie mit dieser vorgetäuschten Ohnmacht am Schluss.« Sie kicherte. »Das war schon sehr komisch.«

»Ja, das stimmt. Er weiß die Leute zu überraschen. Das war schon früher so, als er uns was in der Küche vorgeführt hat. Man wusste nie, was als Nächstes passiert.«

»Das war eine schöne Zeit.« Kamilla sackte ins Kissen

zurück. »Hoffentlich ist er uns nicht böse. Was machen wir denn jetzt?«

Ebba lächelte zuversichtlich. »Keine Sorge. Das kriegen wir schon hin. Vielleicht war das gestern wirklich zu viel für ihn. Er hat eben Angst um seinen Job, und dann kommen wir da reinmarschiert und nehmen ihm das Heft aus der Hand. Aber er weiß ja noch nichts von der Sache mit Onkel Hubert und dem Hof in Papenburg. Oder von der Freilichtbühne. Geben wir ihm also etwas Zeit.«

»Du hast recht, Ebba. Es wird sich alles wieder einrenken.« Sie schlug die Bettdecke zur Seite und sprang auf. »Ich werde mich schnell duschen, und dann können wir runter zum Frühstücksraum.«

Als nebenan das Wasser zu rauschen begann, zog Ebba die Balkontür auf und trat auf die Terrasse. Unten am Pool war bereits eine einzelne Gestalt zu sehen. Es war Immi.

Ebba winkte ihr zu, und ihre Schwester stellte sich unter den Balkon. Da ihre Zimmer im ersten Stock lagen, konnten sie sich bequem übers Geländer hinweg unterhalten.

»Warst du schon im Wasser?«, fragte Ebba.

»Ja, es war wunderschön. Um diese Uhrzeit ist noch gar nichts los. Ich weiß gar nicht, was die anderen Gäste machen. Liegen die alle noch in ihren Betten? Unglaublich, oder? Um diese Zeit haben wir sonst längst die Kühe gemolken und das erste Frühstück hinter uns. Und hier regt sich noch gar nichts.«

Über ihnen war ein leiser Fluch zu hören, dann wurde ein Fenster zugeworfen. Immi verzog das Gesicht.

»Was war denn mit dem los? Egal. Ach, Ebba, da fällt mir ein: Ich war eben schon bei diesem kleinen Restaurant, von dem ich erzählt habe. Dieses urige spanische Lokal, du weißt schon, das schräg gegenüber vom Hotel liegt. Die haben nachmittags Kaffee und Kuchen. Vielleicht gehen wir ja heute mal hin? Auch wenn hier alles inklusive ist. Nur auf einen Kaffee. Wir könnten vorher den Ort erkunden und ein bisschen am Strand spazieren gehen. Das wäre doch herrlich, oder?«

»Ja, das stimmt. Wir reden gleich mit den anderen.«

»Und was ist mit Toni? Vielleicht kommt der ja auch mit. Oder er hat noch eine andere, viel bessere Idee, was man machen könnte.«

»Toni sehen wir noch früh genug. Erkunden wir erst einmal den Ort auf eigene Faust. Der Herr liegt sicher bis mittags im Bett.«

Ebba beugte sich über die Balustrade und lugte ins Nachbarzimmer, wo alles dunkel und verlassen war.

»Wo ist denn Helga?«, fragte sie ihre Schwester.

Immi sah sich um. »Sie war gerade noch da.«

Ebba ahnte Böses. »Ist denn dieser Witwer schon auf? Dieser schmierige Zahnarzt aus Rostock?«

»Ich weiß nicht. Ich hab den noch nicht gesehen.« Immi schlug sich die Hand vor den Mund. »Aber sie hat gesagt, ich solle ruhig alleine ins Wasser gehen. Und dabei so seltsam gegrinst. O Gott, Ebba, so wie die geguckt hat! Die führt bestimmt was im Schilde.«

»Was ist denn nur los mit ihr, verflucht! Die wird doch wohl ihrem Wolfgang treu bleiben! Ich hab ihm versprochen, auf Helga ein Auge zu haben. Sonst hätte er der Reise niemals zugestimmt.«

»Ebba, ich werde ihm nie wieder ins Gesicht sehen können, wenn Helga … Ich kann doch nicht lügen, das weißt du. Und ich seh Wolfgang jeden Montag im Kirchenchor. Ihm dann die Hand zu geben und zu lächeln, als wenn nichts wäre, obwohl ich doch weiß, dass Helga und dieser Zahnarzt … Ebba, das halte ich nicht aus. Ich sage dir, das schaffe ich nicht.«

»Jetzt warte erst mal ab. Ich werde später mal mit Helga ein Wörtchen reden. So weit wird es schon nicht kommen.«

Sie würde Helga an die Kandare nehmen. Wäre doch gelacht, wenn sie sich nicht mehr gegen ihre kleine Schwester durchsetzen könnte.

Zu dem Gespräch kam es aber erst, als sie am späten Vormittag an der Strandpromenade spazieren gingen. Die Sonne stand bereits hoch am Himmel, unter ihnen lagen das Meer mit der Brandung und der Strand, der dicht bevölkert war von Badegästen. Immi lief voran und bestaunte Flora und Fauna, und immer wieder blieb sie stehen und sagte Sachen wie: »Seht ihr diesen Baum? Guckt euch nur die Blätter an, das ist ein Benjaminbäumchen. Du liebe Güte, wenn ich mir überlege, wie der bei mir im Nähzimmer vor sich hin krepelt. Und hier ist das ein richtiger Baum. Wie eine deutsche Eiche! Ist das nicht unfassbar? Und die Kakteen da vorne, solche hab ich doch auf der Fensterbank im Gäste-WC stehen. Nur viel kleiner. Und hier stehen die einfach in der Natur rum!«

Als Immi und Kamilla ein paar Meter weiter vorne gingen, ergriff Ebba die Gelegenheit und sprach Helga auf diese Geschichte mit dem fremden Mann an.

»Wo ist denn dein Herr Zahnarzt?«, fragte sie und legte einen drohenden Unterton in ihre Stimme.

Helga ging sofort in Verteidigungshaltung. Sie streckte den Rücken durch und hob stolz das Kinn. »Du meinst Klaus-Peter?«

Ebba hielt es nicht für nötig, auf diese Frage zu antworten.

»Er ist in den Bergen«, sagte Helga knapp. »Er macht einen Ausflug mit seinem Freund. Sie wandern. Stell dir vor, er hat mich gefragt, ob ich mitkommen möchte.«

»Und was hast du ihm gesagt? Dass es nicht geht, weil du verheiratet bist? Oder hattest du das schon vergessen?«

Jetzt war Helga eingeschnappt. Sie schob sich die Sonnenbrille ins Gesicht und ging wortlos weiter.

»Wenn Wolfgang später seinen täglichen Anruf bei mir tätigt«, fuhr Ebba fort, »kann ich ihm dann sagen, dass alles in Ordnung ist?«

Helga verschränkte die Arme. Dann sagte sie leise wie zu sich selbst: »Wolfgang kann mir gestohlen bleiben.«

»Wie bitte, Helga? Ich muss mich wohl verhört haben.«

»Mein Gott, Ebba! Jetzt hör schon auf mit dem Schwachsinn. Wo ist das Problem? Lass mich doch ein bisschen Spaß haben. Ich geh noch früh genug zurück in Wolfgangs Käfig. Keine Bange.«

»Also bitte! Wolfgang ist nicht immer einfach, was seine Eifersucht angeht, das weiß ich auch. Aber jetzt übertreibst du gewaltig.«

Helga presste die Lippen aufeinander. Zuerst sah es aus, als wäre das Thema für sie beendet. Aber dann platzte doch aus ihr hervor, was ihr durch den Kopf ging.

»Weißt du, wie das ist, Wolfgang mal für ein paar Tage los zu sein, Ebba? Schon auf diese Woche mit den Landfrauen in der Lüneburger Heide hab ich mich unbändig gefreut. Und jetzt sind wir *hier*. Ich meine, sieh dich doch mal um. Es ist das Paradies. Und wir sind ganz allein, ohne Männer. Ohne *Wolfgang*. Ich kann es noch gar nicht glauben. Es ist das Schönste, was ich mir vorstellen kann.«

Ebba war erstaunt über die Heftigkeit, mit der ihre Schwester sprach. Das musste sie erst mal verdauen.

»Ich wusste ja gar nicht, dass es so schlimm ist, Helga. Habt ihr denn solche Probleme im Moment?«

»Ach, es ist doch völlig egal, was im Moment ist.«

»Aber … ich verstehe nicht.«

»Ich liebe Wolfgang schon lange nicht mehr. Aber was ist schon Liebe? Darum geht's doch gar nicht, oder? Es geht darum, ob man miteinander klarkommt. Weißt du, Ebba, es gibt Tage, da denke ich: Jetzt ist es so weit. Ich mach Schluss. Ich lass mich scheiden. Aber dann kommt der nächste Tag, und da ist es gar nicht mehr so schlimm. Irgendwie geht's ja immer weiter. Auch die schlimmsten Momente gehen vorbei. Und … ich weiß auch gar nicht, ob ich die Kraft hätte, das durchzuziehen. Wie würde Wolfgang reagieren? Allein der Gedanke macht mir Angst.«

Ebba war sprachlos. Wie lange mochte es Helga schon so gehen in ihrer Ehe? Sie hatte keine Ahnung davon gehabt.

Immi und Kamilla gingen ein paar Schritte weiter vorne. Mit großen Ohren und betroffenen Gesichtern. Natürlich hatten sie alles mitgehört. Aber da sie sich nicht sicher waren, ob es auch für ihre Ohren bestimmt war, hielten sie sorgsam Abstand und blickten schräg zur Seite, damit sie zur Not so tun konnten, als hätten sie nichts mitgekriegt.

»Ich möchte mich einfach mal ein paar Tage lang frei bewegen können«, sagte Helga. »Und nicht unter ständiger Kontrolle sein. Vielleicht möchte ich ja mal ein bisschen flirten. Mich mal wieder attraktiv fühlen.«

»Du bist doch attraktiv! Das weiß jeder!«

Helga sah ihre Schwester traurig an. »Ist das alles, was dir dazu einfällt?«

Darauf wusste Ebba nichts zu sagen. Wie hatte sie übersehen können, wie schlecht es ihrer Schwester ging?

Die gute Stimmung war wie weggeblasen. Die vier Schwestern spazierten noch eine Weile umher, gesprochen wurde aber kaum noch.

Schließlich landeten sie in dem Restaurant, von dem Immi erzählt hatte. Es war tatsächlich ein sehr ursprüngliches, hübsches Lokal. Das Mobiliar hatte die typische spanische

Schwere: massive Tische, dunkle Holzvertäfelungen, gedrechselte Stuhllehnen. Aber durch das Licht, das durch die großen Fenster fiel, wirkte es überhaupt nicht düster, sondern einfach urgemütlich.

»So stell ich mir Spanien vor!«, schwärmte Immi, und ihre Begeisterung gab der Stimmung in der Gruppe wieder etwas Auftrieb. »Ist das nicht urig hier?«

Sie setzten sich ans Fenster, von wo aus sie einen tollen Ausblick auf den weiten Himmel und die Palmen an der Strandpromenade hatten. Selbst Helga wirkte wieder etwas fröhlicher.

Der Kellner trat auf sie zu. Ein älterer Spanier mit bedächtigen Bewegungen und einer würdevollen Ausstrahlung. Trotz seines Alters sah er aus wie ein Don Juan. Ein Südländer wie aus dem Bilderbuch.

»Hallo, schöner Mann!«, sagte Helga gut gelaunt und schenkte Ebba ein trotziges Lächeln. »Auch wenn Sie nur unser Kellner sind – mit Ihnen könnte ich mir noch was ganz anderes vorstellen!«

Immi und Kamilla kicherten. Ebba schüttelte verärgert den Kopf. »Bitte, Helga, was soll das denn jetzt?«

»Ist doch egal. Er versteht mich sowieso nicht.«

Dann wandte sie sich an den Kellner. »Buenos días«, sagte sie höflich.

»Buenos días, señora«, sagte er und fügte mit starkem spanischem Akzent hinzu: »Sehr freuen, Sie sind Gäste bei uns.«

Woraufhin Immi und Kamilla in lautes Lachen ausbrachen. Helga lief knallrot an.

Sie bestellten vier Tassen Kaffee und ein bisschen Gebäck. Auf Deutsch, was überhaupt kein Problem war. Auch wenn der Mann nicht sehr gut sprach, so verstand er doch alles, was gesagt wurde. Helga schien sehr erleichtert, als er endlich wieder fort war.

Immi und Kamilla giggelten immer noch. Ebba beschloss, das Thema zu wechseln.

»Wir müssen noch über Tonis Lieblingsessen sprechen.«

»Sauerbraten mit Rotkohl und Salzkartoffeln«, sagte Kamilla. »Denkst du, das kriegen wir noch hin?«

»Ich müsste mit der Küche im Hotel sprechen«, meinte Ebba, »ob ich da irgendwo in einer Ecke etwas zubereiten darf. Ihr kennt mich, ich brauch nicht viel Platz.«

»Dann müssten wir nur noch einen guten Supermarkt finden«, mischte sich Immi ein. »Ich hoffe, es gibt hier alle Zutaten.«

»Einen Teil haben wir ja dabei«, sagte Kamilla.

»Aber meinst du, die lassen dich in ihre Küche?«, fragte Helga. »Wir sind schließlich Hotelgäste.«

»Also bitte, Helga. Ich weiß, wie man in einer Küche arbeitet, ohne anderen dabei im Weg herumzustehen. Das werde ich denen schon deutlich machen. Ich denke, das mit den Zutaten wird viel schwieriger werden.«

Immi strahlte in die Runde. »Aber dann haben wir doch was vor für heute! Nach dem Kaffee machen wir uns sofort auf den Weg. Überraschen wir Toni mit seinem Lieblingsessen!«

»Und wenn wir mit Toni essen«, sagte Ebba, »dann reden wir mit ihm über Papenburg.«

»Meinst du, wir sollten damit nicht besser warten?«

»Ich denke, es ist am besten, wir fangen gleich damit an. Damit er Zeit hat, über die Idee nachzudenken.«

Und schon war die Stimmung wieder wie am Morgen. Alle amüsierten sich prächtig. Der Kaffee wurde gebracht, und die vier prosteten sich zu.

»Also gut«, sagte Ebba. »Dann wollen wir gleich loslegen.«

11

Wer tagsüber von der sonnendurchfluteten Strandpromenade in Enricos düstere Bar trat, konnte zunächst im Innern kaum etwas ausmachen. Toni musste jedes Mal kurz stehen bleiben, bis sich seine Augen an das Dunkel gewöhnt hatten. Dann erkannte er im Licht der bläulich leuchtenden Barlampen die trägen Bewegungen des Deckenventilators und die Umrisse der Gestalten, die rund um den Tresen hockten und dort die Zeit totschlugen. Zum größten Teil Kellner und Barkeeper aus den Kneipen und Discos der Insel, die nach ihrer Spätschicht selber noch feiern waren und jetzt verkatert und übernächtigt herumsaßen, Kaffee tranken und auf den Beginn der nächsten Schicht warteten. Das ganze Szenario hatte auf Toni immer die Wirkung einer Valium. Hier war von Hektik nichts zu spüren. Er konnte runterkommen, entspannen und für einen Moment seine Show und alles andere vergessen.

Ein paar bekannte Gesichter nickten ihm zu. Nach zwei Monaten auf der Insel war er so etwas wie ein Teil der Familie geworden. Am Ende des Tresens entdeckte er Sam, der ziemlich ramponiert aussah. Er trug noch seinen Fummel vom letzten Abend, mit zerrupfter, schiefsitzender Perücke und abblätterndem Make-up. Es hatte nicht den Anschein, als hätte er in der vergangenen Nacht geschlafen.

»Hey, Toni!«, rief Enrico gut gelaunt hinterm Tresen. »Ich hab gehört, deine Show gestern Abend war ein voller Erfolg?«

Toni wusste nicht so recht, ob er ihn damit aufziehen

wollte oder nicht. Aber es war interessant zu sehen, wie schnell sich Neuigkeiten herumsprachen. Er rutschte neben Sam an den Tresen.

»Einen Milchkaffee für mich, Enrico!«, rief er und wandte sich dann an Sam, der träge in seinen Gin Tonic blickte: »Guten Morgen. Du, ähm … hattest einen schönen Abend?«

Sam hob den Kopf und bemerkte Toni. Dann richtete er sich auf, stolz und würdevoll, wie für die ganz große Bühne.

»Begrüßen Sie mit uns den großen Toni Müller, aus der weltberühmten Serie ›Männerknast‹. Applaus, meine Damen und Herren, Applaus.«

Beim Versuch, den Arm in die Luft zu reißen, warf er sein Glas um. Ein Schluck Gin Tonic schwappte über die Theke, bevor Toni es auffangen und wieder hinstellen konnte.

»Hoppla. Sam, es ist schon Mittag. Du solltest vielleicht langsam ins Bett gehen.«

»Samantha«, korrigierte Sam nachdrücklich.

»Die Señorita hat ihre Sonnenbrille verloren«, sagte Enrico und stellte den Milchkaffee auf den Tresen. »Jetzt kann sie hier nicht raus, weil es draußen zu hell ist. Nicht wahr, Conchita Wurst?«

Toni musste grinsen. Conchita Wurst war eine österreichische Drag-Queen, die mit Fummel und aufgemaltem Vollbart auftrat. In diesem Moment war auch unter Sams Schminke mehr als nur ein Bartschatten zu sehen.

»Schweig, du Narr«, wies Sam ihn an, ganz Thronfolgerin eines europäischen Königshauses.

»Er hasst Conchita Wurst«, sagte Toni erklärend zu Enrico. »Dafür gibt's zwar tausend Gründe, aber ich glaube, es ist hauptsächlich wegen dem Bart.«

»Was machst du eigentlich hier, Mister Toni Müller?«, fragte Sam. »Sind nicht deine Tanten da?«

Der Buschfunk funktionierte tatsächlich einwandfrei.

»Sie sind im Hotel. Die beschäftigen sich schon alleine. Ich seh sie heute Abend vor der Show. Zum Essen.«

Was immer Sam darüber dachte, er schaffte nicht, es zu artikulieren. Sein Kopf sackte ein Stück in Richtung Tresen, und Toni war froh, das Thema nicht mit ihm erörtern zu müssen.

»Wie lange bleiben die denn, deine Tanten?«, fragte stattdessen Enrico. »Willst du ihnen nicht die Insel zeigen? Oder mit ihnen zum Strand gehen? Zu uns kannst du doch auch ein andermal kommen.«

»Ich brauch erst mal eine Pause. Das war gestern Abend echt zu viel für mich. Wisst ihr, die sind einfach in der Show aufgetaucht, und …«

»Sie haben dich hier besucht. Ist doch nett, oder?«

Toni betrachtete Enrico skeptisch. Jetzt fing der auch schon so an, genau wie Sam. Als hätten sie sich abgesprochen.

»Es war *nicht* nett. Du warst nicht dabei. Du hast doch gar nicht gesehen, was passiert ist.«

»Ich hab nur gehört, es war die beste Show seit Langem. Du und deine Tanten, und das in einem Stück, wo das Publikum mit einbezogen wird.«

»Ich wäre fast gestorben auf der Bühne. Egal, wie gut das angekommen ist. Es hätte genauso gut die reinste Katastrophe werden können.«

»Und deswegen bestrafst du sie jetzt?«

Toni wusste nicht, was er sagen sollte. Hatten es denn *alle* auf ihn abgesehen? Er wollte doch hier nur entspannen.

»Der Manager hat mir heute Morgen offen mit Kündigung gedroht«, verteidigte er sich. »Er meint, ich hätte die Show nicht mehr unter Kontrolle. Wenn sich das nicht ändert, will er Sandy Brandt engagieren. Du weißt schon, diese Tussi von DSDS, die auch im Dschungelcamp war. Sandy ist offenbar nicht nur C-Promi, sondern obendrein eine gute Andrea-Berg-Imitatorin. Die eierlegende Wollmilchsau sozusagen. Jetzt weißt du, *wie* gut das gelaufen ist gestern Abend.«

»Er will dich nur klein halten«, lallte Sam. Toni hatte gar nicht bemerkt, dass er dem Gespräch noch gefolgt war. »Der weiß, was er an dir hat. Vergiss das mit der Kündigung. Das wird nie passieren.«

Enrico grinste und begann, ein Glas zu polieren.

»Wie lange ist deine Familie denn hier?«, fragte er.

»Eine knappe Woche.«

»Ist doch schön. Mach dir eine nette Zeit mit ihnen. Wenn du dir mein Auto leihen willst …«

»Jetzt hör schon auf. Meine Tanten sind das Letzte, was ich im Moment brauchen kann. Meine Show steht auf der Kippe, und außerdem …«

»Einspruch!«, rief Sam.

»Und außerdem hab ich grad was ganz anderes im Kopf. Klemens Horst ist auf der Insel. Ich kann nachts kaum noch schlafen deshalb. Im Moment ist er noch oben in Las Palmas, oder?«

»Stimmt«, meinte Enrico. »Aber morgen oder übermorgen will er zu uns runterkommen, hab ich gehört, und sich einen schönen Abend in den Schwulenbars machen. Das hat Sam erzählt.«

»Samantha!«

»Das ist meine große Chance«, sagte Toni aufgeregt. »Ich *muss* ihn einfach kennenlernen.«

Er dachte an seine Tanten. Sie hatten sich für ihren Besuch wahrlich einen schlechten Zeitpunkt ausgesucht. Hoffentlich richteten sie nicht noch mehr Unheil an. Er nahm sich vor, sie von der Show fernzuhalten. Und erst recht von Klemens Horst. Er würde ein bisschen Zeit mit ihnen verbringen, ihnen ein paar Ausflugstipps geben, und ehe er sich einmal im Kreis drehte, würden seine Tanten wieder abreisen. Das würde schon funktionieren.

»Meine Agentin hat mir verraten, dass die Rollen noch nicht vergeben sind«, sagte Toni. »Sie will versuchen, mich beim Casting reinzukriegen. Das ist nicht einfach, aber hoffen wir das Beste. Und wenn Klemens Horst mich schon vor dem Casting kennt, ist das natürlich perfekt.«

Sams Kopf fiel mit einem Donnern auf den Tresen, und das Glas zersprang laut klirrend auf dem Boden. Von dem plötzlichen Geräusch überrascht öffnete Sam wieder schwerfällig die Augen.

»Er muss nach Hause«, sagte Enrico.

Toni seufzte. »Das sehe ich auch so. Ich mach das schon. Er kann meine Sonnenbrille haben.«

»Sie«, korrigierte Sam. »*Sie* kann deine Sonnenbrille haben. Auch wenn ich unrasiert bin, könnt ihr mir ruhig ein bisschen Achtung entgegenbringen.«

»Dann komm, Samantha. Und setz die Brille auf.«

Versteckt hinter dunklen Gläsern und an Tonis Arm geklammert wagte Sam sich schließlich nach draußen. Trotz seines ramponierten Zustands schaffte er es, aufrecht und würdevoll zu gehen. Ganz so, als würden sie einfach einen gepflegten Nachmittagsspaziergang unternehmen. Die betagte Baronesse und ihr treuer Butler. Er ließ sich überhaupt nicht davon beeindrucken, dass die Touristen ihn mit offenem Mund anstarrten. Was Toni wiederum ziemlich beeindruckte.

Sam lebte nicht weit entfernt in einem Apartmenthaus, das überwiegend von Touristen bewohnt wurde. Seine Ein-Raum-Wohnung im Parterre neben der Concierge-Loge war ein kleines dunkles Rattenloch, das trotz Sams erheblicher Bemühungen immer noch ziemlich trostlos aussah. Die Decke war einfach viel zu niedrig, und durch die vergitterten

Fenster blickte man auf Mülltonnen und eine nackte Betonwand. Daran konnten auch die vielen kitschigen Lichterketten nichts ändern.

Toni überlegte, ihn kurz unter die Dusche zu stellen. Aber dafür hätte er die halbe Küche umbauen müssen, weil die Dusche gleichzeitig die Kochnische war. Also entschied er sich, Sam lediglich beim Ausziehen zu helfen und ihn notdürftig abzuschminken. Was gar nicht so einfach war bei jemandem, der alle zwei Minuten schlafend zur Seite kippte. Schließlich trug er ihn zum Bett, einem Ungetüm aus Decken, Fellen und zahllosen Kissen, und legte ihn hinein.

Sam öffnete die Augen und tat, als würde er Toni zum ersten Mal sehen.

»Hallo, Cowboy! Wie kommst du denn hier herein?«

»Schon klar, Sam. Brauchst du noch irgendwas?«

»Ja«, hauchte er. »Dass du dich zu mir legst.«

Toni lächelte. »Mach's gut. Schlaf schön.«

Er wollte sich aufrichten, als Sam mit ungeahnter Kraft seine Hand festhielt. Toni sah ihn fragend an.

»Geh zu deinen Tanten, Toni«, sagte er. »Sei froh, dass du sie hast.«

Damit hatte er nicht gerechnet.

»Ja, das weiß ich doch. Gute Nacht, Sam.«

»Familie ist wichtig, Toni. Vergiss das nicht.«

Und damit war er eingeschlafen. Toni stand auf und verließ auf leisen Sohlen das Apartment.

Ja, Familie war wichtig, keine Frage. Aber noch viel wichtiger war im Moment Klemens Horst. Darum würde er sich zuerst kümmern. Und seine Tanten musste er so lange irgendwie in Schach halten. Die störten nämlich nur dabei. Hier ging es schließlich um seine Karriere.

Und für Familie war genug Zeit, wenn alles andere geklärt war.

12

Ebba hatte sich in der Lobby in einer Sitzgruppe niedergelassen, von der aus sie sowohl die Terrasse des Restaurants als auch den Pool und den Hoteleingang einsehen konnte. Früher oder später würde sie Toni hier zu fassen bekommen, davon war sie überzeugt. Der Hotelmanager hatte gesagt, dass Toni nachmittags im Hotel sei, um mit seinen Fans zu sprechen. Und wenn Ebba als nichts anderes mehr durchging, dann würde sie halt ein Fan sein.

Sie hatte Glück. Es dauerte nicht lange, da tauchte Toni tatsächlich auf. Er spazierte durch den Hoteleingang und blickte sich in der Lobby um. Über seine Tante in der Sitzgruppe sah er großzügig hinweg. Ebba ärgerte sich. Sie wusste, dass sich das nicht gehörte, aber sie steckte zwei Finger zwischen die Lippen und pfiff. Das würden sie doch mal sehen, ob Toni sie einfach ignorieren konnte.

Nicht nur die Damen hinterm Empfangstresen zuckten erschrocken zusammen. Auch Toni wurde auf sie aufmerksam. Er eilte auf sie zu.

»Tante Ebba! Was machst du denn da?«

»Toni! Schön, dich zu sehen. Setz dich doch zu mir.«

Er blickte sich um. Die Hotelangestellten wechselten irritierte Blicke, dann wandten sie sich wieder ihrer Arbeit zu.

»Ich hab keine Zeit«, sagte er. »Ich muss gleich raus zu den Gästen. Und ich brauch vorher unbedingt noch eine Dusche.«

»Das mit der Show gestern«, sagte sie, »das tut mir leid.

Wir haben dich da wohl ein bisschen überfallen. Vielleicht müssen wir uns bei dir entschuldigen.«

Es kam nicht oft vor, dass Ebba sich für etwas entschuldigte. Das war auch Toni klar. Er verlor den gehetzten Ausdruck. Mit einem Seufzer setzte er sich zu ihr aufs Sofa.

»Eigentlich wart ihr großartig«, sagte er. »Das Problem war nur, dass ich nicht entspannt war. Die Show setzt mir zu, weißt du. Das bin nicht ich, da oben auf der Bühne. Dieser Job ist wirklich nicht leicht für mich.«

»Wir haben wohl vergessen, dass du nicht bei uns in Papenburg am Küchentisch sitzt.«

Das entlockte Toni ein Lächeln. Sie hatte es auf den Punkt gebracht.

»Vielleicht wäre es gar nicht so schlecht, wenn ich mich öfter mal an die Küche in Papenburg erinnern würde. Es ist nur nicht so einfach. Ich bin hier Willi aus dem Männerknast, weißt du? Nicht Toni Müller. Und manchmal ist es gar nicht so einfach, die beiden auseinanderzuhalten.«

»Das glaube ich«, sagte sie. »Pass auf, Toni. Ich wollte dich was fragen. Vielleicht können wir uns ja heute Nachmittag in Ruhe unterhalten? Wir alle zusammen, deine Tanten und du.«

Auf einmal wirkte er wieder gehetzt. »Ich hab keine Zeit, Tante Ebba. Wir sehen uns doch beim Abendessen vor der Show. Vorher ist es echt eng bei mir.«

Also gut. Wenn er keine Zeit hatte, um alles in Ruhe zu besprechen, dann musste sie halt jetzt mit ihrem Plan herausrücken: der Übernahme von Onkel Huberts Hof und der Sache mit der Freilichtbühne.

Sie hatte noch Kamillas warnende Worte im Ohr und nahm sich vor, das Ganze vorsichtig zur Sprache zu bringen, ohne ihren Neffen zu überfallen. Aber er machte es ihr auch nicht gerade leicht, wenn er immer auf dem Sprung war. Also wie fing sie am besten an?

»In Papenburg vermissen dich alle, Toni«, sagte sie. »Du warst schon so lange nicht mehr da. Ich soll dir schöne Grüße von deinem Onkel Ewald ausrichten. Und von Silke natürlich.«

»Wie geht's ihr? Ist sie immer noch verheiratet?«

»Bitte, Toni! Was denkst du denn!«

Er grinste. Als ihre Tochter im letzten Sommer geheiratet hatte, waren zwar ein paar Dinge schiefgegangen, das ja. Aber gleich vom Schlimmsten auszugehen, das war typisch Toni.

»Ich mach doch nur Spaß, Tante Ebba. Lass dich nicht ärgern. Aber wo wir gerade beim Thema sind ... Wie geht's eigentlich Siegbert?«

Siegbert war Landwirt in Papenburg und Kassenwart im örtlichen Schützenverein. Er war der einzige Homosexuelle im Dorf, und Ebba und ihre Schwestern hatten versucht, Toni während der Hochzeit mit ihm zu verkuppeln. Toni war ein wenig verärgert gewesen, weil Siegbert halt nur ein einfacher Bauer war. Dabei war er so ein netter Bursche. Aus den beiden hätte wirklich was werden können, dachte Ebba.

»Ihm geht's gut«, sagte sie. »Er hat jetzt einen Freund. Aus Bremen.«

Das schien Toni völlig aus der Bahn zu werfen.

»Was? Der hat einen Freund? *Der?* Das gibt's doch nicht. Und ich bin immer noch Single?«

»Na ja«, meinte sie etwas unsicher. »Seit einem halben Jahr etwa.«

»Und was ist das für einer?«

»Peter? Der ist Anwalt. Verdient sehr gut. Er mag das Landleben. So was kommt vor.«

»Offenbar ...« Toni schüttelte fassungslos den Kopf. »Und wie sieht der aus?«

Ebba war irritiert. Sie hatte wirklich noch nicht darüber nachgedacht, wie der Mann von Siegbert aussah.

»Normal«, sagte sie. »Eher stattlich.«

»Wahrscheinlich ein hässlicher Vogel«, murmelte Toni.

Das war ja typisch. Da war sie wieder: diese Herablassung gegenüber den einfachen Leuten aus der Provinz. Als wenn Toni etwas Besseres wäre, nur weil er in Berlin lebte. Das konnte sie ganz fuchsig machen.

»Jedenfalls isst er ordentlich«, sagte sie heftig. »Nicht so wie du, wo man immer Angst haben muss, dass du völlig vom Fleisch fällst. An dir ist ja *nix* dran. Kriegst du hier überhaupt genug zu essen?«

Seltsamerweise brachte das Toni zum Lachen.

Ebba wurde klar, dass sie vom Thema abgekommen waren. Papenburg. Die Sache mit Onkel Hubert.

»Also, pass auf, Toni ...«

»Wo sind eigentlich die anderen?«, fragte er.

»Na, wenn ich das wüsste! Wir haben uns zum Mittagsschlaf getrennt. Danach ist noch keine wieder aufgetaucht.«

»Wie läuft es denn mit Tante Kamilla?«

»Du meinst, weil sie hier nicht in ihrer vertrauten Umgebung ist?« Ebba machte eine wegwerfende Handbewegung. »Es geht. Vorm Hotel steht eine Laterne. Das Licht fällt hier nachts genauso ins Zimmer wie bei ihr zu Hause. Das ist schon eine Menge wert.«

Toni lächelte. »Und musst du dich dann so hinlegen, wie sich Onkel Heinz immer hinlegt?«

Ebba lachte. »Ich schlafe auf dem Boden.«

»Nein! Das ist nicht dein Ernst.«

»Ach, das stört mich nicht. Ich werde reichlich entschädigt. Es ist ... es ist so *schön* hier, Toni. Wir haben gedacht, du hast sicher Heimweh. Aber wenn ich mir hier das alles ansehe, denke ich: Vielleicht kriegt man gar kein Heimweh. Vielleicht möchte man für immer hierbleiben.«

Toni blickte auf einmal nachdenklich. »Nein, Tante Ebba. Nach ein paar Monaten fehlt dir der Regen. Und das Gras. Die Bäume. Immer nur Sonne, das ist auch nichts. Ich möchte mal wieder einen kühlen Morgen haben, an dem der Nebel zwischen den Bäumen hängt, verstehst du? Manchmal fehlt mir sogar die Kälte.«

»Du bist eben ein Emsländer, mein Junge. Man kann seine Herkunft nicht verleugnen.«

»Nein, da hast du recht.«

»Apropos Emsland«, setzte Ebba an. »Ich muss dir da was sagen …«

Sein Blick fiel auf die Uhr. Er sprang erschrocken auf.

»Um Himmels willen! Ich muss los, Tante Ebba. Sonst kriege ich Ärger mit dem Manager. Ich muss mich duschen und dann zu den Hotelgästen. Wir sehen uns heute Abend zum Essen. Da reden wir über alles andere.«

Und damit lief er auch schon davon. Ebba blieb allein in der Sitzecke hocken. Sie würde die Sache einfach später zur Sprache bringen. Aufgeschoben war nicht aufgehoben.

Als Toni im Fahrstuhl verschwunden war, machte sie sich auf den Weg nach oben zu den Zimmern. Sie wollte doch mal sehen, wo die anderen blieben. Zuerst klopfte sie bei Helga und Immi an der Tür. Aber nichts. Drinnen blieb alles still. Es war keiner da. Also ging sie weiter zu Kamilla.

Schon als sie die Tür ihres gemeinsamen Zimmers aufschloss, hörte sie ein Rumpeln und Klappern aus dem Bad. Vorsichtig schob Ebba die Tür auf. Kamilla hockte mit Handschuhen und Plastikhaube vor dem Klo und schrubbte wie wild den Boden. Um sie herum waren ein halbes Dutzend Sprühflaschen aufgereiht. Papiertücher stapelten sich.

Sie war so energisch bei der Sache, dass sie Ebba nicht mal bemerkte.

»Kamilla … Was ist denn hier los?«

Jetzt erst hielt sie inne. Sie sah ihre ältere Schwester mit großen mitleiderregenden Augen an, richtete sich auf und zog den Mundschutz herunter.

»Ebba!«, kam es erschöpft. »Du ahnst ja nicht, was hier los war. Ich bin immer noch ganz fix und fertig.«

»Ist jemand eingebrochen?«, fragte sie erschrocken. »Ist was gestohlen worden?«

»Da war eine *Katze!*«, brach es aus Kamilla hervor.

»Eine Katze? Hier im Hotelzimmer? Wie ist die denn reingekommen? Die Tür war doch zu, oder?«

»Ach, was weiß denn ich! Die sind hier überall. Auf der Strandpromenade, in der Ortschaft. Man kann keine fünfzig Meter gehen, ohne einem von diesen Viechern über den Weg zu laufen. Außerdem stand die Terrassentür offen.«

Ebba zögerte. Ihr war nicht ganz klar, was daran für Kamilla so dramatisch war. »Hat sie Katzenhaare hinterlassen?«

»Sie hatte *Durchfall*«, stieß Kamilla hervor. »Oh, Ebba, das ist so ekelhaft! Sie hat alles vollgeschissen!«

Ebba musste ein Schmunzeln unterdrücken. Selbst sie fand das ein bisschen eklig. Dass so etwas ausgerechnet Kamilla passieren musste! Wie hoch war wohl die Wahrscheinlichkeit, dass einem so etwas widerfuhr? Ebba war froh, dass Immi und Helga nicht hier waren, sonst hätten sich die drei das Kichern sicher nicht verkneifen können.

Kamilla stützte sich mit ihren Plastikhandschuhen an den Fliesen ab. Sie wirkte immer noch wie unter Schock.

»Und wie geht's dir jetzt?«, fragte Ebba.

»Ich bin völlig durch den Wind, das kann ich dir sagen. Zum Glück habe ich meine Antibiotika dabei. Du weißt schon, die Silke mir übers Internet aus den USA besorgt hat. Ich hab schon ein paar genommen. Heute Abend nehm ich noch mal welche.«

»Aber warum hast du nicht den Zimmerservice geholt? Die hätten das wegmachen können. Das ist doch nicht deine Aufgabe.«

»Nein, Ebba. Das musste sofort passieren. Ich konnte das nicht ertragen. Keine Sekunde lang. Ich musste sofort damit anfangen.«

»Du liebe Güte«, sagte Ebba und sah sich im Bad um. »Eine Katze … Man sieht aber nichts mehr. Wo ist das denn passiert?«

Kamilla deutete mit dem Lappen nach nebenan. »Draußen auf der Terrasse«, sagte sie.

»Aber …« Jetzt war Ebba sprachlos.

Kamilla fühlte sich sofort angegriffen.

»Wo ich schon mal dabei war, habe ich gleich überall sauber gemacht«, verteidigte sie sich. »Ich weiß, es sieht hier auf den ersten Blick sehr sauber aus. Aber du weißt genau, Ebba, das muss gar nichts heißen. Es können überall Keime und Bakterien lauern, und die sind ja unsichtbar. Da gehe ich lieber auf Nummer sicher. Wo ich sowieso schon mit dem Putzen angefangen habe.«

Ebba wusste, dass es keinen Sinn hatte, deswegen mit ihr zu streiten. Sie blickte sich um. Im Flur neben der Tür stand eine Mülltüte, randvoll mit zerknüllten Papierfasertüchern. Da war wohl die Hinterlassenschaft der Katze zu finden. Ein seltsamer Gegenstand ragte aus der Tüte. Es war eine Figur. Ebba trat näher. Eine Heiligenfigur.

»Was ist das denn da in der Mülltüte?«

Kamilla kam sofort angeschossen.

»Fass das nicht an! Das kommt mir nicht ins Haus!«

»Aber … was ist das?«

»Die heilige Rita. Immi hat die irgendwo in der Gosse gefunden. Mit einem abgeschlagenen Arm und einem kaputten Auge. So ein billiges Gipsding. Sie wollte die Figur sauber machen und als Souvenir mitnehmen. Du weißt doch, wie Immi ist.«

»Aber kannst du die dann einfach so wegwerfen? Wenn das Immis Souvenir ist?«

»O ja, und ob ich das kann! Die ist doch total verseucht. Da kann alles an Krankheiten dran sein. Was denkt sich Immi nur? Keine Sorge, Ebba. Ich hab das mit ihr besprochen. Sie hat sich gefügt. Ekelhaft ist das! Und die Figur kommt weg, sag ich dir, ganz egal, was du sagst. Ende, aus.«

»Ist ja gut. Ich sag doch gar nichts.«

Kamilla ging zurück ins Bad und scheuerte sofort wieder drauflos. Ebba nahm mit spitzen Fingern die Mülltüte.

»Ich bring das besser weg«, sagte sie. »Bin gleich wieder da.«

Sie warf einen Blick zum Balkon. Von der Katze und ihrem Malheur war nichts mehr zu sehen. Und so wie sie Kamilla kannte, würden selbst die Leute vom CSI nichts mehr nachweisen können.

Sie wollte sich gerade abwenden, als sie Helga unten in der Anlage entdeckte. In Begleitung dieses schmierigen Zahnarztes. Sie bummelten am Pool entlang, als wären sie seit fünfundzwanzig Jahren verheiratet.

Ebba trat näher, um besser sehen zu können. Kamillas Pantoffel bemerkte sie leider zu spät. Sie stolperte, ihr Fuß rutschte weg, sie verlagerte ihr Gewicht, trat dabei mit dem anderen Fuß so unglücklich auf, dass sie das Gleichgewicht verlor und einen Satz nach vorne machen musste. Dabei rutschte ihr die Tüte aus der Hand, ein Henkel riss, und im nächsten Moment ergoss sich der ganze Inhalt über Kamillas Bett.

Ebba hielt die Luft an. Sie rührte sich nicht vom Fleck. Hunderte schmutziger Fasertücher quollen hervor. Dann rollte die heilige Rita heraus und wälzte sich in Kamillas Kopfkissen.

»Alles in Ordnung, Ebba?«, kam es von nebenan.

»Ja, ja. Alles gut«, trällerte ihre ältere Schwester.

Im Eiltempo begann sie, alles wieder in den Müllsack zu stopfen. Verknotete Tücher, Plastikhandschuhe, zerknülltes Papier. Zum Schluss fischte sie die heilige Rita aus Kamillas Bett und steckte sie mit spitzen Fingern zurück in die Tüte.

Mit der Hand strich sie das Laken glatt. Auf dem bordeauxroten Bettbezug waren nur zwei winzige Flecken zurückgeblieben. Man musste schon wissen, dass sie da waren, wollte man sie sehen. Ebba hoffte einfach, dass es gut gehen würde.

»Ebba? Was machst du denn da?«

Kamilla war hinter ihr aufgetaucht.

»Ich … ich habe nur Helga da unten gesehen.«

»Jetzt bring den Müll schon raus. Ich will den hier nicht mehr haben.«

»Ja, du hast recht. Und dann spreche ich mal mit Helga. Das mit diesem Zahnarzt, das geht nicht. Nicht vor unser aller Augen.«

Kamilla nickte fahrig. Für solcherlei Themen hatte sie im Moment natürlich keinen Nerv.

»Mach das, Ebba. Und jetzt bring den Müll weg.«

»Gut. Wir sehen uns später, Kamilla.«

Ihre Schwester hatte zum Glück nichts bemerkt. So wie Ebba sie kannte, hätte Kamilla darauf bestanden, augenblicklich abzureisen.

»Wenn ich hier fertig bin, lege ich mich einen Moment hin, Ebba«, rief Kamilla aus dem Bad.

»Mach das. Wir sehen uns später am Pool.«

Ebba nahm die Tüte, ging hinaus auf den Flur und zog die Tür hinter sich ins Schloss.

13

Nachdem Ebba den Müll weggebracht hatte, ging sie über die Hotelterrasse zum Pool. Helga und dieser Zahnarzt hatten sich ein verschwiegenes Eckchen ausgesucht für ihr Tête-à-Tête. Ein von Sträuchern und Palmen umgebenes, schwer einsehbares Rondell, in das genau zwei Liegestühle und ein Tischchen passten und das durch einen kleinen Wasserfall vor zu neugierigen Blicken geschützt war. In Papenburg hätte man so was früher Verlobungsecke genannt.

Ebba blickte sich um. Dann schlich sie sich über den Rasen von hinten an die Ecke heran. Sie stakste durch ein Kakteenbeet und erreichte eine Palme mit einem dicken Stamm, hinter dem sie sich verstecken konnte. Jetzt wollte sie doch mal sehen, was bei den beiden los war. Einer musste hier ja den Überblick behalten.

Helga und ihr Zahnarzt saßen mit dem Rücken zu ihr auf einer Liege. Schulter an Schulter unterhielten sie sich. Ebba schob den Kopf hinter dem Stamm hervor und lauschte.

»Soll ich ihn dir mal zeigen?«, fragte der Zahnarzt.

»O ja. Sehr gern«, kam es von Helga.

Ihre Schwester rückte näher an den Mann heran und blickte ihm in den Schoß.

»Der ist aber groß«, sagte sie. »Du liebe Güte.«

»Ja, ich bin auch ganz stolz drauf. So einen hat nicht jeder.«

»Nein, ganz bestimmt nicht. Da kannst du dir was drauf einbilden.«

Ebba sah rot. Sie dachte nicht nach, sondern preschte hinter der Palme hervor, mitten in das Rendezvous hinein.

»Jetzt ist aber Schluss!«, schrie sie. »Aufhören!«

Und blickte in zwei ziemlich verwunderte Gesichter. Der Zahnarzt balancierte einen nagelneuen Tabletcomputer auf seinen Oberschenkeln. Der tatsächlich ziemlich groß war.

Ebba geriet ins Straucheln. So war das also.

»Ebba! Was ist denn los mit dir?« Helgas Stimme schwankte zwischen Wut und Erstaunen. »Bist du von allen guten Geistern verlassen?«

Ebba hatte sich schnell wieder gefasst. »Wir haben eine Verabredung, Helga. Hast du das schon vergessen?«

»Eine Verabredung? Wovon redest du?«

»Helga, jetzt hab dich nicht so. Komm schon mit.«

Das Erstaunen war verschwunden, jetzt lag nur noch Wut in Helgas Stimme. »Dann hab ich halt eine Verabredung vergessen. Aber kannst du mir das nicht sagen wie jeder andere normale Mensch auch? Musst du dich da von hinten anschleichen und uns erschrecken? Du bist doch irre. Und jetzt lass uns allein.«

Bevor Ebba etwas sagen konnte, mischte sich der Zahnarzt ein.

»Wenn ihr verabredet wart, Helga, dann geh ruhig. Ich möchte mich nicht in deine Familie drängen. Ich kann warten. Vielleicht sehen wir uns heute Abend.«

Ebba nickte. Du hast es gehört, gab sie Helga mit einem Blick zu verstehen.

»Ebba, das ist Klaus-Peter«, sagte Helga grimmig. »Klaus-Peter, darf ich dir meine Schwester vorstellen?«

»Freut mich sehr«, sagte er und gab Ebba artig die Hand. »Ich hab schon viel von Ihnen gehört.«

»Umgekehrt kann ich das leider nicht behaupten.«

Helga hatte offenbar kein Interesse daran, dass Ebba sich

länger mit dem Mann unterhielt, denn sie zerrte ihre Schwester unsanft aus der Ecke heraus zum Pool. Sobald sie außer Hörweite waren, fuhr sie Ebba an.

»Was sollte denn dieser Auftritt? Spinnst du?«

Ebba konnte unmöglich die Wahrheit sagen. Außerdem war sie schon immer der Meinung gewesen, Angriff wäre die beste Verteidigung.

»Einer muss ja auf dich aufpassen! Was versteckt ihr euch auch in solchen Ecken? Das sieht ja aus, als würdet ihr die Öffentlichkeit scheuen. Reicht es nicht, einfach nur ein bisschen zu flirten? Musst du gleich aufs Ganze gehen?«

»Ebba, ich möchte das jetzt nicht mit dir besprechen.«

»Ich weiß schon, du hast Probleme mit Wolfgang. Das hab ich ja verstanden. Aber kann man die nicht anders angehen? Wie wäre es denn mit einer Eheberatung? Das ist doch heutzutage nichts Ungewöhnliches mehr. Musst du denn gleich fremdgehen?«

»Wer sagt denn, dass ich fremdgehe?«, regte sich Helga auf. »Kümmer dich bitte um deinen eigenen Kram! Musst du überall deine Finger im Spiel haben?«

Helga schien ernsthaft sauer zu sein. Dieses Mal war Ebba offenbar zu weit gegangen. Auch wenn sie nicht fand, dass sie sich falsch verhalten hatte. Aber vielleicht wäre es trotzdem besser, das Thema vorerst ruhen zu lassen.

»Ich wollte dir nicht auf den Schlips treten«, sagte sie beschwichtigend. »Möchtest du zurück zu Klaus-Peter? Ich werde euch auch in Ruhe lassen, versprochen.«

Das nahm Helga den Wind aus den Segeln.

»Ach was, nein«, sagte sie. »Ich sehe ihn heute Abend nach der Show. Das ist früh genug.«

»Also gut. Was hältst du davon, wenn wir einen kleinen Spaziergang unternehmen? Nur wir zwei? Ich lade dich unten am Strand auf ein Eis ein. Als Wiedergutmachung.

Und ich verspreche: Wir werden nicht über Klaus-Peter sprechen. Kein Wort. Was meinst du?«

Nun tauchte ein Lächeln auf Helgas Gesicht auf.

»Sehr gern«, sagte sie und hakte sich bei ihrer Schwester unter. »Nur wir zwei. Und dann tun wir so, als würde es keinen Wolfgang und keinen Klaus-Peter geben.«

Als sie eine gute Stunde später ins Hotel zurückkehrten, saß Kamilla auf der Terrasse des Restaurants und trank ein Kännchen Tee. Sie wirkte gut gelaunt und ausgeruht. Anscheinend hatte sie wirklich nichts davon mitbekommen, dass sie und die heilige Rita sich quasi das Kopfkissen geteilt hatten. Ebba war erleichtert.

Außerdem hatte Kamilla Anschluss gefunden. An ihrem Tisch saßen zwei ältere Damen, die sich offenbar prächtig mit Kamilla verstanden. Bei näherem Hinsehen stellte Ebba fest, dass sie die beiden schon mal gesehen hatte. Es waren die Frauen, die ihnen am ersten Tag Tonis Show empfohlen hatten.

»Da sind ja meine Schwestern«, flötete Kamilla und winkte fröhlich. »Wir sind hi-hier! Kommt he-her!«

Die beiden Damen winkten ebenfalls.

»Das ist ja eine Überraschung!«, rief die Ältere. »Erinnern Sie sich noch an uns? Wir kennen uns schon.«

»Stimmt«, sagte Ebba. »Sie haben uns die Show empfohlen.«

»Ganz genau, das waren wir. Warum haben Sie denn nichts davon gesagt, dass Sie Toni Müllers Tanten sind? Seine Verwandtschaft! Wie aufregend. Wenn wir das gewusst hätten!«

Ebba setzte sich zu ihnen. »Ach, so aufregend ist das gar nicht«, meinte sie. »Toni ist ja derselbe Junge, der er immer schon war.«

»Ich bin sein größter Fan, müssen Sie wissen«, sagte die

Jüngere. »Ich stell mir das ganz spannend vor, einen so berühmten Neffen zu haben. Ich würde platzen vor Stolz.«

»Nun ja.« Ebba hatte Tonis Bekanntheitsgrad oft eher als lästig empfunden, zum Beispiel wenn sie mit ihrem Neffen im Café Stövchen saß und plaudern wollte, und ständig kamen Leute und sprachen Toni an, weil sie ihn aus dem Fernsehen kannten. Jetzt aber, wo sie fernab von Papenburg die tief beeindruckten Gesichter dieser Frauen sah, spürte sie schon ein bisschen Stolz.

»Das war schon immer so mit Toni«, sagte Kamilla. »Als kleiner Junge hat er sich ständig verkleidet und ist in andere Rollen geschlüpft.«

»Wisst ihr noch, wie er der Marienkäfer war?«, meinte Helga. »In dem Schulstück über das Leben der Insekten? Da ist er gefeiert worden von den Leuten! Kein anderes Kind hat so viel Applaus bekommen.«

»Und er konnte stundenlang alleine mit seinen Kostümen in seinem Zimmer sitzen«, sagte Kamilla. »Er hat genäht und gestrickt, müssen Sie wissen! Ist das zu glauben?«

»Kleider entwerfen … Eigentlich hätten wir da schon Bescheid wissen müssen«, kommentierte Helga mit einem Grinsen.

Die beiden Frauen blickten irritiert.

»Na, dass der Junge homosexuell ist«, erklärte Ebba.

Das hatten die beiden offenbar gar nicht gewusst.

»Dann stimmt das gar nicht?«, hauchte die Jüngere. »Er hat gar keine Freundin?«

»Was ist denn mit dieser Sängerin?«, fragte die andere.

»Ach, das war nur für die Presse!« Kamilla lachte herzlich. »Damit keine Gerüchte aufkommen. Als ob das heute noch einen interessiert, oder?«

Die beiden Frauen bekamen rote Wangen. Offenbar

waren diese Informationen für sie sehr wohl interessant, weshalb auch immer, dachte Ebba.

»Ob Toni immer noch so viele Kostüme hat?«, meinte Helga. »Ich würde ja gerne mal seine Garderobe sehen.«

»Ich auch!«, rief Kamilla. »Was meint ihr? Sollen wir uns die mal angucken?«

Ebba fand das eine gute Idee. »Ich hab die auch noch nicht gesehen. Der Junge hat ja nie Zeit. Er scheint sehr schwer beschäftigt zu sein.« Und an die beiden Frauen gewandt sagte sie: »Haben Sie nicht Lust mitzukommen?«

Die Damen sahen sich mit großen Augen an. Die Ältere hielt sich das Herz. Sie schien kaum Luft zu bekommen.

»Aber geht das denn so einfach?«, fragte sie.

»Natürlich«, meinte Ebba. »Warum denn nicht? Außer Toni ist da doch keiner. Und der hat sicher nichts dagegen.«

Sie stand auf. »Kommen Sie. Gehen wir runter.«

Die Frauen wussten nicht, wie ihnen geschah. Begeistert gingen sie mit. Ebba führte die kleine Karawane an. Kamilla und Helga erzählten Geschichten von Tonis Schulaufführungen und kicherten dabei immer wieder. Und die beiden Damen wandelten wie auf Wolken und hörten andächtig zu. Auf dem Weg durch die Hotellobby winkten sie zwei Freundinnen herbei, die sich der Gruppe ebenfalls anschlossen.

Nacheinander stiegen sie die Treppe hinunter zur Künstlergarderobe. Die Tür war unverschlossen, aber Toni war trotzdem nicht da. Drinnen war es dunkel. Ein Fenster gab es offenbar nicht. Ebba schaltete das Licht ein. Eine nackte Glühbirne brannte auf. Der Raum war eng und ungemütlich. Sehr zweckmäßig alles, ohne persönliche Note.

Auf nackten Kleiderstangen hingen Tonis Kostüme. Sein Smoking, die Gefängniskleidung, daneben ein paar Frauenkleider. Der arme Junge. Das war wirklich ein trostloser Ort.

Die ältere Frau fasste ehrfürchtig den Smoking an.

»Toni Müller ist homosexuell«, sagte sie zu den beiden Frauen, die sich ihnen angeschlossen hatten. »Wusstet ihr das? Könnt ihr das glauben?«

Offenbar nicht, wenn Ebba das Raunen der Frauen richtig deutete. Dabei war das dem Jungen doch nun wirklich fünfzig Meter gegen den Wind anzusehen.

»Hat er denn einen Freund?«, fragte eine der Frauen.

»Seinen letzten hat er vergrault«, sagte Ebba.

»Ebba!«, kam es von Kamilla. »Das stimmt doch gar nicht. Micha ist fremdgegangen. Das ist ja wohl was anderes.«

»Micha«, hauchte eine der Frauen. »So hieß er?«

Eine andere machte heimlich Bilder mit der Handykamera.

»Dass sein Fanclub da nie was von gesagt hat«, meinte sie. »Die müssten das doch wissen. Es ist kaum zu glauben.«

»Also, *uns* können Sie es mit Sicherheit glauben«, sagte Helga. »Wir wissen es quasi aus erster Hand.«

»Seine letzte Freundin hatte er mit fünf«, sagte Kamilla. »Die kleine Ann-Sophie. Aber nur so lange, bis Ebba die beiden bei Doktorspielen erwischt hat. Danach war es dann vorbei.«

Ebba räusperte sich. »Da hab ich vielleicht ein bisschen überreagiert«, räumte sie ein.

»Ein bisschen ist gut«, meinte Helga.

»Ja, aber das war doch auch schmutzig, was die da gemacht haben«, verteidigte sich Ebba. »Was hätte ich denn sagen sollen? Toll, Kinder, weiter so? Natürlich habe ich dafür gesorgt, dass das ein Ende hat. Dieses Mädchen sollte ruhig heulend nach Hause laufen.«

»Ich glaub ja, dass Toni deshalb schwul geworden ist«, sagte Helga.

»Das ist doch Unsinn!«, polterte Ebba. »Das kannst du mir nicht in die Schuhe schieben! Außerdem sagen

Wissenschaftler, dass man damit wohl schon zur Welt kommt.«

»Ach, das ist ja alles so interessant!«, schwärmte die ältere der Frauen. »Haben Sie noch ein paar Geschichten aus seiner Kindheit auf Lager?«

»Da haben wir mehr als genug«, sagte Helga und lachte. »Was wollen Sie denn hören?«

»Wie war er denn so in der Schule? War er ein guter Schüler?«

»Vor allem war er faul«, sagte Kamilla. »Und mit den Lehrern haben wir ständig Ärger gehabt. Als er zum Beispiel in der sechsten Klasse war, da ...«

Kamilla verstummte. Sie sah überrascht zur Tür. Die anderen folgten ihrem Blick. Da stand Toni. Er war unbemerkt reingekommen. Wie lange hatte er da schon gestanden und mitgehört? Er schien sich über den Besuch überhaupt nicht zu freuen.

»Was macht ihr eigentlich hier in meiner Garderobe?«

Seine Stimme war eiskalt. Hoppla, so kannte Ebba den Jungen gar nicht. Das war doch nicht ihr Toni. Er schien richtig sauer zu sein.

Die Frauen, die sie mitgebracht hatten, huschten an ihm vorbei nach draußen. Wie Schulkinder, die in der Pause beim Rauchen auf dem Klo erwischt worden waren. Sie machten sich aus dem Staub, bevor sich ein Lehrer ihre Namen aufschreiben konnte.

Übrig blieben die Schwestern und Toni.

»Seid ihr von allen guten Geistern verlassen?«, rief er. »Das könnt ihr doch nicht machen!«

»Was hast du dich denn so?«, fragte Ebba. »Das ist doch nicht das erste Mal, dass wir uns deine Garderobe angucken. Das machen wir doch immer.«

Er deutete zur offenen Tür. »Das waren Fans! Die könnt

ihr doch nicht einfach hier rumführen, als wären das Freundinnen von euch. Ich versuche das auseinanderzuhalten, Beruf und Privatleben. Es ist schwer genug, sich diese Leute auf Distanz zu halten. Seine Privatsphäre zu schützen. Und ihr erzählt denen von Micha? Und von irgendwelchen Doktorspielen mit Ann-Sophie?«

Ebba verstand sofort, was er sagen wollte. So hatte sie das noch gar nicht gesehen. Ach herrje, da hatten sie sich wohl wieder in die Nesseln gesetzt.

»Hör zu, Toni, es tut uns leid. Das haben wir wohl alles nicht zu Ende gedacht. Wahrscheinlich hätten wir die nicht mitbringen dürfen.«

Doch jetzt war er nicht mehr zu halten.

»Ihr bringt hier alles durcheinander! Wenn die das der Presse erzählen! Ich bin zwar raus aus dem Geschäft, aber für eine Schlagzeile reicht das immer noch.«

Die Schwestern sahen betreten zu Boden. Selbst Ebba sah ein, dass sie jetzt besser den Mund hielt. Toni sollte sich erst wieder abreagieren.

Er ließ sich auf den Stuhl vor dem Schminktisch sinken und wühlte nervös in einem Stapel Moderationskarten herum. Seine Tanten ignorierte er einfach.

»Ich muss mich jetzt auf die Show vorbereiten.«

»Aber kommst du nicht mit uns ins Restaurant?«, fragte Kamilla. »Wir wollten doch zusammen essen.«

»Das muss heute leider ausfallen. Der Manager will mit mir die Show durchgehen. Wir müssen das auf morgen verschieben.«

Schon wieder. Das hieß, Ebba würde die Sache mit Papenburg und Onkel Hubert auch heute nicht loswerden. Allerdings war jetzt wohl wirklich der falsche Zeitpunkt dafür, nachdem sie diese Frauen hier hereingebracht hatten.

»Also gut, dann lassen wir dich allein«, sagte sie und gab

ihren Schwestern das Zeichen zu gehen. »Wir sehen uns nachher in der Show.«

Er sah von seinen Karten auf. »Tante Ebba …«

Sie wusste schon, was als Nächstes kommen würde. Es war ihre Chance, ihn versöhnlich zu stimmen.

»Wir halten uns zurück, versprochen. Keine Zwischenrufe diesmal. Das wolltest du doch sagen, oder?«

Er lächelte. Endlich, ein Lächeln. Jetzt sah er wieder aus wie der Toni, den sie kannte.

»Danke«, sagte er. »Wir sehen uns nach der Show. Und dann trinken wir zusammen einen.«

Die Schwestern stiegen die enge Treppe hinauf und traten in die Hotellobby.

»Jetzt hast du ihm das mit Papenburg immer noch nicht gesagt, Ebba«, meinte Kamilla.

»Glaubst du, das wäre jetzt eine gute Gelegenheit gewesen?«

Als wenn sie daran erinnert werden müsste. Sie versuchte ja unentwegt, das Thema anzusprechen. Und ihre Schwestern waren, nebenbei bemerkt, bisher keine große Hilfe dabei gewesen.

»Alles zu seiner Zeit«, sagte sie knapp.

»Aber du willst doch mit einer Antwort nach Hause fahren, oder nicht? Ein bisschen Zeit zum Nachdenken musst du ihm schon geben.«

»Das brauchst du mir nicht zu sagen. Bei der nächsten Gelegenheit werde ich mit ihm darüber sprechen. Das ist dann schon noch früh genug.«

Denn die Antwort war ja sowieso schon klar. Toni würde zustimmen. Es war das Beste für ihn. Und selbst wenn er sich am Anfang noch etwas sperren sollte, würde er es früher oder später einsehen.

Ebba blickte sich um. Ihr wurde bewusst, was ihr schon

den ganzen Nachmittag über merkwürdig vorgekommen war.

»Wo steckt eigentlich Immi?«, fragte sie.

»Ach so, das habe ich gar nicht gesagt«, meinte Helga. »Ich soll euch schöne Grüße ausrichten.«

»Schöne Grüße? Aber wo ist sie denn?«

»Sie wollte noch mal zu dem Lokal. Ihr wisst schon, wo wir gestern Kaffee trinken waren. Sie findet es halt so schön da. So ursprünglich.«

»Ganz alleine? Warum hat sie denn nichts gesagt? Da hätte doch einer von uns mitgehen können.«

»Sie wollte sich nicht aufdrängen. Sie meinte, sie möchte nur ein bisschen die Atmosphäre genießen. Da müsste keiner mit.«

Für Ebba hörte sich das sehr merkwürdig an.

»Wie, und jetzt sitzt sie da alleine rum?«, fragte sie. »Ich meine, da ist doch keiner, mit dem sie sich unterhalten kann, oder?«

»Das muss ja auch nicht immer sein. Lass ihr doch den Spaß. Sie hat sich das so gewünscht. Vielleicht ist sie auch längst wieder da.«

Ebba kam das komisch vor. Aber nun gut, eigentlich ging es sie nichts an. Dass Immi aber einfach still dasaß und schwieg, das konnte Ebba sich beileibe nicht vorstellen.

14

»Und dann habe ich gesagt, mit den Landfrauen können wir immer noch mal los. Und auch die Lüneburger Heide läuft uns nicht weg. Ich mein, mit dem Auto sind wir da ja quasi in einer Stunde.«

Alvaro, der Kellner, der sie schon beim letzten Mal bedient hatte, stand leicht vorgebeugt da, die Hände hinterm Rücken verschränkt, und lächelte. So ein höflicher Mann war das, der Alvaro. Helga und ihre blöden Witze. Richtig peinlich war das Immi gewesen. Aber Alvaro war offenbar nicht nachtragend.

»Rein theoretisch«, fuhr sie fort, »könnte man auch mal sonntags nach dem Kaffee da rausfahren, hab ich den anderen gesagt. Nach Schneverdingen oder Undeloh. Im Herbst können wir das mal machen, da ist die Heide sowieso am schönsten. Warst du schon mal da, in der Lüneburger Heide?«

»Nein, nix gewesen. Aber Deutschland schönes Land.«

Es war wenig los in dem Restaurant, Immi war an diesem Nachmittag der einzige Gast. Alvaro stand in seiner langen Schürze neben ihr am Tisch. Er schenkte ihr seine ganze Aufmerksamkeit. So freundlich war er, der Alvaro. Immi hätte ihm ja am liebsten gesagt, er solle sich doch zu ihr an den Tisch setzen. Aber das gehörte sich bestimmt nicht für einen Kellner.

»Ja, Deutschland ist schön«, sagte sie. »Aber hier ist es noch viel schöner. Weißt du, Alvaro, ich hab schon gemerkt, alles, was bei mir im Wohnzimmer auf der Fensterbank steht, das wächst hier in freier Natur! Das muss man sich mal vorstellen. Und dann die Palmen und die Sonne und das Meer. Und erst euer Restaurant mit den schönen Möbeln und der Wandvertäfelung. Ach, ihr habt hier wirklich ein Paradies!«

»Insel ist ewiger Frühling«, sagte Alvaro. »Ewige Jugend.«

»Ewige Jugend!« Immi lachte. »Die könnte ich im Moment wirklich gebrauchen. Meine Hüfte wird operiert. Wenn ich wieder zurück in Deutschland bin, dann geht's ins Krankenhaus. Eigentlich sollte ich mich drauf freuen, weil ... die Schmerzen, die bringen mich um. Es gibt Tage, da bin ich gar kein Mensch mehr. Aber trotzdem: eine neue Hüfte! Wie alt ist man denn, wenn man so was kriegt? Uralt doch. Scheintot.«

»Schönheit nicht sein Frage von alt.«

Immi lächelte. »Ach, Alvaro! Du bist mir ja ein Charmeur! Aber trotzdem, ich sage dir, das macht mir schon zu schaffen, das alles. Mein ältester Sohn ist neulich vierzig geworden. Ich meine *vierzig*! Dabei hab ich das Gefühl, ich wäre selber noch vierzig. Wo sind die ganzen Jahre hin? Und jetzt bekomme ich eine neue Hüfte. Da gehöre ich endgültig zum alten Eisen.«

»Alte Eisen schmiedet gut«, sagte er.

»Nein.« Immi lachte. »Man muss das Eisen schmieden, solange es heiß ist. So geht das Sprichwort.«

»Deutsch schwere Sprach.«

»Aber du sprichst das ganz *hervorragend!* Was kann ich denn schon auf Spanisch? Zwei oder drei Wörter vielleicht, das war's. Und schließlich *sind* wir hier in Spanien. Ich sollte mich was schämen, dass ich mit dir Deutsch spreche und nicht Spanisch. Im Grunde ist das sehr unhöflich, lieber Alvaro, das weiß ich wohl. Aber auf Plattdeutsch können wir auch nicht miteinander reden, und sonst kann ich nur noch ein bisschen Holländisch.«

»Goedendag, mevrouw.«

Sie klatschte in die Hände. »Dat is tof. Also, ich kann dir sagen, Alvaro! Neulich waren wir in Winschoten auf dem Wochenmarkt. Ach, ich *liebe* diese Wochenmärkte, wo man bummeln und die tollsten Sachen kaufen kann. Da war ich mit Helene Bruns, du weißt schon, von Tapeten-Bruns aus Papenburg. Und du *ahnst* nicht, was uns passiert ist …«

Immi drehte ihren Stuhl herum, damit sie besser mit Alvaro reden konnte. Ach, dieses wunderbare Restaurant. Sie könnte stundenlang hier sitzen und mit dem charmanten Kellner plaudern. Stundenlang.

15

Toni saß allein in der Garderobe und betrachtete sein Gesicht im Schminkspiegel. Noch zehn Minuten bis zum Auftritt. Er wünschte sich, Sam wäre schon da. Nach dem Chaos, das seit dem Eintreffen der Tanten ausgebrochen war, hätte er sich wohler gefühlt, wenn ein halbwegs normaler Mensch in seiner Nähe gewesen wäre.

Wobei er es schon beängstigend fand, dass er ausgerechnet jemanden wie Sam als normalsten Menschen weit und breit bezeichnete. Ob der überhaupt schon wach war? Wie viele Stunden war es her, dass Toni ihn ins Bett gelegt hatte?

Er nahm sein Handy und klingelte bei ihm durch. Sams Stimme klang wach und ausgeruht.

»Ich wollte nur fragen, ob du schon unterwegs bist«, sagte Toni. »Wegen unserer ABBA-Nummer.«

»Ich mach mich gleich auf den Weg. Ich sitze noch bei der Jause. Ist ja a bisserl später geworden gestern Nacht. Sag mal, warst du das, der mich heimgebracht hat?«

Toni lächelte. »Du kannst dich nicht mehr erinnern?«

»Na ja. Vage.«

»Du hast mir gesagt, dass du mich vergötterst. Und dann wolltest du Sex mit mir haben.«

Doch Sam hatte die Finte sofort durchschaut.

»Ja, sicher. Bild dir bloß nichts ein.«

»Wann kommst du denn? Die Show geht gleich los.«

»Unsere Nummer ist doch erst nach der Pause dran, gell? Da hab ich noch a bisserl Zeit.«

»Ich weiß schon. Ich dachte nur … Ach, keine Ahnung. Alle sind irgendwie total irre hier. Ich könnte ein nettes Gesicht vertragen.«

»Wenn du ein fesches Gesicht sehen magst, dann musst mir zuerst eine halbe Stunde Zeit zum Schminken geben. Nach gestern Nacht …«

»Du weißt schon, was ich meine.«

»Ich bin gleich da. Ich beeil mich.«

Toni beendete das Gespräch. Von draußen drang leise Musik in die Garderobe. Mit routinierten Bewegungen zog er die Gefängniskleidung über seinen Smoking, dann ging er nach oben.

Auf der Bühne war alles vorbereitet. Der Käfig, die Säge, das Licht. Wie jeden Abend würde es mit der Gefängnisnummer losgehen. Das war inzwischen schon Tradition.

Er stellte sich auf seinen Platz, gab den Küchenhilfen ein Zeichen, dann ging die Musik los. Der Vorhang hob sich, und Scheinwerfer blendeten ihn.

»I want to break free!«, sang er.

Er nahm die Säge, die Gitterstäbe wurden zur Seite weggezogen, dann riss er die Gefängniskleidung herunter und trat vor auf die Bühne.

»I want to break free, baby!«

Der Tantentisch rückte in sein Blickfeld. Sie waren heute zu fünft, offenbar hatten sie einen Gast dabei. Tante Kamilla flüsterte und kicherte mit jemandem. Hatte die am Ende noch einen Urlaubsflirt an Land gezogen?

Er trat singend an den Rand der Bühne.

Jetzt konnte er erkennen, wer da neben Kamilla am Tisch saß. Es war Christoph. Sein Stalker. Er hockte vollkommen selig da, und Tante Kamilla gab sich, als wäre er ihr neuer bester Freund.

Er stockte. Der Text war weg. Schon wieder.

»I've fallen … first time.«

Die Männer in der Band warfen sich wieder besorgte Blicke zu. Toni kämpfte mit dem Song. Er sang einfach weiter, dachte sich eine Textzeile aus, improvisierte. Außer der Band merkte das sicher eh keiner. Diesmal wollte er sich nicht völlig aus dem Konzept bringen lassen.

Während er weitermachte, erkannte er, dass er nicht der Einzige war, der bemerkte, was am Tisch der Tanten vor sich ging. Die Leute vom Sicherheitsdienst drängten sich durch das Publikum. Sie versuchten, möglichst unauffällig nach vorne zu gelangen. Als sie den Tisch erreicht hatten und Christoph mitnehmen wollten, ging Kamilla dazwischen. Sie winkte ab, deutete auf Toni, winkte ihm lächelnd zu und redete auf die Sicherheitsleute ein, die schließlich verschwanden, ohne Christoph mitzunehmen.

»Einen wunderschönen guten Abend hier im Las palmeras del las islas«, begrüßte er die Gäste. »Ich habe schon mitbekommen, dass ich nicht der Einzige bin, der aus dem Knast ausgebrochen ist. Es sind eine Menge Leute aus dem Ruhrgebiet im Publikum!«

Der Witz kam nicht so gut an, und er versuchte es auszugleichen, indem er ein bisschen Stimmung machte.

»Wer kommt aus Bochum?«, rief er ins Publikum.

Vereinzelter Applaus.

»Und aus Essen?«

Diesmal etwas lauter.

»Und Gelsenkirchen?«

Jetzt wurde gejubelt.

Toni gab der Band ein Zeichen, und er stimmte die Schalke-Hymne »Blau und Weiß« an. Nun war ihm der misslungene Auftakt wieder verziehen. Die Stimmung wurde besser.

Tapfer kämpfte er sich von Nummer zu Nummer und

war froh, als er endlich wieder einen Song singen konnte. Er hängte sich die Gitarre um und begann »Tür an Tür mit Alice« von Howard Carpendale zu spielen. Der Text war einfach, das Lied kam immer gut an, und so hatte er Gelegenheit, noch mal genauer hinzusehen, was am Tantentisch eigentlich vor sich ging.

Seine Tanten schauten gut gelaunt zur Bühne. Nur Tante Helga richtete den Blick auf einen kleinen Schminkspiegel. Sie spuckte auf ein Papiertaschentuch und korrigierte ihren Lippenstift. Dann legte sie das zerknüllte Taschentuch auf den Tisch und räumte den Spiegel zurück in ihre Handtasche.

Toni beobachtete, wie Christoph mit zittrigen Händen nach dem Taschentuch griff und es eilig einsteckte, bevor Helga was bemerken konnte. Er hatte sich einen offenbar wertvollen Schatz gesichert: Spucke von Tonis Familie in einem Taschentuch. Merkten seine Tanten denn gar nicht, wie irre dieser Typ war?

Toni fiel es schwer, einfach weiterzumachen. Aber diesmal hielt er durch. Bis zur Pause. Statt über die Bühne abzugehen, nahm er den Weg durchs Publikum. Am Tisch seiner Tanten hielt er kurz inne und fauchte: »Mitkommen! Alle vier!«

Tante Ebba sah ihn völlig verdattert an. So einen Ton schlug er normalerweise ihr gegenüber nicht an. Aber Toni ließ ihr keine Zeit, Kontra zu geben. Er ging bereits weiter, schenkte dem Publikum ein strahlendes Lächeln und verschwand auf der Kellertreppe.

Seine Tanten folgten ihm mit staksigen Bewegungen und unsicheren Blicken ins Treppenhaus.

»Kommt mit in die Garderobe«, rief Toni. »Ich will das nicht vor Publikum klären.«

»Was denn klären?«, kam es von Tante Immi. »Wir haben

doch nichts getan? Wir waren mucksmäuschenstill, so wie du es wolltest.«

Toni erwiderte nichts. Er trat in die Garderobe, wartete, bis alle vier drin waren, und schloss die Tür.

»Was ist denn passiert?«, fragte Tante Ebba.

»Das will ich euch gerne sagen. Ihr habt …«

Da war Christoph. Er hatte sich mit den Tanten hineingeschlichen. Stand mit abwartendem Gesicht mitten zwischen ihnen, als gehörte er ganz selbstverständlich zu diesem konspirativen Zirkel dazu.

Toni verlor die Fassung. Die Ratschläge der Polizei waren vergessen.

»Was willst du hier?«, fuhr er Christoph an. »Du bist doch wahnsinnig. Verschwinde von hier, aber schnell. Und lass mich ein für alle Mal in Ruhe.«

Christoph reagierte nicht, sondern glotzte Toni mit großen Augen an. Gab sich mit jeder Zelle seines Körpers der Wonne hin, ihm so nah zu sein wie selten zuvor.

»Raus hier!«, rief Toni. »Raus!«

Jetzt bemerkten auch die Tanten, dass mit Christoph irgendwas nicht stimmte. Er reagierte nicht, sondern glotzte Toni weiter an.

»Hau endlich ab!«, schrie Toni.

»Haben Sie nicht gehört, was mein Neffe gesagt hat?«, polterte Tante Ebba. »Ich muss mich doch sehr wundern. Haben Sie keinen Anstand?«

Da er immer noch nicht verschwand, baute sie sich drohend vor ihm auf. »Junger Mann! Sie wurden aufgefordert zu gehen.«

Das holte ihn zurück in die Gegenwart. Auf einmal wirkte Christoph verängstigt, und als Tante Ebba näher an ihn heranrückte, machte Christoph kehrt und lief durch die Tür nach draußen. Toni ging hinterher, um sicherzugehen, dass er tatsächlich verschwunden war. Dann drückte er mit Nachdruck die Tür ins Schloss.

»Was war das denn?«, fragte Kamilla fassungslos.

»Das war der Grund, weshalb ich mit euch sprechen wollte.«

»Wegen Christoph?«, meinte Helga. »Aber ist das denn gar kein Freund von dir?«

»Sah das etwa aus, als wäre er ein Freund?«

»Nein, Toni. So sah es überhaupt nicht aus.«

»Das war mein Stalker! Ich habe euch doch mal davon erzählt.«

»Der ist hier auf Gran Canaria?«, meinte Immi. »Das ist ja gruselig. Ist der dir bis hierher gefolgt? Weil du hier ein Engagement hast?«

»Ja. Er ist mir hinterhergeflogen.«

»Ich verstehe das gar nicht«, jammerte Kamilla. »Das war doch so ein sympathischer junger Mann. Ich dachte wirklich, das wäre ein Freund von dir.«

Toni ließ sich auf den Stuhl vor dem Schminkspiegel sinken und zog seine Smokingjacke aus.

»Ist ja schon gut«, sagte er. »Ich wollte einfach keine Szene vor dem Publikum. Aber wenn der Typ noch mal auftaucht, müsst ihr die Sicherheitsleute holen, versteht ihr?«

Nun sah er in eine Reihe betroffener Gesichter. Selbst Tante Ebba schien verlegen zu sein. Auch sie hatte sich von diesem Typen täuschen lassen.

»Der hat unheimlich sympathisch gewirkt«, murmelte Tante Kamilla. »Was ist das nur für ein Mensch!«

Toni nahm die Puderquaste und erneuerte sein Make-up. Sollten sie ruhig ein bisschen unter schlechtem Gewissen leiden. Das geschah ihnen ganz recht.

»Also gut«, verkündete Tante Ebba lautstark. »Dann hätten wir das geklärt. Das passiert nicht wieder.«

Toni runzelte die Stirn. Was war das denn für eine seltsame Ansprache?

»Toni«, fuhr sie fort. »Wo wir schon mal alle zusammen sind, können wir noch was anderes klären.«

Die Tanten wechselten bedeutungsschwere Blicke. Was kam denn jetzt? Er ließ die Puderquaste sinken.

»Dann fang ich mal an, Ebba, soll ich?«, fragte Tante Kamilla. Tante Ebba nickte ihr zu. »Natürlich sind wir hier, um dich zu besuchen, Toni. Als Überraschung, weil du so weit von zu Hause weg bist. Wegen dem Heimweh. Aber es gibt noch einen anderen Grund. Etwas, das wir mit dir besprechen möchten, wo wir schon mal hier sind.«

»Lass mich mal auf den Punkt kommen«, fuhr Tante Ebba fort. »Das kann ja so nicht weitergehen mit dir. Nie hast du richtige Arbeit. Kein sicheres Geld. Keine Zukunft. Das ist doch kein Zustand auf Dauer.«

»Und neulich haben wir diese Reportage gesehen«, sagte Tante Helga. »Die über Schauspieler. Stimmt das denn, dass die allermeisten gar nicht davon leben können? Und dann müssen sie Hartz IV beantragen oder putzen gehen. Das war erschreckend, was wir da gesehen haben.«

»Und dann diese Sache mit der Anna«, sagte Tante Immi. »Du weißt schon, das Mädchen, das Querflöte gespielt hat in der Weihnachtsserie.«

»Sie hat getanzt, Immi«, mischte sich Tante Helga ein.

»Jedenfalls«, übernahm Tante Ebba wieder das Wort. »Du kennst doch Großonkel Hubert.«

Toni war völlig durcheinander. Was sollte das alles?

»Nein«, sagte er. »Kenn ich nicht.«

»Großonkel Hubert! Aus Börgermoor. Bitte, Toni. Natürlich kennst du den. Da waren wir früher regelmäßig sonntags zum Kaffee.«

»In Börgermoor?«

»Aber ja. Jetzt stell dich nicht so an. Großonkel Hubert!«

»Und was ist mit dem?«

»Er liegt im Sterben.«

»Oh. Also, das tut mir leid.«

»Ja, ja. Nichts für ungut. Sein Sohn wird den Hof übernehmen. Du weißt schon, der Günther. Aber *den* kennst du noch.«

Natürlich kannte Toni auch Günther nicht. Aber darauf kam es jetzt sicher nicht an.

»Der Günther ist ja in den USA«, fuhr Tante Kamilla fort. »Seit zwanzig Jahren schon. Und da will er auch bleiben. Ohne den Hof zu verkaufen. Er sucht jetzt einen Verwalter. Am liebsten einen aus der Familie.«

»Es ist ja nicht viel Arbeit«, sagte Tante Ebba. »Man muss sich nur um die Pacht kümmern. Und dann sind da noch Windräder und eine Solaranlage.«

Langsam begriff Toni, worauf sie hinauswollten.

»Ihr meint, *ich* soll das machen?«

»Das wäre perfekt!«, sagte Tante Kamilla. »Was willst du denn auch sonst arbeiten? Du hast ja nichts gelernt.«

»Ich habe immer gesagt, eine Ausbildung bei der Sparkasse«, meinte Tante Ebba. »Das wäre ein gutes Fundament, dann hat man was. Aber nein, der Herr musste ja unbedingt direkt nach dem Abschluss nach Berlin zur Schauspielschule.«

»Weil das meine Berufung war«, sagte Toni ärgerlich.

»Jetzt lass doch mal den Unsinn«, sagte Tante Ebba. »Außerdem sollst du das ja gar nicht an den Nagel hängen mit der Schauspielerei. Das verlangt keiner von dir. Diese Verwaltersache, das sind nur ein paar Stunden in der Woche. Aber auf die Weise würdest du etwas Sicherheit haben.«

»Es gibt schon lange Pläne, in Papenburg eine Freilichtbühne zu eröffnen«, schob Tante Helga hinterher. »So wie die in Meppen, die kennst du doch.«

»Eine der meistbespielten Freilichtbühnen in Norddeutschland«, dozierte Tante Kamilla.

»Die können gut jemanden gebrauchen, der sich etwas auskennt. Mit Schauspielerei und so. Die würden sich ganz bestimmt unheimlich freuen, wenn du da mitarbeitest.«

»Dann wäre alles unter einen Hut gebracht«, sagte Tante Immi und lachte affektiert auf. »Wäre das nicht wunderbar? Und wir könnten regelmäßig zu deinen Stücken kommen. Und keiner braucht mehr Angst zu haben, dass du wieder arbeitslos wirst.«

Toni benötigte eine Weile, um das zu verdauen.

»Ihr wollt, dass ich nach Papenburg zurückkomme? Und da bei der Freilichtbühne spiele?«

Er hielt sich am Tisch fest, auch wenn die Geste vielleicht ein bisschen dramatisch war.

»Du brauchst gar nicht so arrogant zu sein«, meinte Tante Ebba beleidigt. »Willst du etwa hierbleiben? Solche Hotelshows moderieren? Wie viele Jahre kannst du das noch machen?«

»Versteh doch, Toni«, sagte Tante Kamilla sanft. »Das ist eine einmalige Gelegenheit. Die darf man sich nicht durch die Lappen gehen lassen.«

Jetzt reichte es. Das konnte doch unmöglich deren Ernst sein! Unterm Strich war er doch ganz gut im Geschäft. Er hatte schon einige gute Engagements gehabt. Und es würden weitere kommen, ganz sicher. Irgendwann. Jede Durststrecke hatte ein Ende.

Es wurde still in der Garderobe. Toni versuchte sich zu sammeln. Die Tanten sahen ihn erwartungsvoll an. Sie hielten das offenbar wirklich für eine gute Idee.

Bevor er jedoch etwas sagen konnte, wurde die Tür aufgerissen. Der Manager stand im Raum und blickte wütend in die Runde.

»Was ist denn hier los?«, rief er. »Ich seh ja wohl nicht recht! Hier haben nur Hotelmitarbeiter Zugang, Toni! Das weißt du genau! Deine Familie hat hier nichts zu suchen!«

»Also bitte!«, kam es von Tante Ebba. »Wie reden Sie denn mit uns?«

Doch der Manager achtete gar nicht auf sie.

»Die verschwinden von hier, aber schnell. Und du, Toni«, sagte er und stach mit dem Finger in die Luft. »Du beeilst dich. In fünf Minuten geht die Show weiter. Noch so ein Ding, und es knallt. Dann hol ich mir endgültig Sandy Brandt aus dem Dschungelcamp. Die Idee gefällt mir immer besser. Dann ist deine Saison vorzeitig beendet. Wirst du schon sehen, wie schnell das geht.«

Ohne ein weiteres Wort drehte er sich um und verschwand wieder. Die Tür fiel laut donnernd ins Schloss.

»Wie redet der denn mit dir, Toni!«, sagte Tante Immi. »Wer war das überhaupt?«

»Was für ein Lackaffe«, empörte sich Tante Ebba. »Du liebe Güte!«

»Das war mein Chef«, sagte Toni niedergeschlagen. »Und er hat sogar recht. Ich darf euch hier eigentlich gar nicht reinlassen. Das steht unter anderem in meinem Vertrag.«

Das folgende Schweigen lastete schwer. Es war, als hätte der Manager den Tanten ein zusätzliches Argument geliefert. Denn wer wollte schon unter solchen Umständen arbeiten? Mit so einem Vorgesetzten?

Toni fragte sich, ob der Manager ihn wirklich rauswerfen würde. Dann würde es eng werden für ihn, so ganz ohne Anschlussengagement.

Seine Tanten sahen ihn an. Offenbar warteten sie noch immer darauf, dass er etwas zu ihrem Vorschlag sagte. Er holte Luft und wollte gerade anfangen zu reden, da wurde schon wieder die Tür aufgerissen, und jemand stürmte herein. Toni glaubte schon, der Manager wäre zurück, aber dann sah er, dass es Sam war.

»Toni! Sorry, dass ich so spät bin. Aber du glaubst nicht, was ich …«

Sam bemerkte die Tanten und geriet ins Straucheln. Er nickte ihnen lächelnd zu. Höflich wünschte er einen guten Abend. Dann wandte er sich wieder an Toni.

»Du glaubst nicht, was ich erfahren habe. Klemens Horst kommt morgen hierher.«

»Was meinst du? Hier in den Ort?«

»Nein, hier ins Hotel. Er kennt den Manager. Verstehst? Er schaut sich vielleicht deine Show an.«

16

Kamilla hatte ihren pinkfarbenen Morgenmantel übergeworfen, den mit den Puffärmeln und der weißen Plüschborte, und war mit einem strahlenden Lächeln im Bad verschwunden. Ebba sah auf die Uhr. Eine Viertelstunde war das jetzt schon her. Kamilla hantierte nebenan herum und summte vor sich hin. Ebba, die dringend zum Klo musste und langsam nicht mehr warten konnte, ging zur offenen Badezimmertür und lugte hinein.

Kamilla hatte auf der Ablage über dem Waschbecken sorgfältig die Utensilien für ihre Abendtoilette ausgebreitet. Zahnseide, Mundwasser, Wattestäbchen, Cremes und Sälbchen. Alles streng vertikal ausgerichtet und in genau bemessenem Abstand zueinander. Im Moment war sie damit beschäftigt, den Abstand zwischen Haarbürste und Nagelschere so anzupassen, dass er mit den anderen übereinstimmte.

»Frei, frei, frei wie ein Vogel im Wind«, trällerte sie dabei.

Ebba klopfte an den Türrahmen.

»Du, ich müsste mal. Wie lange dauert das denn noch?«

Kamilla sah überrascht auf.

»Ich hab gerade erst angefangen. Einen Moment dauert es schon noch.«

Ebba kehrte ins Zimmer zurück und nahm auf der Kante eines Sessels Platz. Eine Weile saß sie einfach da und lauschte Kamillas Summen, dann stand sie auf und ging zur Tür.

»Ich bin mal kurz unten, Kamilla.«

»Jaha!«, flötete es aus dem Bad.

Ebba verließ das Hotelzimmer, zog die Tür hinter sich zu und ging hinunter in die Lobby. Irgendwo meinte sie hier Toiletten gesehen zu haben. Und tatsächlich waren gleich neben dem Aufzug welche. Eine erfreuliche Erkenntnis. Wenn man sich mit Kamilla ein Zimmer teilte, war es immer gut zu wissen, dass saubere und helle Toiletten nicht allzu weit entfernt waren.

Auf dem Rückweg zum Treppenhaus fiel ihr Blick auf die Hotelbar. Eine einsame Gestalt hockte reglos vor einem Glas Wein. Es war Helga.

Was war denn mit ihrer Schwester los? Die war doch mit ihrem Zahnarzt verabredet gewesen, wenn Ebba richtig informiert war. Aber weit und breit war nichts von diesem Gigolo zu sehen.

Ebba steuerte den Tresen an und stellte sich neben sie.

»Helga? Was machst du denn hier so ganz alleine?«

Ihre Schwester lächelte traurig.

»Hallo, Ebba. Möchtest du dich nicht zu mir setzen? Dann wären wir schon zu zweit.«

Als Ebba verwundert auf den Barhocker gerutscht war, gab Helga dem Barkeeper ein Zeichen.

»Einen Rotwein für die Dame, bitte.«

Etwas war passiert, das stand außer Frage. Aber Ebba wollte nicht gleich mit der Frage herausplatzen. Sie wollte Helga Zeit geben. Die blickte auf den Tresen und ließ ihr Weinglas nachdenklich in den Händen kreisen.

»Ich kann das nicht, Ebba«, sagte sie schließlich.

»Ich verstehe nicht. Was kannst du nicht?«

»Klaus-Peter und ich … wir waren draußen am Strand, weißt du? Es war …« Sie lächelte. »Es war einfach wunderschön. So romantisch. Das dunkle Meer, die Brandung, die Lichter der Stadt und dann die Musik, die aus den Strandbars herüberweht. Fast schon kitschig war das.«

»Aber?«, fragte Ebba. »Was ist passiert?«

»Er … er hat mich umarmt. Und geküsst. Und dann … wollte er mehr.«

»Das reicht!« Sie sprang von ihrem Hocker auf. »Ich werde mir diesen Herrn Doktor mal vorknöpfen. Der kann was erleben!«

»Nein, Ebba, bitte lass das!«

Helga zog sie am Ärmel zurück auf den Barhocker. Nur widerwillig gab Ebba nach.

»Er war der perfekte Gentleman«, sagte Helga. »Die ganze Zeit über. Wirklich.«

Der Barkeeper brachte Ebbas Wein. Helga wartete, bis er weg war, bevor sie fortfuhr.

»Ich wollte das ja, Ebba. Dieses Prickeln spüren. Mich in jemanden zu vergucken. Die ganze Aufregung. Und ich wollte in den Armen eines Mannes liegen. Mich bei ihm geborgen fühlen, wenn auch nur für einen Abend. Geliebt werden, weißt du. Mich jung fühlen. Und schön.«

»Ach, Helga …«

»Und am Anfang war ja alles auch ganz wunderbar. Aber dann, als es zur Sache ging … Ich konnte das einfach nicht, Ebba. Ich konnte nicht. Ich wollte nur noch weg.«

Sie nahm einen tiefen Schluck aus dem Glas. Dann blickte sie nachdenklich auf den Tresen. Ebba wusste nicht, was sie dazu sagen sollte.

»Und jetzt?«, fragte sie.

»Ich weiß nicht. Gar nichts, schätze ich mal.«

»Vielleicht solltest du und Wolfgang ja tatsächlich eine Paarberatung machen.«

»Ich glaube nicht, dass Wolfgang sich jemals zu so etwas überreden lässt.«

»Dann spreche ich mal mit ihm! Wir werden schon sehen.«

Helga fing an zu lachen. Ebba war irritiert. Sie wusste nicht, ob ihre Schwester sich über sie lustig machte.

»Weißt du noch, Ebba, wie du uns damals hinter der Reithalle beim Knutschen erwischt hast?«

Das meinte sie also. Jetzt musste auch Ebba lächeln. Damals war sie noch viel rigoroser gewesen als heute, doch auch sie hatte im Lauf ihres Lebens eine Menge dazugelernt.

»Ich war ja noch nicht volljährig«, sagte Helga. »Meine Güte, was hast du nur mit ihm gemacht? Noch immer hat Wolfgang ein bisschen Angst vor dir, weißt du das?«

»Dann ist es vielleicht gar nicht so schlecht, wenn ich das empfehle mit der Paarberatung.«

Helga blickte versonnen in ihr Weinglas.

»Ich hätte mir so gewünscht, eine Romanze zu haben«, sagte sie.

Eine Weile saßen sie nur da und tranken Wein. Ebba konnte die Traurigkeit ihrer Schwester spüren, doch sie wusste nicht, was sie sagen sollte. Der einzige Weg, ihr zu helfen, war, neben ihr zu sitzen.

»Wo ist Immi eigentlich?«, fragte sie irgendwann.

»Die ist schon im Bett. Sie hatte Kopfschmerzen.«

»Wenn das so ist, dann lass uns noch ein Glas trinken. Kamilla wird mich auch nicht vermissen.«

»Das machen wir«, sagte Helga mit einem Lächeln.

Sie winkten den Barkeeper heran und orderten die nächste Runde. Als der Wein kam, stießen sie miteinander an.

»Auf die Familie«, meinte Ebba.

»Ja, auf die Familie.«

Sie tranken und stellten das Glas auf den Tresen.

»Meinst du, Toni wird das machen?«, fragte Helga. »Verwalter auf Onkel Huberts Hof werden?«

»Ja, natürlich. Warum denn nicht?«

»Es sah heute nicht unbedingt so aus, oder? Vielleicht mischen wir uns zu sehr in sein Leben ein.«

»Unsinn. Wir machen uns doch nur Sorgen.«

»Ja, ich weiß. Aber weiß Toni das auch?«

»Keine Ahnung, wovon du redest, Helga.«

»Ich glaube, es war ein ziemlicher Überfall heute. Und für ihn mag sich das angehört haben, als würden wir seinen Wunsch, Schauspieler zu sein, nicht respektieren.«

»Aber das hat doch keiner gesagt. Wir haben nur Angst, dass er nicht genügend Engagements bekommt. Wo es doch so schwer ist, in diesem Beruf zu überleben.«

»Vielleicht sollten wir mehr Vertrauen haben, dass er es schaffen wird.«

»Was ist denn los mit dir, Helga? Fällst du mir jetzt in den Rücken? Die Sache mit dem Hof von Onkel Hubert ist perfekt. Toni sollte das wirklich machen.«

»Ich meine nur, es ist seine Entscheidung. Und die sollten wir respektieren. Auch wenn er nicht nach Papenburg zurückkommen will.«

Ebba presste grimmig die Lippen aufeinander.

»Denn darum geht es doch eigentlich, oder?«, fuhr Helga fort. »Dass er zurückkommt und wieder bei uns in der Nähe ist. Oder etwa nicht, Ebba?«

Ebba betrachtete ihre Schwester. Ein Lächeln stahl sich in ihr Gesicht. »Weißt du was, Helga? Manchmal bist du ganz schön klug.« Sie prostete ihr zu. »Auch wenn ich mich auf einem Flughafen nicht noch mal auf deinen Rat verlassen werde.«

Helga lächelte. Sie schwiegen eine Weile.

»Hast du das Gesicht von diesem Christoph gesehen, als du ihm die Hölle heiß gemacht hast?«, fragte Helga schließlich.

Ebba grinste. »Wenigstens hat er sich gefügt.«

»Ich hab gedacht, er macht sich gleich in die Hosen vor Angst. So, wie der aussah.«

»Das hätte ich zu gern gesehen, Helga. Stell dir das mal vor!«

Beide begannen zu kichern. Und als sie erst mal damit angefangen hatten, konnten sie nicht wieder aufhören. Schließlich lagen sie sich in den Armen, und Helga begann plötzlich zu weinen. Vor Glück, wie sie sagte, und vor Traurigkeit. Und weil es so schön war, spätnachts jemanden zu haben, der einen in der Hotelbar in den Armen hielt.

17

Immi war furchtbar aufgeregt. So etwas hatte sie schon seit Ewigkeiten nicht mehr getan. Keine ihrer Schwestern wusste, was sie vorhatte. Nicht einmal Ebba. Sie kam sich vor wie ein unartiges Schulmädchen, das sich auf der Klassenfahrt heimlich davonschleicht, um den Jungentrakt zu besuchen.

Sie hatte ihr Bett mit Kissen und Kleidern ausgestopft, damit es aussah, als würde sie schlafen. Wenn sich jemand die Mühe machen würde, genauer hinzusehen, würde sie zwar sofort auffliegen. Aber Helga war ja heute Nacht mit ihrem Zahnarzt unterwegs. Und falls sie überhaupt nach Hause käme, würde sie sicher nicht das Licht einschalten, sondern still und leise ins Bett klettern. Es würde schon gut gehen.

Sie hatte sich herausgeputzt. So gut das eben ging mit den Sachen aus ihrem Koffer. Sie hatte ihr blaues Flatterkleid angezogen und dazu eine hübsche Strickjacke. Ein bisschen Make-up hatte sie auch aufgelegt, aber sie wollte es nicht übertreiben. Sicher würde es einen falschen Eindruck machen, wenn sie völlig aufgedonnert auftauchte. Das wollte sie unbedingt vermeiden.

Mehrmals sah sie sich um, während sie das Hotelgelände verließ und zu dem Restaurant hinüberspazierte. Dort stellte sie sich unter eine Laterne, von wo aus sie den Hintereingang im Blick hatte, eine halb verrostete Eisentür am Ende eines dunklen Gangs. Ihr Herz hüpfte, und sie spielte nervös mit ihrer Handtasche.

Es war fast so wie damals zu ihrer Teenagerzeit. Als sie nach der Hauswirtschaftsschule mit dem Fahrrad zur Kirche gefahren war, wo Rudolph in den Sommerferien in einem Café gearbeitet hatte. Sie hatte ihn nach Feierabend abgeholt, und dann waren sie zusammen mit der Vespa seines Cousins übers Land gefahren. Raus zu den Kanälen, zu den endlosen Wiesen und dem weiten Horizont. Sie waren dahingesaust, den Wind in den Haaren, und Immi hatte ihre Arme fest um Rudolphs Hüfte geschlungen. Sie hatte sich dabei so frei gefühlt, so jung und so unendlich verliebt.

Die Tür öffnete sich quietschend, und heraus kam Alvaro. Er sah so gut aus, dass sich Immi sofort wieder fragte, ob er sich nicht vielleicht nur einen grausamen Scherz mit ihr erlaubte. Einer wie Alvaro konnte sicher alle haben.

Er trat ins Licht der Laterne. Auch er hatte sich herausgeputzt. Er trug ein schneeweißes Hemd mit Weste, und in seinem grau melierten Haar glänzte die Pomade. Als er Immi gegenübertrat, lächelte er unsicher. Er strich sich übers Haar.

»Du bist da«, sagte er, als wäre das eine wichtige Feststellung.

»Ja«, sagte Immi. »Das bin ich.«

Einen Moment sah es aus, als wolle Alvaro sie umarmen. Aber dann räusperte er sich nur und reichte ihr den Arm, damit sie sich einhaken konnte.

»Ich hab mich einfach weggeschlichen«, sagte Immi. »Keiner hat was gemerkt. Ist das nicht aufregend? Was wollen wir machen? Sag schon. Ich bin ganz aufgeregt.«

»Was du wollen machen, das machen wir.«

Ganz der Gentleman. Aber so war er, der Alvaro.

»Zeig mir ein Lokal, wo es nett ist. Ich möchte irgendwo hin, wo man sich wohlfühlen kann. Mit Musik.«

»Möchten du tanzen?«

Immi lächelte. Tanzen. Was für eine wunderbare Vorstellung. Ihr Werner war seit Jahren nicht mehr mit ihr tanzen gewesen. Nicht einmal auf der Goldenen Hochzeit von Egon und Paula Hallmann hatte er sich überreden lassen. Was das anging, war er einfach ein träger Sack, ihr Werner. Davon konnte sie ein Lied singen.

Ein Schatten legte sich über ihre gute Laune. Über ihren Mann wollte sie jetzt lieber nicht nachdenken. Sie tat schließlich nichts Schlimmes. Nichts Verbotenes. Sie wollte sich nur ein bisschen amüsieren. Tanzen gehen, mehr nicht. Wenn sie jetzt damit anfing, zu viel über Werner nachzudenken, dann führte das nur dazu, dass sie vernünftig wurde und Alvaro zum Teufel jagte.

Also tanzen. Das war schließlich eine ihrer großen Leidenschaften. Sie war nur nicht sicher, ob ihre Hüfte das alles mitmachen würde. Jede Bewegung war mit Schmerzen verbunden. So gern sie sonst auch tanzte, im Moment wäre es vielleicht nicht die allerbeste Idee.

Die kleine Meerjungfrau kam ihr in den Sinn. Aus dem Märchen von Hans Christian Andersen. Um Mensch werden zu können und ihrem Prinzen nah zu sein, hatte sie in Kauf genommen, dass jeder ihrer Schritte sich anfühlte, als würde sie auf Messern gehen. Dagegen war sie mit ihrer Hüfte doch noch ganz gut dran. Es könnte weitaus schlimmer sein – daran wollte sie denken, falls es zu viel wurde.

»Ja«, sagte sie. »Tanzen. Das wäre wunderbar.«

Er nickte bedächtig. »Dann wir gehen tanzen.«

Arm in Arm spazierten sie durch eine gemütlich beleuchtete Gasse. Von überall strömten Menschen herbei. Sie erinnerte sich an die Tanzveranstaltungen im Papenburg der Siebzigerjahre. Wenn die Nacht begann und von überall her Leute eintrafen. An die Abenteuer, die sie dort mit ihren knapp zwanzig Jahren erlebt hatte, bevor sie ihren Mann Werner kennengelernt hatte.

Sie gingen eine Treppe hinunter und erreichten einen Platz, der von zahllosen Kneipen umgeben war. Mittendrin standen auf einer Rasenfläche ein paar Palmen, die von unten angestrahlt wurden und tiefgrün gegen den Nachthimmel leuchteten. In den Kneipen spielten Livebands, und es gab Bühnenshows. Korbstühle standen auf dem Bürgersteig, Markisen waren ausgefahren, Kellner schlängelten sich mit Tabletts durch die Menschen. Es war wie ein großes Straßenfest.

Auf einer Bühne sang ein furchtbar dicker Travestiekünstler eine spanische Version von Frank Sinatras »Fly me to the moon«. Auf seinem Dekolleté funkelten zahllose falsche Diamanten im Licht. Als das Lied endete, ging er mit ausgebreiteten Armen durchs Publikum und sagte etwas, das alle zum Lachen brachte.

»Was hat er gesagt?«, fragte Immi.

»Das Lied muss normal Mann singen, nicht Frau.«

Der Travestiekünstler nahm seine Perücke ab und fächelte sich Luft zu. Die Leute lachten wieder.

»Er ist aber auch wirklich zu schön«, sagte Immi und kicherte. »Dieses Kleid, also wirklich. Und dann die Diamanten.«

»Nein, nix schön.« Alvaro sah sie an und lächelte. »Du sehr schön.«

»Ach, Unsinn.« Immi sah verlegen zu Boden. »Das stimmt doch gar nicht.«

In der nächsten Kneipe spielte ein Trio auf der Bühne. Eine Orgel, eine Violine und ein Schlagzeug. Dazu ein Sänger weit jenseits der sechzig in einem goldglitzernden Zweiteiler. Hinter der Bühne hing ein schwerer blutroter Vorhang, die Wände waren holzvertäfelt, und alles war mit rotem Licht ausgeleuchtet. An der Decke drehte sich langsam eine Discokugel, und auf einem Parkett wurde paarweise getanzt. Es waren hauptsächlich Rentner, die sich dort zur Musik wiegten. Sie waren genauso alt wie der Sänger, aber keiner von ihnen wirkte auf Immi besonders alt. Im Gegenteil, sie tanzten, als wären sie höchstens vierzig, und genossen sichtlich den Abend. Es war fast wie damals in Papenburg.

Das Lied endete, die Tänzer wandten sich zur Bühne und applaudierten. Als Nächstes folgte eine Rumba. Langsam, kitschig und klebrig süß. Wieder schlichen ihre Gedanken zu Werner. Was würde der wohl sagen, wenn er sie jetzt hier sehen könnte? Hör auf damit, sagte sie sich. Genieße es. Mit Werner wirst du so was nicht erleben.

Alvaro verbeugte sich, in seinen Augen leuchtete der Schalk.

»Darf ich bitten, meine Dame?«, fragte er.

Immi ließ ihren Blick über die Lichter, die Band und die Menschen gleiten. Die Musik packte sie wie in Watte. Sie war jetzt einfach glücklich. Sonst nichts.

»Ja«, sagte sie. »Gehen wir tanzen.«

18

»Aber das ist eine Katastrophe!«, platzte er heraus.

»Ach, Toni. Das ist doch keine Katastrophe.«

Toni verstand nicht, wie Sam so ruhig bleiben konnte.

»Aber es geht alles den Bach runter. *Alles.*«

Sam massierte sich die Nasenwurzel.

»Magst du nicht erst mal reinkommen?«, fragte er.

In seinem japanischen Morgenmantel schlurfte er in sein kleines Apartment zurück. Toni folgte ihm. Das Bett war schon gemacht, obwohl Sam eben erst aufgestanden sein musste. Überall herrschte strenge Ordnung. Kissen, Plüschdecken, Felle, Lichterketten, alles war genauestens an seinem Platz. Toni hätte in der ganzen Wohnung wahrscheinlich vergebens nach einem Staubkörnchen gesucht.

Es war nicht das erste Mal, dass ihm auffiel, wie ordentlich Sam war. Im Gegensatz zu Toni ließ der niemals seine Wohnung versumpfen. Aber wahrscheinlich war das der einzige Weg, der Enge und Düsternis dieses winzigen Rattenlochs etwas entgegenzusetzen. Um das Depressive zu verscheuchen, das hier überall lauerte.

»Ich hab ein Kaffeetscherl gemacht«, sagte Sam und schlurfte in seine Küchenecke.

Toni ließ sich auf ein goldbesticktes Sitzkissen fallen.

»Bitte, wie kann das denn *keine* Katastrophe sein?«, meinte er. »Diese Art Show. Und dann noch im Fummel. Klemens Horst sucht Charakterdarsteller, verstehst du? Fürs ernsthafte Fach. Und ich tanz da als Tina Turner rum. Ich meine, ich kann mir ja schlecht ein Schild umhängen, wo draufsteht, dass ich auf der Ernst-Busch-Schule war.«

»Toni, Klemens Horst ist *Handwerker*. Er hat Respekt vor Leuten, die so was machen. Die sich nicht zu schade sind für das Populäre. Das sagen alle.«

»Trotzdem. Zuerst sollte er sehen, was ich draufhabe, bevor er mich von der Seite kennenlernt.«

»Was ist jetzt? Kaffeetscherl oder nicht?«

»Doch. Sehr gerne«, sagte Toni. Er hatte in der letzten Nacht kaum geschlafen. Die Ankündigung, Klemens Horst würde sich vielleicht die Hotelshow ansehen, hatte ihn in helle Aufregung versetzt.

Sam fing an, die Küche umzubauen. Er hatte die Badewanne unter der Arbeitsfläche freigelegt, bevor Toni aufgetaucht war. Eine lange Reihe von Wachsstreifen lag dort. Als wollte er seine Küche damit tapezieren.

»Stör ich dich eigentlich bei irgendwas?«, fragte Toni.

»Nicht wirklich. Ich war gerade innerlich so weit, mich mit Wachsstreifen zu verpuppen. Du weißt schon, um als Nacktschnecke wiedergeboren zu werden.«

Toni verzog das Gesicht. Er wollte sich lieber nicht vorstellen, wie schmerzhaft das sein musste.

»Wie oft machst du das denn?«

»Frag lieber nicht. Das magst du nicht wissen.«

»Was für ein Albtraum. Musst du dir das wirklich antun?«

»Eine Transe mit Ganzkörperbehaarung will sich ja wohl keiner anschauen. Außerdem könnte es schlimmer sein. Meine Cousine hat genauso viele Haare wie ich.«

»Autsch.«

»Ja. Das liegt wohl an unserer griechischen Abstammung.«

»Und was ist mit Enthaarungscreme?«

»Davon bekomme ich Hautausschlag. Vergiss es einfach.«

Er hievte die Arbeitsplatte zurück, und die Badewanne

wurde wieder zu einer Anrichte. Dann zog er ein kleines silbernes Tablett hervor und stellte winzige filigrane Porzellantassen und Tellerchen samt passender Zuckerdose darauf. Ein leises Klirren begleitete ihn auf dem Weg zum Couchtisch.

Toni nahm eine Tasse entgegen und balancierte sie auf dem kleinen Unterteller. Er kam sich vor wie in einer Puppenstube.

»Danke«, sagte er und nahm einen Schluck. Der Kaffee war köstlich. Stark und schwarz und aromatisch. »Genau das, was ich jetzt brauche.«

»Nun sag schon. Wie kann ich dir helfen? Weshalb bist du da?«

»Sam, du musst mir sagen, was ich machen soll! Ich brauche dich, um das richtige Programm für heute Abend zusammenzustellen.«

»Wenn das so ist.« Sam ließ sich anmutig auf ein Sitzkissen sinken. »Nichts leichter als das. Du fängst an mit ›Ein Stern, der deinen Namen trägt‹. Dann hast du sofort das Publikum auf deiner Seite.«

»Ich weiß nicht. Ich habe mir schon überlegt, vielleicht was zu rezitieren. Von Proust oder so.«

»Auf keinen Fall. Mach's wie immer.«

»Aber …«

»Klemens Horst weiß, was in Hotels aufgeführt wird. Wenn du anfängst, Proust zu rezitieren, wird er abwinken. Hundert Prozent.« Mit bedeutungsschwerem Blick fügte er hinzu: »Falls er überhaupt kommt.«

»Ich dachte, es ist sicher, dass er kommt?«

»Ins Hotel, ja. Aber ob er auch zur Show bleibt, das werden wir erst noch sehen.«

Toni atmete tief durch. Das wird schon, sagte er sich.

»Meine Tanten werden jedenfalls nicht da sein. Das haben sie mir schon versprochen.«

»Wieso das denn?«

»Weil ich kein zusätzliches Chaos brauchen kann. Irgendwas passiert doch immer, wenn die im Publikum sind.«

Er bemerkte Sams skeptischen Blick.

»Glaub mir, Sam. Was diese Sache angeht, da brauch ich keine Familie. Echt nicht. Das ist die Chance meines Lebens. Familie stört da nur.«

»Die Armen.«

»Von wegen«, sagte Toni gereizt. »*Ich* bin der Arme! Die bringen doch nur wieder alles durcheinander.«

Sam schwieg, was Toni ärgerte. Als wenn Sam gar nicht mitbekommen hätte, was in den letzten beiden Shows passiert war. Toni hatte keine Ahnung, wie sein Kollege sich da noch auf die Seite seiner Tanten schlagen konnte.

»Also gut, ›Ein Stern‹«, sagte Toni. »Aber damit fange ich doch nicht gleich an, oder? Das hebe ich mir für später auf.«

»Nein, geh sofort in die Vollen. Hast du was zu schreiben?«

»Na klar. Gut. Wie geht's weiter? Was kommt danach?«

Die nächste Stunde verbrachten die beiden damit, Tonis Show zu planen. Für den Fall, dass Klemens Horst tatsächlich im Publikum sitzen würde. Toni hoffte nur, dass er dann auch die Nerven behalten würde.

Als sie fertig waren, rückte er mit seiner letzten Bitte raus.

»Sag mal, Sam, könntest du heute Abend nicht dabei sein? Im Publikum, meine ich?«

»Heute ist mein freier Abend, der einzige in der Woche. Da möchte ich ausnahmsweise mal kein Hotel von innen sehen müssen.«

»Bitte, Sam. Das würde mir Sicherheit geben, weißt du? Ich würde mich besser fühlen. Damit ich jemanden habe, den ich im Publikum ansehen kann, wenn ich die Nerven verliere. Du würdest mir echt einen Riesengefallen tun.«

Sam zögerte. Dann stellte er sein Tässchen ab und seufzte. »Also gut. Dann komm ich halt.«

Tonis Erleichterung war enorm. Er umarmte Sam stürmisch und drückte ihm einen Kuss auf die Wange.

Die plötzliche Nähe war irritierend. Auch Sam wirkte verunsichert. Toni räusperte sich und ging wieder auf Abstand.

»Also, dann gehen wir den Ablauf noch mal durch, oder?«, meinte er.

»Ja«, sagte Sam. »Das ist wohl das Beste.«

Später im Hotel legte sich Toni noch mal hin. Aber an Schlaf war nicht zu denken. Er war viel zu aufgeregt. Tausend Dinge gingen ihm durch den Kopf.

Was hatte es eigentlich zu bedeuten, fragte er sich zum Beispiel, dass Klemens Horst und der Hotelmanager Freunde waren? Welcher Mensch wollte denn mit einem solchen Despoten befreundet sein? Andererseits hatte sein Chef ja auch eine nette Seite, die für die Gäste reserviert war. Vielleicht zeigte er Klemens Horst ja auch nur diese Seite. Das wäre eine Erklärung.

Toni wälzte sich von links nach rechts. Irgendwann stand er auf, duschte und ging dann hinunter in die Lobby. In einer Sitzecke am Fenster entdeckte er seine Tanten, die sich Kaffee und Gebäck hatten kommen lassen und gut gelaunt miteinander plauderten. Als sie Toni entdeckten, winkten sie fröhlich.

»Warum seid ihr nicht draußen am Pool?«, fragte er.

»Wir wollen doch nichts verpassen«, meinte Tante Immi. »Ist er denn schon da, der Herr Produzent?«

»Wie so jemand wohl aussieht?«, rätselte Tante Kamilla. »Ich stelle mir das ganz glamourös vor. Ein Filmproduzent steigt im Hotel ab. Heute Gran Canaria, morgen Paris und übermorgen Monaco.«

»Man bekommt ja solche Leute sonst nie zu Gesicht«, sagte Tante Helga. »Im Fernsehen sieht man immer nur die Schauspieler. Wer hinter solchen Filmen steht, wer da für alles verantwortlich ist, das erfährt man ja als Normalbürger gar nicht.«

»Hat der auch eine Entourage?«, wollte Tante Immi wissen. »Ich stell mir das so vor, dass da ein ganzer Stab von Assistenten dabei ist. Und eine Reihe wichtiger Leute aus dem Filmbusiness. Das muss ich mir unbedingt ansehen.«

Sie deutete Tonis Stirnrunzeln falsch.

»Wir haben ihn doch nicht etwa verpasst?«, hakte sie nach.

»Nein, er ist noch nicht da«, sagte er. »Aber glaubt mir, so spektakulär ist das auch nicht. Er sieht nicht anders aus als jeder x-beliebige deutsche Tourist. Und er hat auch keine Entourage.«

»Ach, das kannst du uns nicht erzählen«, meinte Tante Immi. »Das wollen wir doch erst mal sehen. Wir sind schon ganz aufgeregt. Da kommt ein Produzent extra nach Gran Canaria, um unseren Toni zu sehen!«

»Wenn der Prophet nicht zum Berg kommt, nicht wahr?«, fügte Tante Kamilla hinzu.

»Er kommt nicht extra wegen mir«, meinte Toni. »Er weiß nicht mal, dass ich da bin. Aber wenn er auf mich aufmerksam werden sollte, dann …«

»Ganz sicher wird er auf dich aufmerksam!«, sagte Tante Ebba. »Wenn du in Papenburg bei einer Schulaufführung dabei warst, haben nachher alle immer nur von dir gesprochen. Warum sollte das hier anders sein?«

»Wie auch immer«, sagte Toni. »Aber ihr haltet euch zurück heute, ja? Ihr kommt nicht zur Show.«

Nun trübten sich die Gesichter der Tanten ein wenig ein.

»Wenn du dich für deine Familie schämst, geht es wohl

nicht anders«, meinte Tante Ebba. »Dann müssen wir halt draußen bleiben.«

»Tante Ebba, bitte. So mein ich das doch gar nicht.«

»Schon gut, Toni«, sagte Tante Helga. »Du kannst dich drauf verlassen. Wir werden nicht kommen.«

Er spürte sein schlechtes Gewissen. Vielleicht war es ja doch ein bisschen unfair, was er da machte.

»Es ist nur so, dass ich mich dann besser konzentrieren kann«, sagte er. »Bitte nehmt das nicht persönlich. Es ist ja nur dieser eine Abend.«

»Aber wir sehen uns doch danach auf der Party, ja?«, fragte Tante Kamilla.

Im Anschluss an die heutige Show war ein Tanzabend geplant. »Leinen los« war das Motto. Die Bühne sollte zu einer Kreuzschiffszenerie umgebaut werden, eine Band würde thematisch passende Tanzmusik spielen, und Kellner und Barkeeper würden sich als Stewards verkleiden. Dazu sollte es ein Büfett und ein paar animierte Spielchen geben.

»Ja, natürlich«, sagte Toni. »Da sehen wir uns auf jeden Fall.«

»Und dann kannst du uns auch sagen, ob du die Rolle gekriegt hast«, meinte Tante Helga.

»Sicher kriegt er die Rolle!«, sagte Tante Immi. »Das ist doch keine Frage. Nicht wahr, Toni?«

Es hatte keinen Sinn, ihnen zu erklären, dass dies kein Casting war. Und dass es auch nicht um eine bestimmte Rolle ging. Toni verabschiedete sich von seinen Tanten und ging zurück auf sein Zimmer, um sich noch ein bisschen auf sein Showprogramm vorzubereiten.

Auch nach dem Abendessen war Klemens Horst noch nicht eingetroffen. Die Tische draußen vor der Bühne füllten sich langsam. Die Sonne war bereits untergegangen, und die Lichterketten flammten auf.

Toni ging in die Lobby. Er nickte ein paar Gästen zu, die ihn offenbar kannten, und ließ den Blick schweifen. Vielleicht war Klemens Horst ja inzwischen eingetroffen.

Plötzlich tauchte der Hotelmanager vor ihm auf.

»Toni, da bist du ja! Ist alles fertig für die Show?«

»Ja, natürlich. In einer halben Stunde geht's los.«

»Hör zu, ich möchte, dass du dir heute besonders viel Mühe gibst. Meinst du, das könntest du schaffen?«

Als wäre Toni ein Hotelgast. So freundlich war er ja noch nie zu ihm gewesen.

»Ich werde mich anstrengen.« Scheinheilig fragte er: »Ist denn heute was Besonderes?«

»Nein, nein. Ein Freund von mir ist zu Besuch. Ich weiß noch nicht, was er für Pläne hat. Aber vielleicht will er sich die Show ansehen.«

»Na klar. Das klappt schon. Ich geb mir Mühe.«

Sein Chef schlug ihm aufmunternd auf die Schulter und ging weiter.

Plötzlich wurde Toni ganz ruhig. Er fühlte sich gut. Ein Lächeln trat in sein Gesicht. Es würde klappen, das spürte er. Heute Abend würde alles richtig rund laufen. Das war immer so, wenn er kurz vorher so ruhig wurde. Es war ein gutes Omen.

Er ging hinunter in die Garderobe, um sich fertig zu machen. Jetzt war seine große Stunde gekommen. Er würde es allen zeigen.

Die Tür war nur angelehnt. Drinnen brannte Licht. Seltsam. Er lauschte, doch alles war ruhig. Also schob er vorsichtig die Tür auf, deren lautes Quietschen die Stille durchschnitt.

Was er sah, raubte ihm den Atem. Seine Kostüme waren

in Stücke geschnitten und im ganzen Raum verteilt. Es herrschte totales Chaos. Stofffetzen, hervorquellendes Innenfutter, abgetrennte Pailletten. Ein Stück seiner Gefängniskleidung hing an der Lampe. Auch der Schminktisch war ruiniert. Puder hatte sich wie Schnee auf zersprungene Fläschchen und kaputte Döschen gelegt. Nagellack tropfte herab. Der Spiegel war mit Lippenstiftkritzeleien von erigierten Penissen und Totenköpfen verschmiert.

Schließlich rückte das Plakat seiner Show in sein Blickfeld. Es zeigte Toni vorne auf der Bühne. Nur waren hier seine Augen ausgestochen worden, das Gesicht war zerschlitzt, und aus seinem Mund tropfte Blut in Form von Nagellack. Von dem Plakat starrte ihn ein Zombie an.

Toni drehte sich um, warf die Tür zu und rannte panisch hinauf in die Lobby.

19

Christoph. Das war die einzige Erklärung. Er musste sich Zugang zur Garderobe verschafft haben. Wer sonst würde so einen Wahnsinn veranstalten? Dieser Typ war krank. Vollkommen gestört. Gemeingefährlich.

Toni rannte in die Lobby und rief nach den Sicherheitskräften. Einige Hotelgäste sahen sich verwundert um, doch darauf konnte er keine Rücksicht nehmen. Sie mussten sofort die Polizei holen. Alles abriegeln lassen. Diesen Typen zu fassen kriegen. Und dann für immer wegsperren.

Mit den Sicherheitsleuten tauchte auch der Manager auf. Das freundliche Gesicht, das er eben noch zur Schau gestellt hatte, war wie weggewischt.

Toni erklärte mit wenigen Worten, was passiert war. Seinem Chef fiel die Kinnlade herunter. Er wandte sich an die Sicherheitsleute.

»Wie konnte das passieren? Hat der Typ hier nicht Hausverbot?«

»Nur für die Show«, sagte einer der beiden ausweichend. »Mehr weiß ich nicht.«

»Was soll das heißen? Sie haben ihn einfach hier hereinspazieren lassen? Als wäre er ein Gast?«

Die Sache schien dem Sicherheitsmann sehr unangenehm zu sein.

»Er war nicht allein«, sagte er, und zu Toni: »Eine Ihrer Tanten hat ihn mitgebracht. Sie hat gesagt, sie verbürgt sich für ihn. Die beiden haben hier in der Lobby gesessen und sich unterhalten. Es sah ganz harmlos aus.«

»Harmlos!«, schnaubte der Manager. »Wofür werden Sie eigentlich bezahlt?«

»Eine Tante von mir? Das ist unmöglich.«

»Das hat sie aber gesagt. Haben Sie eine Tante Kamilla?«

Das konnte nicht sein. Tante Kamilla würde doch so etwas niemals tun, dachte Toni und sah sich um. Die Tür zum Speisesaal stand offen, und an ihrem Stammplatz saßen wie an jedem Abend seine Tanten.

»Einen Moment bitte«, sagte er und ging nach nebenan.

Tante Helga entdeckte ihn und winkte ihm zu. Dann sah auch Tante Kamilla auf, ebenfalls mit strahlendem Lächeln. Er winkte sie grimmig zu sich her. Irritiert wechselte sie einen Blick mit ihren Schwestern, dann stand sie auf und ging auf ihn zu.

»Alles in Ordnung, Toni?«, fragte sie.

»Hast du Christoph ins Hotel gelassen?«

Sie sah ihn mit großen Augen an. Diesen Tonfall kannte sie offenbar gar nicht von ihm.

»Schon«, sagte sie. »Er wollte sich bei mir entschuldigen. Weil er mir gegenüber nicht aufrichtig gewesen war. Er hat mir erklärt, dass er sich da in was verrannt hat. Er weiß, dass das falsch ist. Und er will jetzt eine Therapie machen. Er wollte mir halt sagen, wie leid es ihm tut, dass er mich belogen hat. Weil er mich doch so sehr mochte.«

»Er hat dich reingelegt, Tante Kamilla. Nichts davon ist wahr. Er wollte nur ins Hotel eindringen.«

»Nein, Toni, da tust du ihm Unrecht. Ich weiß, Christoph hat seine Probleme. Aber er ist wirklich ein lieber Kerl, und wenn man sich mal …«

»Er hat dich reingelegt!«, insistierte Toni.

Tante Kamilla entdeckte die Sicherheitsleute in der Lobby,

die mit dem Manager sprachen. Auch die Polizei war inzwischen eingetroffen. Und Sam, der ebenfalls bei der Gruppe stand.

»Was ist denn da los?«, fragte sie verwundert.

»Christoph hat meine Kostüme zerschnitten. Er hat die ganze Garderobe ruiniert. Und auf einem Plakat hat er mir die Augen ausgestochen und mein Gesicht zerschnitten.«

Tante Kamilla wurde aschfahl. Ihr wurde auf einmal bewusst, was sie getan hatte.

»O mein Gott«, sagte sie bestürzt. »Ist das alles etwa meine Schuld?«

»Ich muss jetzt wieder nach drüben gehen, Tante Kamilla. Wir reden später miteinander. Ich wollte nur sichergehen, dass es kein Missverständnis war.«

»Aber Toni … Ich … Es tut mir so schrecklich leid …«

Sie folgte ihm in die Lobby, wo die Polizei und die Sicherheitsleute gerade abzogen. Offenbar machten sie sich auf die Suche nach Christoph. Der Manager nahm Toni beiseite. Sein Gesicht war jetzt geschäftsmäßig und ernst. Sollte Toni eine Abreibung zu erwarten haben, würde die noch etwas auf sich warten lassen.

»Was machen wir jetzt? Wir können die Show nicht ausfallen lassen. Heute schon gar nicht.«

»Keine Ahnung. Alle meine Kostüme waren da unten.«

»Verflucht. Lass dir was einfallen, aber schnell.«

»Die Cindy-und-Bert-Nummer«, mischte sich Sam in das Gespräch. »Gitarre und Sombrero befinden sich oben bei der Band, die waren nicht in der Garderobe. Damit kannst du schon mal anfangen.«

»Richtig«, sagte der Manager. »Und danach ein bisschen Stand-up-Comedy. Hast du noch deine Moderationskarten?«

»Ja«, sagte Toni. »Die sind in Ordnung. Aber …«

Ihm wurde schwindelig. Er konnte jetzt nicht auf die Bühne, das war unmöglich – nach all dem, was passiert war. Außerdem wäre heute Klemens Horst dabei. Seine ganze Planung hatte sich in Luft aufgelöst.

»Ich lauf schnell heim«, sagte Sam. »Ich hole ein paar von meinen Kostümen. Die müssten dir passen, Toni. Hast du zufällig eine Nummer von Mireille Mathieu drauf?«

»Mireille Mathieu?« Panik breitete sich in Toni aus. »Nein!«

»Kein Problem. Schau dir den Text von ›Akropolis adieu‹ an. Mit dem Kleid und der Perücke wirst du ausschauen wie sie. Und wenn du oben auf der Bühne den Text nicht mehr weißt, lässt du einfach das Publikum singen. Die denken, du willst sie mitmachen lassen. Das finden die gut.«

»Die Jungs von der Band können dir den Text geben«, sagte der Manager.

»Danach machen wir ABBA«, sagte Sam. »Ich find daheim sicher irgendwelche Sachen, mit denen du als Agnetha durchgehst. Bis zur Pause musst alleine durchhalten, bis dahin bin ich zurück.«

»Gut, Sam«, sagte der Manager. »Dann los. Beeil dich.«

»Aber ... ich schaff das nicht«, sagte Toni. »Ich kann das nicht. Es geht nicht.«

Der Manager packte ihn am Kragen.

»Und ob du das schaffst! Glaub mir, Toni, ansonsten mache ich dich fertig. Du bist vertraglich gebunden. Wage ja nicht, jetzt das Prinzesschen zu spielen. Hast du mich verstanden? Du ziehst das jetzt durch. Wie ein Profi.«

Sam lächelte Toni aufmunternd zu, ehe er im Laufschritt die Lobby verließ. Toni befreite sich aus dem Griff seines Chefs, drehte sich um und hastete hinunter in die Garderobe. Es kostete ihn einige Überwindung, noch mal hineinzugehen. Aber er brauchte seine Moderationskarten. Also schlich er eilig zum Tisch, zog sie hervor und lief zurück nach oben.

Unterwegs checkte er die Karten. Fiebrig dachte er darüber nach, wie er durchs Programm gehen würde. Er trug Jeans und T-Shirt, vielleicht ließe sich daraus ein Witz machen. Und irgendwie musste er die Sache mit seiner Serienrolle einbauen. Auch wenn er jetzt keine Gefängniskleidung mehr hatte und die Queen-Nummer wegfiel.

Oben in der Lobby stand immer noch Tante Kamilla. Mit einem Hundeblick kam sie auf ihn zugeeilt. In ihr arbeitete offenbar das schlechte Gewissen.

»Toni, mein Gott, hätte ich das nur gewusst! Aber er war sooo nett. Ich konnte doch nicht ahnen, was er im Schilde führt.«

»Jetzt nicht, Tante Kamilla. Ich muss mich beeilen.«

Er ging zu den Musikern, sprach mit ihnen kurz die veränderte Planung durch und besorgte sich von ihnen den Text von Mireille Mathieu. Draußen vor der Bühne hatten sich inzwischen die Tische gefüllt. Es würde gleich losgehen.

Toni atmete durch. Er musste sich einfach treiben lassen. Vielleicht würde es wieder so wie in der Show, in der seine Tanten unvermittelt aufgetaucht waren. Er war tausend Tode auf der Bühne gestorben, und trotzdem war es die beste Show seit Langem gewesen. Er musste einfach improvisieren und das Beste hoffen. Darauf vertrauen, dass er die Sache schon schaukeln würde.

Der Manager tauchte auf und gab ihm ein Zeichen. Es war jetzt so weit. Toni warf einen Blick in den Speisesaal. Der Tantentisch war verwaist.

»Wo sind die anderen denn?«, fragte er Kamilla.

»Deine Tanten? Ach, die sind zu diesem Produzenten. Den wollten die sich doch unbedingt mal ansehen.«

»Klemens Horst? Ist der denn jetzt da?«

Tante Kamilla sah sich um. Dann deutete sie zum Hoteleingang, wo sich eine kleine Menschentraube gebildet hatte. Zuerst erkannte Toni nur seine drei Tanten. Aber dann entdeckte er Klemens Horst. Er wurde von ihnen geradezu belagert. Alle drei redeten gleichzeitig auf ihn ein.

»Aber … was tun die denn da?«

Klemens Horst stand wie versteinert da, die Mundwinkel heruntergezogen und mit Sonnenbrille im Gesicht. Seine Tanten schienen diese deutliche Körpersprache allerdings nicht zu begreifen. Tante Immi kramte aus ihrer Handtasche irgendwas hervor, was sie Klemens Horst kichernd unter die Nase hielt. Ob das womöglich irgendwelche Fotos von Toni waren? Tante Helga stand daneben und plauderte ohne Unterlass, und als der Produzent sich heimlich davonmachen wollte, hielt Tante Ebba ihn am Ärmel fest.

Toni sah seine Zukunft in Scherben zerfallen.

»Nein«, flüsterte er. »Bitte nicht.«

Er musste das beenden. So schnell wie möglich.

Aber im nächsten Moment stand der Manager vor ihm.

»Rein mit dir, Toni! Es geht los!«

»Ich muss nur kurz …«

»Gar nichts musst du. Los.«

»Aber …«

Doch da schob er Toni schon nach draußen, wo die Band ihn in Empfang nahm. Der Keyboarder setzte ihm den Sombrero auf, und der Schlagzeuger hängte ihm die Gitarre um. Dann ging es los. Toni hatte keine Zeit mehr, hinter die Bühne zu gehen. Das Lied fing an, und er lief singend und Gitarre spielend quer durchs Publikum zur Bühne. Was ziemlich gut ankam. Die Leute begannen sofort zu klatschen.

»Spaniens Gitarren begleiten die Verliebten seit ewigen Zeiten«, sang er und stieg dabei zur Bühne hinauf.

Der Vorhang hob sich, und ein Spotlight setzte ein.

Er blinzelte. Versuchte, trotz des Lichts durch die Fenster in die Lobby zu sehen. Klemens Horst war vielleicht schon auf dem Weg hierher. Dann musste Toni irgendwie den Eindruck seiner Tanten wieder wettmachen. Er sang also tapfer weiter.

Dann sah er sie. In der Lobby. Seine Tanten hatten Klemens Horst immer noch umzingelt und plauderten einfach weiter, als wären sie auf dem Papenburger Schützenfest. Klemens Horst schien das überhaupt nicht amüsant zu finden. Er riss sich aus Tante Ebbas Klammergriff los und stolperte zurück. Ohne ein weiteres Wort ließ er sie stehen und hastete zum Ausgang.

Toni musste es tatenlos mit ansehen. Der Manager holte Klemens Horst ein und versuchte ihn offenbar zum Bleiben zu bewegen, aber es war zu spät. Der Produzent hatte beschlossen zu gehen. Und Toni würde er nun nicht mehr kennenlernen. Nicht heute Abend. Seine große Chance war wie eine Seifenblase zerplatzt.

20

Die Bühne war nach der Show zu einer Kreuzschiffszenerie umgebaut worden, mit Reling und Rettungsringen. Oben standen die kostümierte Hotelband und ein Animateur in Kapitänsuniform, der das Publikum anheizte. Er sang »Nimm mich mit, Kapitän, auf die Reise«, und eine Polonaise zog am Pool entlang. Es wurde geschunkelt und geklatscht. Und über allem funkelte der Sternenhimmel.

Ebba und Kamilla hatten sich an einem Cocktailstand niedergelassen. Etwas abseits vom Geschehen saßen sie auf ihren Barhockern und ließen es sich gut gehen. Ein junger Mann in weißer Uniform servierte ihnen zwei Swimmingpools. Auf der Ananas am Glasrand steckte passend zum Motto ein Plastikanker. Die Schwestern schlürften von Zeit zu Zeit an ihren Getränken und betrachteten zufrieden das Geschehen.

Die Nacht war lau, die Luft warm und trocken. Ganz anders als im Emsland, wo selbst im Sommer während der Dämmerung regelmäßig Dunst über den Wiesen aufstieg und es empfindlich kühl werden ließ. Und es gab überhaupt keine Mücken. Noch ein großer Unterschied. Man konnte sich direkt dran gewöhnen, die Nächte auf Gran Canaria zu verbringen, fand Ebba.

Kamilla stellte ihren Cocktail ab. »Sag mal, Ebba, fandest du diesen Klemens Horst nicht auch sehr unfreundlich?«

»So sind die Leute vom Film halt. Die denken, allgemeine Höflichkeitsregeln gelten für sie nicht.«

»Und er ist gar nicht mehr zur Show geblieben.«

»Nein, das ist mir auch aufgefallen. Dabei war das doch ein Casting für Toni, oder?«

»Nein, Ebba, ich glaub, das war kein Casting. Aber ich hab's auch nicht so genau verstanden.«

»Und kriegt Toni jetzt die Rolle?«

»Das hoffe ich doch.«

Das Lied endete, und die Polonaise löste sich auf. Die Leute standen am Pool und klatschten. Dann wurde ein Foxtrott gespielt, und sofort fanden sich Paare, die auf der Freifläche vor der Bühne zu tanzen begannen.

»Besser wär's, er würde die Rolle nicht bekommen«, meinte Ebba. »Das gibt ihm doch nur wieder die trügerische Hoffnung, dass es weitergeht. Dann hat er für ein halbes Jahr eine Anstellung und danach wieder die Frage: Was kommt jetzt? Und so geht das immer weiter. Außerdem wird er ja nicht jünger.«

»Jetzt übertreibst du aber, Ebba. Der Junge ist noch nicht mal dreißig. Noch lange nicht.«

»Aber was ist mit der Sache in Papenburg? Mit Onkel Huberts Hof? Da muss er jetzt zugreifen. Das kann er nicht aufschieben, bis er dreißig ist.«

»Na ja«, sagte Kamilla vorsichtig. »Ich habe ja das Gefühl, er ist gar nicht so wild darauf, das zu machen.«

»Nein, nicht solange Rollen winken. Aber damit wird ihm nur eine Zukunft vorgegaukelt, die er nicht hat.«

»Vielleicht hat er ja doch eine Zukunft als Schauspieler, Ebba. Wir wissen das doch nicht.«

Was war denn plötzlich mit ihrer Schwester los? Ebba warf ihr einen strengen Blick zu. So was sollte sie lieber nicht zu laut sagen, wenn die anderen dabei waren.

»Hast du schon die Sache mit dem Mädchen aus der Weihnachtsserie vergessen, Kamilla?«

Sofort senkte diese schuldbewusst den Kopf. Na also, dachte Ebba.

Helga tauchte am Pool auf und winkte ihnen zu. Sie kämpfte sich an den tanzenden Paaren vorbei und erreichte kurz darauf den Cocktailstand.

»Habt ihr Toni gesehen?«, fragte sie. »Seit der Show ist er verschwunden.«

»Nein«, sagte Ebba. »Wir dachten, er wäre vielleicht bei euch.«

Helga ließ sich auf einen Hocker sinken, winkte dem Kellner zu und deutete auf die Swimmingpools. »So was nehme ich auch. Sieht ja toll aus.«

»Dann ist Toni wohl zu Bett gegangen?«, mutmaßte Ebba.

»Wahrscheinlich«, sagte Helga. »Aber das ist ja auch kein Wunder nach dem, was geschehen ist. Die Sache mit Christoph. Also wirklich, Kamilla! Was hast du dir nur dabei gedacht!«

»Er war so *nett!*«, jammerte Kamilla. »Das hätte ich nie für möglich gehalten.«

»Was hat er dir denn gesagt?«, fragte Ebba.

»Nur, dass er sich entschuldigen wollte. Weil er mich betrogen hat. Ich wäre ein so netter Mensch, da täte ihm das furchtbar leid. Und er würde eine Therapie anfangen.«

Kamilla blickte ihre Schwestern unglücklich an.

»Ich kann es gar nicht glauben. Wie konnte er mich nur so ausnutzen? So was tut man doch nicht.«

»Und nach dem Gespräch ist Christoph dann in den Keller gegangen?«, fragte Helga.

»Ich habe nicht weiter auf ihn geachtet. Als wir uns in der Lobby verabschiedet hatten, bin ich hochgegangen. Ich dachte, er würde das Hotel verlassen.«

»Der Hotelmanager hat später noch gesagt, er hofft nur, die Polizei kriegt ihn nicht in die Hände«, erzählte Helga. »Er will sich ihn selber vornehmen, weil die bei der Polizei viel zu viel Verständnis für solche Leute hätten, meint er. Außerdem dürfen die keine Gewalt gegen Häftlinge anwenden.«

»Du liebe Güte, was hat er denn vor?«, fragte Ebba. »Will er den Jungen im Keller ans Heizungsrohr ketten und verhungern lassen?«

»Keine Ahnung«, sagte Helga. »Ach, der war sicher nur sauer. Der meint das gar nicht so.«

»Ich würde diesen Mann nicht unterschätzen«, sagte Ebba. »Mit dem ist nicht gut Kirschen essen. Auch wenn der vornerum so nett tut. Ich kenne solche Männer, glaubt mir.«

»Ach, es ist alles so schrecklich«, klagte Kamilla. »Ich bin an allem schuld.«

Ebba sagte nichts dazu. Schließlich sah sie das ganz ähnlich. Auch wenn Kamilla natürlich nicht mit böser Absicht gehandelt hatte.

»Wo steckt eigentlich Immi?«, fragte sie stattdessen.

»Die ist ins Bett gegangen«, sagte Helga. »Sie hatte schon wieder Kopfschmerzen. Sie meint, da ist wohl eine Sommergrippe im Anmarsch.«

»Ach Gott, die Arme«, meinte Ebba. »Aber da sieht man es mal wieder. Das ist die Belastung. Immi ist bei so was sehr sensibel. Das alles ist zu viel Stress für sie.«

»Was sollen wir denn jetzt unternehmen?«, wollte Helga wissen. »Machen wir uns auf die Suche nach Christoph?«

»Das kann die Polizei viel besser als wir«, sagte Ebba. »Aber mir fällt etwas ganz anderes ein: Was ist eigentlich mit unserem Festessen? Ursprünglich sollte das ja mal ein Begrüßungsessen sein. Vielleicht sollten wir uns besser darum kümmern, bevor ein Abschiedsessen daraus wird.«

Helgas Augen begannen zu leuchten. »Richtig, das haben wir dir noch gar nicht erzählt. Immi und ich waren heute in dem großen spanischen Supermarkt ganz in der Nähe, da haben wir die letzten Zutaten gefunden, die noch auf der Liste standen. Jetzt fehlt nur noch das Fleisch, das müssen wir ja ganz frisch besorgen. Und du musst mit der Küche sprechen, Ebba. Ich hoffe, es klappt.«

»Ach, warum denn nicht? In so einem Betrieb werden die eine gewiefte Köchin haben, ganz sicher. Eine, die was zu sagen hat und den Laden Tag für Tag am Laufen hält. Glaubt mir, mit so einer werde ich mich schon einigen. Da mache ich mir keine Sorgen.«

Die Hotelband spielte die Erkennungsmelodie vom ZDF-»Traumschiff«. Das Licht wurde gedimmt, und von drinnen kamen als Stewards kostümierte Kellner, die Dessertwagen vor sich herschoben. Funkelnde Wunderkerzen steckten in Eis und Torten. Von allen Seiten waren Ohs und Ahs zu hören, dann wurde applaudiert.

Als das Licht wieder anging, stand Toni plötzlich vor ihnen. Er wirkte gestresst. Und er sah wütend aus. Wahrscheinlich wegen dieser Sache mit Christoph. Da konnte Ebba den Jungen ja verstehen.

»Toni«, sagte sie. »Komm her. Hat die Polizei diesen Jungen inzwischen geschnappt?«

Aber er ging gar nicht darauf ein.

»Habt ihr Klemens Horst vergrault?«

Was war das denn für ein Tonfall? Als säße sie hier auf einer Anklagebank.

»Gar nichts haben wir«, sagte sie. »Wie kommst du denn darauf?«

»Wir haben nur ein bisschen mit ihm geplaudert«, meinte Kamilla. »Das ist alles.«

»Über mich, nehme ich mal an?«, fragte er.

»Ja, natürlich. Deshalb war er doch da.«

»Nein«, fauchte Toni. »Deshalb war er *nicht* da. Was habt ihr ihm denn alles aufgedrängt?«

»Nur Fotos und DVDs«, sagte Helga. »Mit unterschiedlichen Sachen drauf. Immi sammelt doch alles von dir, das weißt du ja.«

»Mitschnitte von den Schulaufführungen oder wie?«

Sein Gesicht war steinern. Ebba verstand nicht, was los war. Sie hatten doch nur helfen wollen.

»Natürlich«, sagte sie. »Das hat doch immer alle beeindruckt, oder etwa nicht? Die Mütter deiner Mitschüler reden heute noch davon. Wisst ihr noch, als Toni Müller bei uns auf der Bühne gestanden hat?, heißt es dann. Wir haben die Videoaufnahmen von damals extra digitalisieren lassen!«

»Klemens Horst ist ein international bedeutender Produzent«, sagte er wütend. »Der interessiert sich nicht für irgendwelche zweitklassigen Schulaufführungen aus einem Kaff wie Papenburg von vor wer weiß wie vielen Jahren!«

»Toni! Jetzt werde bitte nicht unhöflich.«

»Versteht ihr das denn nicht, verdammt?« Toni wurde laut. »Klemens Horst ist einer der wichtigsten Männer der deutschen Filmindustrie. Und er war hier! Das wäre meine Chance gewesen. Und was macht ihr? Ihr verjagt ihn, sowie er das Hotel betritt!«

»Verjagen … Das ist doch Unsinn«, sagte Helga, doch ihre Stimme klang bereits ziemlich unsicher.

»Er wusste doch gar nicht, dass ich hier bin!«, rief Toni. »Er weiß ja nicht mal, wer ich bin. Ich habe darauf gebaut, dass er mich in der Show sieht. Dass er mich kennenlernt. Vielleicht hätte ich im Anschluss mit ihm sprechen können.«

»Dann war das also gar kein Casting?«, hakte Ebba nach.

»Nein!«

Ein paar Leute drehten sich nach ihnen um, betrachteten sie skeptisch, wandten sich ab und gingen ein wenig auf Abstand.

»Es war eine *Chance!* Und ihr habt sie verdorben.«

Keine der Schwestern sagte etwas. Kamilla und Helga sahen betreten zu Boden. Ebba allerdings fand das Ganze ein bisschen übertrieben. Toni mal wieder mit seiner Theatralik.

»Das hört sich aber alles sehr vage an«, sagte sie. »Wenn das nicht mal ein Casting war …«

»Ebba«, flüsterte Kamilla. »Lass ihn doch.«

Doch Ebba ließ sich nicht beirren. Schließlich hatte sie eine Meinung.

»Es tut uns natürlich sehr leid, Toni«, fuhr sie fort. »Aber sieh es mal so. Vielleicht ist es das Beste für dich. Das hört sich doch eher so an, als wäre das die sprichwörtliche Taube auf dem Dach gewesen, diese Sache mit dem Herrn Produzenten. Da waren ja so viele Wenns und Abers, also wirklich. Jetzt herrscht da wenigstens Klarheit.«

»Ebba! Nicht …«, kam es warnend von Helga.

»Warum denn nicht?«, sagte Ebba und wandte sich an Toni. »Schließlich ist da noch die Sache in Papenburg. Das mag in deinen Augen vielleicht der Spatz in der Hand sein. Aber Träumereien helfen hier auch nicht weiter. Sicher hast du schon darüber nachgedacht, Toni. Der Hof von Großonkel Hubert. Ich denke, unter den gegebenen Umständen ist es das Beste, was du jetzt machen kannst. Du wärst abgesichert. Und die Schauspielerei sollst du ja auch nicht ganz an den Nagel hängen. Es ist die perfekte Lösung.«

Toni sah sie mit wundem Blick an. Er wirkte, als könne er nicht glauben, was er da hörte.

»Und du wärst wieder bei deiner Familie«, fuhr Ebba fort. »Das ist doch das Wichtigste, oder? Alles andere spielt keine Rolle. Bei deiner Familie hast du einen sicheren Hafen.«

»Die Familie soll das Wichtigste sein?«, stieß er hervor. »Dann sieh dich doch mal um, Tante Ebba! Seit ihr hier seid, ist alles durcheinandergeraten! Ihr richtet nur Chaos an und macht mir das Leben zur Hölle! Was habe ich denn von meiner ach so tollen Familie? Ihr macht mir nur alles kaputt. Alles.«

Ebba fühlte sich, als hätte er ihr ins Gesicht geschlagen. Kamilla und Helga standen reglos da und starrten ihn an.

»Ich will nicht nach Papenburg zurück!«, rief Toni. »Ein für alle Mal! Und ihr sollt mich endlich in Ruhe lassen! Versteht ihr nicht? Ich weiß auch gar nicht, was ihr hier macht! Keiner hat euch eingeladen! Ihr seid hier nicht erwünscht! Begreift ihr das denn nicht? Ihr seid nicht erwünscht! Nicht bei mir!«

Ebba fühlte sich, als würde ihr der Boden unter den Füßen weggezogen. Sie war unfähig, irgendwas zu sagen. Mit der Hand musste sie sich am Stehtisch festhalten. Wo kamen denn plötzlich die Tränen her? Sie verstand gar nichts mehr.

Toni atmete schwer. Er trat einen Schritt zurück. Seine ganze Wut schien mit einem Mal verflogen. Unsicher blickte er Ebba an.

Sie musste etwas sagen. Die Situation unter Kontrolle bekommen. Irgendwie reagieren. Aber sie konnte nicht. Kein Wort kam ihr über die Lippen. Ihr Hals war wie zugeschnürt.

Ihre Schwestern waren auch keine Hilfe. Sie standen erschrocken da, Kamilla umklammerte ihr Halskettchen, und Helga hielt sich die Hand vor den Mund.

Es war Tonis Arbeitskollege, der das Schweigen beendete. Der kleine Österreicher stand plötzlich neben Toni. Offenbar hatte er nichts von dem Streit mitbekommen. Aber er spürte, dass etwas nicht stimmte.

»Toni«, begann er. »Ich muss dir was sagen.« Unsicher blickte er in die Runde. »Stör ich gerade?«

Nun hatte sich Toni wieder gefasst.

»Nein«, sagte er erschöpft. »Schon gut. Was ist denn?«

»Ich … Es gibt da ein Problem. Ein … nun ja, ein ziemlich großes.«

Der Junge schien völlig verunsichert zu sein. Er blickte mit großen Augen zu den Tanten, die immer noch reglos dastanden.

»Ich fürchte … du bist deinen Job los. Ich hab's gerade erfahren. Der Manager ist total durchgedreht. Erst die Sache heute Nachmittag in der Garderobe. Dann das mit Klemens Horst. Und er hatte dich ja schon vorher auf der Abschussliste. Das war jetzt offenbar zu viel. Er spricht gerade mit dem Management von Sandy Brandt. Sie soll so schnell wie möglich anfangen. Ich dachte, ich sage dir das sofort. Aber vielleicht hätte ich doch besser warten sollen?«

Ein paar Sekunden passierte gar nichts. Am Pool ging die Feier weiter. Irgendein Seemannslied wurde gesungen. Dann drehte sich Toni unvermittelt um und rannte los.

»Toni!«, rief sein Arbeitskollege. »Warte!«

Er warf den Müller-Schwestern, die immer noch wie erstarrt dastanden, einen letzten Blick zu. Dann lief er Toni hinterher.

21

»Und dann hab ich einfach zu Helga gesagt, ich glaub, ich krieg die Sommergrippe. Ist das nicht herrlich?«

Immi kicherte und hakte sich bei Alvaro unter, der sie an der Strandpromenade entlangführte. Er hatte so schöne starke Arme, der Alvaro, das kam wahrscheinlich vom jahrelangen Kellnern. Immi hätte stundenlang bei ihm eingehakt spazieren gehen können.

»So was habe ich noch nie gemacht«, gestand sie. »Zum Glück war Ebba nicht dabei. Die hätte den Braten sofort gerochen, das sag ich dir. Ganz sicher. Die durchschaut mich, wenn ich flunkere. Keine Ahnung, wie sie das macht. Wahrscheinlich, weil sie die Älteste ist. Sie kennt mich eben am besten.«

Unter ihnen rauschte die Brandung. Die Sonne war bereits untergegangen, und der Himmel leuchtete dunkelrot. Eine würzige Brise wehte vom Meer herüber und fuhr ihnen durch die Haare.

»Aber einen Abend kommen die schon ohne mich klar, nicht wahr?«, sagte Immi. »Tonis Show hätte ich eh nicht gesehen. Er wollte nicht, dass wir heute dabei sind. Da muss wohl ein Casting sein oder so. Ich hab das nicht so genau verstanden. Als ob wir uns nicht benehmen könnten. Ich weiß auch nicht, was er sich manchmal denkt. Aber so ist er, der Junge.«

»Du bestimmt stolz, weil Toni im Fernsehen.«

»Ja!« Sie strahlte Alvaro an. »Furchtbar stolz. Er ist ja richtig berühmt. Ständig werde ich auf ihn angesprochen. Und wenn er spielt … ach, ich kann gar nicht genug davon bekommen. Er macht das richtig gut.«

Sie ließ sich den warmen Wind ins Gesicht wehen. Es war ein wunderschönes Gefühl.

»Ein bisschen komisch finde ich das schon, dass wir heute nicht kommen durften«, sagte sie. »Manchmal tut er so, als wäre er jetzt was Besseres. Das liegt aber sicher nur am Alter, ich mach mir da gar keine Sorgen. Ich kenn doch meinen Toni. Er hat das Herz am rechten Fleck, so viel ist sicher. Er ist Schauspieler und lebt sonst in Berlin. Die Sache hier auf der Insel ist ihm wohl ein bisschen zu Kopf gestiegen.«

Immi sah zu Alvaro auf, der schweigend und mit einem Lächeln neben ihr ging. Sie fragte sich, ob sie nicht zu viel redete. Aber Alvaro schien ihr gerne zuzuhören. Offenbar mochte er ihre Geschichten.

»Und dann ist da Ebba«, fuhr sie fort. »Sie kann manchmal etwas ruppig sein, aber im Grunde hat sie ein Herz aus Gold. Vielleicht sollte sie Toni einfach seinen eigenen Weg gehen lassen. Diese Sache mit Papenburg … Ach herrje, als wäre Toni fürs Landleben gemacht, ausgerechnet Toni. Dass der kein Bauer wird, das wussten wir schon, als er vier Jahre alt war. Aber Ebba verrennt sich manchmal in solche Sachen. Dann lässt sie nicht mehr mit sich reden. Jetzt will sie Toni davon überzeugen, dass er den Hof seines Großonkels verwaltet. Auch wenn ich es natürlich herrlich fände, wenn er bei uns um die Ecke wohnen würde. Aber wie gesagt, die beiden werden das schon miteinander klären. Bestimmt feiern sie jetzt gerade alle zusammen auf diesem Matrosenfest, das heute Abend im Hotel stattfindet. Davon hab ich dir ja erzählt.«

»Du sehr lieben dein Familie.«

Ja, das stimmte. Sie liebte ihre Familie.

Und dazu gehört auch Werner, flüsterte eine Stimme. Sie hatte sich fest vorgenommen, heute nicht an ihn zu denken. Aber so leicht war das eben nicht. Werner war schließlich ihr Ehemann, und sie flirtete hier mit einem Spanier herum. Warum tat sie das eigentlich? Insgeheim wusste sie es nur zu gut.

Werner war ein verlässlicher und berechenbarer Mann. Sie waren ein perfektes Team gewesen, immer schon. Der Bauernhof, die Kinder, ihre Familien. Sie hatten sich stets aufeinander verlassen können. Sie hatten Dinge gemeinsam angegangen, und jeder wusste, was er am anderen hatte. Aber Romantik – die hatte es bei ihnen nie gegeben. Nicht mal am Anfang. Es war einfach logisch gewesen, Werner zu heiraten. Er war eine gute Partie gewesen, ein guter Mann. Und er liebte sie – auf seine Weise.

Immi hatte über die Jahre gar nicht bemerkt, wie groß ihre Sehnsucht nach ein bisschen Romantik gewesen war. Wie sehr sich das alles angestaut hatte. Aber jetzt, hier mit Alvaro am Meer, mit den Lichtern, der Brandung und der duftenden Luft, da fühlte es sich an, als wäre ihre Seele ein verdörrter Acker, auf den ein lang ersehnter Sommerregen niederging. Es war wie damals mit Rudolph, in den durchtanzten Nächten in Papenburg. Er war ein windiger Kerl gewesen, der Rudolph, aber sie hatte ihn mit einer Leidenschaft geliebt, die sie für Werner nie empfunden hatte. Und im Gegensatz zu Werner hatte Rudolph immer gewusst, wie man eine Frau behandelt, die sich nach ein bisschen Romantik sehnt. Genau wie Alvaro es wusste.

Sie sah zu ihm auf. Ihr wurde bewusst, dass sie die ganze Zeit von ihrer Familie gesprochen hatte.

»Ich rede zu viel von ihnen, oder?«

Da war es wieder, dieses Lächeln. Als ob sie gar nicht zu viel reden *könnte*.

»Gut, wenn Familie glücklich«, sagte er.

»Das stimmt, Alvaro. Aber ich glaube, heute Abend lassen wir mal die Familie Familie sein. So sagt man bei uns, wenn über etwas nicht mehr gesprochen werden soll. Heute Abend …«

Ja, wie sage ich das jetzt am besten?

Sie spürte, wie ihre Wangen rot anliefen.

»Heute Abend geht's nur um uns zwei beiden Hübschen.«

War das zu viel? Das verstand er doch hoffentlich nicht falsch? Sie wollte ihn nicht in Bedrängnis bringen.

Aber Alvaro schien sich nicht verunsichern zu lassen.

»Siehst du die Meer?«, fragte er. »Heute ganz ruhig. Viel Kraft, aber heute leise.«

»Ja. Es ist wunderschön. Ach, Alvaro, wie schön muss es sein, hier zu leben. Ein Teil von allem hier zu sein.«

Wie wäre es wohl, tatsächlich hier zu leben?, fragte sie sich. In diesem Paradies? Zwischen Palmen und Strand und Grillen und Seevögeln? Wie sehr unterschied sich das Leben hier von dem im regnerischen Emsland an der Seite ihres schweigsamen und nüchternen Ehemanns.

Alvaro führte sie zu einem Steg, wo der Strand begann. Die Dunkelheit legte sich übers Land, und an der Promenade flackerten die Laternen auf. Vor ihnen am Strand war kaum ein Mensch zu sehen. Wo sich tagsüber die Badegäste tummelten, war jetzt alles verwaist.

Immi setzte sich und zog ihre Sandalen aus. An den nackten Füßen spürte sie den kühlen Sand. Als sie mit Alvaros Hilfe aufstand, spürte sie nur ganz leichte Schmerzen. Es war wie ein Wunder.

Alvaro führte sie zur Brandung. Eine kleine Welle schwappte über ihre Füße. Das Wasser war nur im ersten Moment kalt. Dann gewöhnte sie sich daran und genoss das leichte Kitzeln an ihren Knöcheln.

»Wenn du hier leben, das Meer lebt in dir«, sagte Alvaro und beantwortete damit ihre Frage. »Das Meer und die Sonne. Sie sein Teil von dir.«

Immi legte den Kopf an seine Schulter.

»Ja«, sagte sie. »So stelle ich es mir auch vor.«

Sie spazierten am leeren Strand entlang, und die Brandung umspülte weiter ihre Füße. Eine Weile schwiegen sie. Für Immi fühlte sich das alles ganz natürlich an.

Ein Stück entfernt waren zwei Männer in den Dünen. Sie stellten eine Feuerschale in einen Papierflieger. Ein bauchiges Drahtgefäß, mit sandfarbenem Papier beklebt und groß wie ein Stuhl. Das Feuer heizte die Luft im Innern an, und dann hob der Flieger ab und schwebte hinauf in den dunkler werdenden Himmel. Sie blieben stehen und sahen ihm nach, bis nur noch ein klitzekleines Lichtlein am Himmel von ihm übrig war.

»Wir weit gegangen«, sagte Alvaro.

»Ja. Und ich muss langsam zurück. Sonst fällt auf, dass ich nicht da bin.«

»Wie lange gehen noch Urlaub?«, fragte Alvaro.

»Wir sind insgesamt nur eine knappe Woche hier, dann fliegen wir zurück.«

»Eine Woche. So wenig Zeit.«

»Ja. Es ist viel zu wenig Zeit.«

Eine Muschel wurde vor ihr an den Strand gespült. Immi beugte sich vor und hob sie auf. Fast hätte sie vergessen, dass ihre Hüfte kaputt war. So eine Bewegung wäre vor ein paar Tagen nur unter großen Schmerzen möglich gewesen.

»Es tut gar nicht mehr so weh«, sagte sie. »Jedenfalls nicht mehr so wie letzte Woche. Es ist kaum zu glauben. Vielleicht brauche ich ja doch keine Operation, wenn ich nach Hause komme.«

Sie lachte wie ein Kind. Alvaro nahm ihre Hand.

»Das ist, weil du glücklich«, sagte er. »Der Körper heilen selbst.«

Womöglich hatte er damit sogar recht. So abwegig war das schließlich nicht. Und sie war hier glücklich. Zumindest in diesem Moment.

»Vielleicht liegt es tatsächlich an der Insel. An allem hier.« Sie lächelte zu ihm auf. »Dann müsste ich einfach bleiben, nicht wahr?«

»Ja«, sagte er ernst und strich ihr übers Gesicht, ganz sanft und auf eine Weise, die Immi das Gefühl gab, jung und schön zu sein.

22

Toni konnte nicht mehr klar denken. Alles verschwamm vor seinen Augen. Den letzten Cocktail hatte er umgeworfen, und der Inhalt hatte sich über den Tresen ergossen. Einer der Barkeeper, ein durchtrainierter Enddreißiger, dessen Körper mit Tätowierungen übersät war, hatte alles mit einem Lächeln weggewischt. Als wäre es völlig normal, hier mit verringerter Motorik seine Getränke umzuwerfen. Dann hatte er Toni ein Glas Wasser hingestellt, ein Angebot, das er gerne angenommen hatte. Mit düsterer Miene hockte er nun vor seinem Glas, während rundherum gefeiert und getanzt wurde.

»Ist nicht dein Tag heute, oder?«, fragte der Barkeeper.

Toni sah auf. Zuerst dachte er, der Barkeeper habe das umgeworfene Glas gemeint, aber dann wurde ihm klar, was für einen Eindruck er hier am Tresen machen musste.

»Ich hab grad meinen Job verloren«, erklärte er.

»Mist. Das tut mir leid.«

Toni wollte einfach nur nicken, aber sein Kopf verselbstständigte sich und fiel schwer auf die Brust.

»Heißt das, du musst von hier weg?«, fragte der Barkeeper. »Von Gran Canaria?«

Toni sah mühsam auf und versuchte den Blick zu fokussieren. Der Barkeeper klang so, als wäre es eine Tragödie, diese Insel zu verlassen. Dabei war das doch das einzig Gute an der Sache. Er würde endlich von hier wegkommen.

»Was war denn das für ein Job, den du verloren hast?«

»Im Hotel Las pamelas del las ilsas«, sagte Toni, was dem Barkeeper ein Lächeln entlockte. »Ich hab die Show gemacht. Abends. Für die Touristen.«

»Als Alleinunterhalter? Hast du Travestie gemacht?«

»Agnetha, Mireille, Gitte, Barbra, Gloria – sie alle sind ein Teil von mir.«

Der Barkeeper grinste. »Ach, Schätzchen, von wem sind sie das nicht?«

Jemand rief ihm eine Bestellung zu, und er verschwand wieder. Tonis Kopf dröhnte. Was hatte er eigentlich alles zu Tante Ebba gesagt? Besser, er dachte nicht darüber nach. Schließlich war er deshalb hier. Um zu vergessen.

»Und wieso bist du rausgeworfen worden?«

Der Barkeeper war wieder aufgetaucht. Er stand auf der anderen Seite des Tresens und mixte Cocktails.

»Meine Tanten sind zu Besuch«, sagte Toni. »Ich hab mich ziemlich mit ihnen gefetzt. Irgendwie ist dann im Hotel alles eskaliert.«

»Nimm's dir nicht zu Herzen. An diesem Punkt war jeder hier schon mal.«

Toni blickte verständnislos. »Mit meinen Tanten?«

»Du findest schon einen neuen Job!«

»Ach, das meinst du.«

»Und wenn du erst mal irgendwo kellnerst.«

Toni konnte ihm nicht folgen. »Kellnern?«

»Na, für den Anfang. Du bist jung und hübsch. Da lässt sich was finden. Und irgendwann kriegst du wieder eine Show im Hotel. Ich sag ja immer, es gibt zu viele Transen. Ein hart umkämpfter Markt ist das hier. Aber das wird schon.«

»Wieso denkst du, dass ich hierbleiben will?«

»Willst du das etwa nicht?«

»Nein. Warum sollte ich?«

»Warum? Mann, sieh dich um.«

Toni war sich nicht ganz sicher, ob er das hinkriegen würde, ohne vom Barhocker zu fallen. Vorsichtig ließ er den Blick schweifen. Da waren Männer, braun gebrannt und in Muskelshirts. Es wurde getanzt. Lichter zuckten. Draußen ein Platz mit Palmen. Fenster und Türen standen weit offen, und die Leute tanzten auch auf der Straße. Ein warmer Wüstenwind ging. Und über allem der Sternenhimmel.

»Es ist das Paradies«, sagte der Barkeeper. »Ein besseres Klima kann man sich nicht denken. Das ganze Jahr über ist Sommer. Es regnet fast nie. Und mehr Schwule auf einem Haufen findest du nirgendwo sonst.«

Er stellte ein paar Cocktails auf ein Tablett und verschwand.

Toni blieb etwas ratlos sitzen. Gran Canaria war für ihn kein Paradies, sondern eine Zwangspause. Es ging um seine Karriere. Die Fernsehserie war ein guter Start gewesen. Er hatte einen gewissen Bekanntheitsgrad erreicht. Jetzt musste es nur weitergehen, und zwar sehr bald. Eine Nebenrolle in einem Film von Klemens Horst, das wäre es gewesen. Der perfekte nächste Schritt. Dann hätte er ins ernsthafte Fach wechseln können. Das, was er sich immer gewünscht hatte. Er hätte richtig durchstarten können.

Als der Barkeeper zurückkehrte, bestellte er noch einen Caipirinha. Er fragte sich, wo Sam wohl gerade war. Als Toni aus dem Hotel gerannt war, da hatte Sam versucht ihn einzuholen. Aber Toni hatte nicht mit ihm sprechen wollen. Mit niemandem. Er hatte nur noch seine Ruhe gewollt. Und Alkohol.

Wieder wanderten seine Gedanken zu seinen Tanten. Er war so wütend gewesen und hatte gar nicht richtig nachgedacht. Noch immer hatte er Tante Ebbas verletztes Gesicht vor Augen. So hatte er sie noch nie gesehen. Und er trug die Schuld daran.

Eilig nahm er seinen Caipirinha. Er wollte lieber nicht mehr daran denken, sondern sich weiter betrinken. Dafür war er schließlich hier. Hochkonzentriert kletterte er von seinem Barhocker und wankte an der Tanzfläche vorbei zu einer Sofaecke. Dort ließ er sich in die Kissen fallen. Es war gleich viel bequemer.

Der Rest der Nacht zog wie im Nebel an ihm vorbei. Er führte ein seltsames Gespräch mit einem dänischen Touristen, dann wurde er von einer Transe zum Playbacksingen genötigt – Vicky Leandros, was er trotz seines Zustands einigermaßen hinbekam – und knutschte schließlich mit einem jungen Hamburger herum, dessen Namen er sich nicht merken konnte. Irgendwann war er wieder allein, sank immer tiefer in das rote Plüschsofa, betrachtete die kreisenden Flecken der Discokugel und schlief ein.

Als er wieder aufwachte, fühlte er sich grauenhaft. In der Kneipe wurde immer noch gefeiert, auch wenn draußen bereits der Morgen dämmerte. Toni wollte nach Hause. Er stemmte sich aus dem Sofa und wankte zur Tür. Kopfschmerzen machten sich bemerkbar. Draußen stolperte er über das Pflaster. Es war nicht weit zum Hotel, und wenn er erst mal in seinem Zimmer war, würde er ins Bett fallen und weiterschlafen. Und danach, frühestens morgen, würde er überlegen, wie es weitergehen würde. Vorher nicht.

Zwischen zwei Autos ragten Beine hervor. Eine Frau lag auf dem Asphalt und schlief ihren Rausch aus. Toni trat näher und traute seinen Augen nicht: Die Pumps kannte er doch!

Neugierig umrundete er die Motorhaube, und tatsächlich – da lag Sam. In ähnlicher Verfassung wie er. Offenbar hatte sich Sam kurz auf den Bordstein setzen wollen, um sich auszuruhen. Und war ebenso wie Toni eingeschlafen. Noch immer trug er das Kostüm von Anni-Frid. Es sah aus, als wäre die Figur der ABBA-Sängerin frisch aus dem Stockholmer Wachsfigurenkabinett geklaut und hier vors Auto geworfen worden.

Toni kniete sich neben ihn und rüttelte sacht an seiner Schulter. Sam wachte auf. Unter schweren Lidern sah er Toni an.

»Was machst du denn in meinem Bett?«, fragte er.

Dann drehte er sich zur Seite und stieß gegen das Auto.

»Autsch. Was …? Wo bin ich hier?«

Er versuchte sich aufzurichten und stöhnte. Sein Nickerchen auf dem Bordstein schien nicht besonders bequem gewesen zu sein.

»O mein Gott«, flüsterte er, als er wieder zu sich gekommen war.

Seine Perücke hing schief, die Schminke war verschmiert, aber ansonsten sah er noch einigermaßen passabel aus. Das machte bestimmt das Training. Sam hievte seinen Hintern auf den Bordstein und zupfte sich die Haare zurecht.

»Wo warst du heute Nacht?«, fragte Toni.

»Wo warst *du* denn? Ich bin dir hinterhergelaufen.«

»Tut mir leid. Ich musste einfach alleine sein. Und alles erst mal verdauen.«

Toni setzte sich neben ihn auf den Bordstein. Sitzen war gut. Die Kopfschmerzen ließen ein wenig nach.

»Ich hab dich gesucht«, meinte Sam. »Und da bin ich irgendwie in dieser britischen Karaokebar gelandet.«

»Verstehe schon.«

»Nein, denen ist die Anheiztranse ausgefallen. Da bin ich schnell eingesprungen.« Er zupfte sich geziert das Oberteil zurecht. »In diesem Job hilft man eben da, wo man gebraucht wird.«

»Und hast du es denen gezeigt?«, fragte Toni.

»Ich war die Beste!«, sagte Sam stolz.

Toni lächelte. »Das glaube ich dir.« Er legte Sam den Arm um die Schultern. »Für mich bist du immer die Beste.«

Plötzlich war zwischen ihnen eine seltsame Spannung. Toni wusste nicht, wie ihm geschah. Er dachte nicht nach, sondern beugte sich vor und küsste Sam.

Er küsste ihn noch einmal.

Dann schlang er seine Arme um ihn.

Ihm kam es vor, als hätte auf einmal jemand ein Licht eingeschaltet. Alles war so klar. Das hier hatte er die ganze Zeit schon gewollt. Wie hatte er es nur übersehen können?

Sam löste sich aus seinen Armen. Er sah Toni mit großen Augen an, dann massierte er sich die Schläfen.

»O Gott. Was tue ich hier nur?«

Mit dieser Reaktion hatte Toni nicht gerechnet.

»Was du hier … wie bitte?«

Sam richtete sich mühsam auf.

»Ich muss ins Bett, Toni.«

»Warte. Wir haben uns geküsst.«

»Vergiss das einfach.«

Toni sprang auf. Schwindel packte ihn. Er stützte sich am Auto ab. Jetzt musste er sich konzentrieren. Hier lief etwas gewaltig schief. Sam hatte seinen Kuss erwidert. Das bildete er sich nicht ein. Was war denn plötzlich los?

»Sam. Warte. Bitte. Geh nicht, weil … mach das nicht.«

Damit konnte er kaum einen Pokal im Debattierclub holen, aber mehr brachte er in seinem Zustand nicht hervor.

Sam stand vor ihm. Trotz des Anni-Frid-Kostüms sah Toni nur den Mann, den er begehrte, sonst nichts. Endlich war ihm das klar geworden.

»Sorry. Ich muss jetzt ins Bett.«

»Nein. Du gehst nicht. Lass mich nicht stehen.«

»Toni, ich brauche keinen Mann wie dich. Wirklich nicht. Vergiss es einfach.«

»Keinen Mann wie mich? Was ist denn mit mir?«

Sam blieb unschlüssig stehen. Der Himmel über ihm leuchtete kobaltblau. Am Horizont zog ein heller Streifen herauf. Ein neuer Tag.

»Ach, vergiss es, Toni. Es ist spät.«

»Nein. Ich will es jetzt hören. Was stimmt nicht mit mir?«

»Was mit dir nicht stimmt?« Sam lachte gequält. »Also gut. Schau, du hältst dich für was Besseres. Bist eingebildet und arrogant. Und alles dreht sich nur um dich und deine Probleme.«

Toni starrte ihn fassungslos an. Er glaubte nicht, was er da hörte. Das stimmte doch überhaupt nicht. Das war ungerecht.

»Du bist ein Fernsehstar, na gut. Aber deshalb brauchst du mir gegenüber nicht so herablassend zu sein. Nicht so von oben herab. Ich lebe hier meinen Traum, weißt? Auch wenn du das nicht verstehst. Aber du verziehst nur das Gesicht, als wäre das alles unter deinem Niveau. Du denkst, deine Probleme sind bedeutender als die von anderen Leuten.«

»Nein, das stimmt nicht, Sam. Es ist nur so, dass ich … dass ich …«

Ja, was sollte er jetzt am besten sagen? Denk nach, Toni, denk nach. Sag was Kluges. Aber ihm fiel nichts ein. Das lag am Alkohol. Wenn er nicht so betrunken gewesen wäre, hätte er Sam schon sagen können, weshalb der mit seiner Einschätzung völlig danebenlag.

»Es geht ja nicht nur mir so«, fuhr Sam fort. »Du machst das mit allen Leuten. Schau dir zum Beispiel deine Tanten an. Wie du sie behandelst. Die fliegen extra wegen dir hierher. Die freuen sich wie die Kinder auf deine Show. Und du? Du bist unausstehlich. Du bist wirklich … ach, weißt du, Toni, lass mich in Ruhe. Ich muss ins Bett.«

»Nein, geh nicht. Bitte.«

Das mit seinen Tanten war ungerecht. Das sah nur von außen so aus. Wer seine Familie besser kannte, würde es nicht so sehen. Sondern anders. Nämlich … Nämlich …

In seinem Kopf herrschte Leere. Es gab keine Argumente. Nicht jetzt, nicht in diesem Zustand. Er war unfähig, sich zur Wehr zu setzen.

Sam drehte sich um und stöckelte davon. Anni-Frid auf ihrem Weg ins Apartment. Sie drehte sich nicht einmal um.

Toni sah fassungslos hinterher. Er fühlte sich verwundet. Langsam sackte er gegen das parkende Auto.

Er hatte nur einen Gedanken: Das stimmte doch alles gar nicht.

23

Draußen über der Poolanlage ging langsam die Sonne auf. Die Anlage war verwaist. Das Wasser stand reglos im aquamarinblauen Becken. Ebba saß auf der Kante des Sessels und blickte hinaus. Es war so friedlich hier. So wunderschön. Kaum zu glauben, dass alles gerade in Scherben zerfallen war. Ihr ganzer Plan, der Grund, weshalb sie überhaupt hier waren. Toni wollte sie nicht hier haben. Er brauchte seine Familie nicht.

Sie hatte in der Nacht kaum geschlafen. Im Gegensatz zu Kamilla, die immer noch tief und fest in ihrem Bett schlummerte. Mit der ersten Dämmerung war Ebba aufgestanden, hatte sich gewaschen und angezogen, ihr Bett auf dem Fußboden zusammengerollt und einen Kaffee gekocht. Kamilla hatte von alldem nichts mitbekommen.

Jetzt saß Ebba da und blickte hinaus in die Palmen und den klaren Himmel. Ihretwegen könnte es gleich heute zum Flughafen und zurück nach Deutschland gehen. Was sollten sie denn noch hier? Es war doch alles verloren.

Irgendwann wachte Kamilla auf. Wie eine Prinzessin räkelte sie sich in dem großen Doppelbett. Sie sah Ebba gewaschen und gekämmt auf der Sesselkante sitzen und lächelte.

»Ich hätte gedacht, es läuft genau umgekehrt«, sagte sie. »Dass ich die Nächte wachliege, weil hier alles so ungewohnt ist. Aber jetzt bist du es, die dasitzt und wartet, dass ich endlich aufwache.« Kamilla richtete sich auf und betrachtete

Ebba mit gerunzelter Stirn. Ein Schatten legte sich über ihr Gesicht.

»Bist du traurig, Ebba? Wegen der Sache mit Toni?«

»Du etwa nicht?«

»Doch, natürlich.«

Ebba sah zu Boden, während sie weitersprach. »Ich habe auf ganzer Linie versagt, Kamilla. Ich wollte die Familie zusammenführen, aber es ist mir nicht gelungen, ganz im Gegenteil. Es hat in einer einzigen Katastrophe geendet.«

»Aber du hast doch nicht versagt.«

»Ja, was denn sonst, Kamilla?«

Ihr plötzlicher Ausbruch kam für Ebba selbst überraschend, doch sie hatte sich sofort wieder unter Kontrolle. Mit einem Räuspern faltete sie die Hände im Schoß.

»Was Toni gestern zu uns gesagt hat, weißt du?«, fuhr sie in normalem Tonfall fort. »Dass er uns nicht hier haben will, dass er …« Sie konnte es nicht aussprechen.

Kamilla lächelte mitfühlend. »Vielleicht hat er das alles gar nicht so gemeint. Er hatte gerade seinen Job verloren. Das war eine Extremsituation. Du weißt doch, was einem da so alles über die Lippen kommen kann. Und später bereut man es.«

»Doch, er hat es so gemeint.«

»Ich weiß nicht, Ebba. Ich wäre mir da nicht so sicher.«

»Die Familie fällt auseinander. Und ich kann nichts dagegen tun.«

Kamilla seufzte. Sie schlug die Bettdecke zur Seite, ging zu Ebba hinüber, setzte sich zu ihr und legte den Arm um sie.

»Warten wir es doch erst mal ab, Ebba«, sagte sie. »So schlimm ist es vielleicht gar nicht. Außerdem sind wir auch ein Teil der Familie. Wir Schwestern. Und da fällt nichts auseinander, ganz egal, was sonst passiert.«

Ebba sagte nichts. Ihr war zum Heulen zumute. Sie hatte doch das Beste gewollt. Wie konnte alles nur so gewaltig schiefgehen?

»Du wirst schon sehen, es wird trotzdem schön«, sagte Kamilla tröstend. »Dann machen wir uns halt zu viert eine gute Zeit, ja? Nur wir Müller-Schwestern.«

Ebba sagte nichts. Doch schließlich nickte sie. Kamilla hatte recht. Es war wohl doch übertrieben gewesen zu behaupten, die Familie wäre auseinandergefallen. Auf ihre Schwestern würde sich Ebba immer verlassen können.

Plötzlich klopfte es wild an der Tür. Kamilla stand auf, warf sich den Morgenmantel über und öffnete. Es war Helga, ebenfalls im Nachthemd. Sie wirkte völlig aufgelöst.

»Was ist denn los?«, fragte Kamilla.

»Immi. Sie ist nicht da.«

»Dann ist sie eben früh aufgestanden, unsere Immi. Aber das ist doch nichts Neues, oder? Die hat eben das Kühemelken im Blut.«

Helga trat ein und schloss die Tür. Sie wirkte sehr beunruhigt. In ihrer Hand hielt sie einen Zettel, auf den etwas in Immis Handschrift gekritzelt war.

»Nein, sie war die ganze Nacht nicht da.«

Ebba stand auf. Ihr schwacher Moment war vorüber.

»Was sagst du da?«, fragte sie forsch.

»Sie hat einen Zettel aufs Bett gelegt. Ich hab den gestern Abend nicht gesehen, weil ich mich im Dunkeln ins Zimmer geschlichen habe. Ich dachte ja, sie schläft. Da wollte ich sie nicht wecken. Aber als ich aufgewacht bin, habe ich festgestellt, dass ihr Bett total unberührt war. Sie ist die *ganze Nacht* nicht im Hotel gewesen.«

»Aber wo denn sonst?« Ebba musste lachen, so absurd war der Gedanke. »Wo sollte Immi schon die Nacht verbringen? Im Dienstmädchenzimmer?«

Ebba warf einen Blick auf den Zettel, den Helga in der Hand hielt. Allmählich kam ihr die ganze Sache doch etwas spanisch vor.

»Jetzt sag schon! Wo ist sie?«

Helga hielt ihr die Notiz entgegen, wie zum Beweis, dass sie nicht übergeschnappt war.

»Bei Alvaro«, sagte sie. »Bei diesem Kellner.«

24

Ungewohnte Geräusche waren zu hören. Gedämpfte Unterhaltungen hinter den Wänden, klapperndes Kochgeschirr, irgendwo plärrte ein Radio. Es war so ganz anders als alles, was sie kannte. Hier bekam man mit, was in den Nachbarwohnungen passierte. Und unten im Hof waren Kinder auf Fahrrädern und Rollschuhen unterwegs, die lachten und lärmten. So etwas gab es bei ihr auf dem Bauernhof im Emsland nicht. Da waren die nächsten Nachbarn einen guten Kilometer entfernt. Und von denen hörte man nie etwas.

Immi sah sich in Alvaros Wohnung um. Sie war winzig klein und trotzdem wunderschön. Alles sah sehr spanisch aus, erhaben und stolz. Schwere Möbel, dunkles Holz, viel Ornamentik. Genau so hatte sie sich Alvaros Zuhause vorgestellt. So und nicht anders.

Sie ging in die Küche und machte sich einen Kaffee, ganz selbstverständlich bewegte sie sich in seiner Wohnung. Alvaro hatte gesagt, sie solle einfach die Tür hinter sich zuziehen, wenn sie ging. Er musste arbeiten, der Alvaro, natürlich. Er machte ja keinen Urlaub hier, so wie sie.

Draußen hörte sie zwei spanische Hausfrauen, die sich lautstark über die Balustrade der Außentreppe hinweg unterhielten. Hier fand das ganze Leben draußen statt. Es gab keine engen Hausflure. Sobald man die Wohnung verließ, war man draußen an der frischen Luft.

Mit einem Kaffee in der Hand trat sie auf Alvaros kleinen Balkon. Seine Wohnung lag im siebten Stockwerk, von hier aus hatte sie einen herrlichen Blick über die Stadt. Zwischen ihr und dem Meer lagen die Touristenviertel, die Hotels und Apartmenthäuser, die Kneipen- und Vergnügungsviertel. Hier draußen am Stadtrand war alles etwas bescheidener gebaut als da unten. Dafür gab es in Alvaros Haus keine Touristen. Hier lebten die Zimmermädchen und Küchenhilfen aus den Hotels. Und überall wurde nur Spanisch gesprochen.

Immi lehnte sich über die Balustrade und sah in Richtung Meer. Da unten irgendwo musste auch das Hotel sein, in dem ihre Schwestern jetzt waren. Ob die wohl schon wach waren? Und hatte Helga ihre Nachricht gefunden? Bestimmt. Nur wie hatte sie sie aufgenommen?

Ein kleiner Schwarm grüner Papageien flog zwischen den leuchtend weißen Hochhäusern hindurch in den Innenhof und ließ sich in der Baumkrone eines großen Benjaminbaums nieder. Echte Papageien waren das. Sie konnte von dem Anblick gar nicht genug bekommen. Alvaro hatte ihr erzählt, dass ein paar dieser Papageien vor Jahren aus einem Käfig entflogen waren und eine richtige Kolonie gegründet hatten. Inzwischen gab es ziemlich viele dieser Papageien auf der Insel, und es wurden immer mehr. Immi liebte solche Geschichten.

Genauso liebte sie es, das Geschehen vor den Wohnungstüren der vielen Leute hier zu beobachten. Hausfrauen traten nach draußen und plauderten mit Nachbarn, Kinder liefen in den Treppenhäusern rauf und runter, aus einem offenen Fenster drang Musik, und irgendwo bellte ein Hund. In der Wohnung unter ihr brutzelte es, und der Geruch von Knoblauch und gebratenem Fisch zog herauf. Es roch einfach köstlich.

Immi leerte ihre Kaffeetasse. Sie hätte stundenlang hier stehen und schauen können, aber sie hatte etwas zu erledigen. Es wurde langsam Zeit für sie. Eilig spülte sie die Kaffeetasse ab und verließ die Wohnung. Auf dem Weg nach unten begegneten ihr ein paar Spanierinnen, die ihre Einkäufe nach Hause trugen. Sie grüßten Immi so strahlend, als würde sie schon seit Ewigkeiten hier wohnen. Auf den weißen Fliesen tanzten Sonnenflecken, und auf den Treppenabsätzen standen Töpfe mit Kakteen. Überall war es hell und freundlich. Immi fühlte sich auf Anhieb wohl. Hierhin würde sie jederzeit gern zurückkommen.

Sie verließ die Wohnanlage und machte sich auf den Weg in das Touristenviertel. Sie war zu Fuß unterwegs, aber die Hüfte machte ihr heute keine großen Schwierigkeiten. Sie hatte zwar immer noch Schmerzen, aber es war längst nicht mehr so schlimm wie noch letzte Woche. Alvaro hatte recht. Der Körper heilt sich selbst, wenn man glücklich ist.

Es fühlte sich alles richtig und natürlich an. Hier gehörte sie her. In dieses Märchenland. Und an ihrer Seite ein Mann wie Alvaro. Ein schöner starker Mann, der sie mit einer emotionalen Tiefe liebte, die sie kaum mehr für möglich gehalten hatte. Das alles passierte ihr, Immi. Es war kein Traum, es war die Wirklichkeit. Und sie musste daran festhalten, das hatte sie inzwischen verstanden.

Schließlich hatte sie die Hotelanlage erreicht. Sie ging hinauf in ihr Zimmer, doch niemand war da. Helga war sicher schon zu den anderen hinübergegangen. Also klopfte Immi bei Ebba und Kamilla, und tatsächlich wurde die Tür sofort aufgerissen.

Ebba stand ihr gegenüber und starrte ihre jüngere Schwester ungläubig an. Mit einem Blick, als hätte Immi soeben die Heilige Jungfrau entehrt.

»Immi! Da bist du ja! Kannst du mir bitte erklären, was da passiert ist? Helga sagt, du warst die ganze Nacht nicht da.«

»Kann ich vielleicht erst mal reinkommen?«

»Ach so. Ja, natürlich. Komm schon.«

Ebba ließ sie hinein und schloss die Tür hinter ihr.

Helga und Kamilla tauchten auf und blickten sie ebenfalls ungläubig an. Offenbar war hier gerade Kriegsrat gehalten worden.

Immi wusste, was sie sagen wollte, aber es fiel ihr nicht leicht. Sie nahm auf einem Sessel Platz und holte tief Luft.

»Ich muss euch etwas sagen«, begann sie.

Ihre Schwestern sahen sie mit großen Augen an. Sicher erwarteten sie eine Entschuldigung. Immi spielte nervös mit ihren Händen.

Also gut. So schwer war das vielleicht gar nicht. Sie musste es einfach aussprechen, dann hatte sie es hinter sich gebracht.

»Ich habe einen Entschluss gefasst«, sagte sie.

»Einen Entschluss?«, meinte Ebba. »Was denn für einen Entschluss?«

Immi gab sich einen Ruck und sprach es schließlich laut aus. »Ich bleibe hier.«

25

Es war schon später Nachmittag, als Toni aufwachte. Die Sonne schien quer durch sein Fenster und hatte den Raum aufgeheizt. Sein Bettlaken war völlig verschwitzt. Er stöhnte auf. Viel zu viel Licht. Die Kopfschmerzen waren grauenhaft. Ihm war kotzübel. Und nach dem Geschmack in seinem Mund zu urteilen, stank es im Raum entsetzlich nach Alkohol.

Warum konnte er nicht einfach tot sein? Er griff nach seinem Handy, um zu sehen, wie spät es war. Offenbar hatte er es gestern Nacht irgendwann ausgeschaltet. Als er es wieder anstellte, ging sofort das Gedudel los. Er hatte eine ganze Reihe von Anrufen verpasst.

Bestimmt von Sam, schoss es ihm durch den Kopf. Er will sich entschuldigen für das, was er gesagt hat. Und will sich mit mir treffen, so schnell wie möglich. Um mir seine Liebe zu gestehen.

Aber Sam hatte nicht angerufen. Nicht ein einziges Mal. Dafür der Manager, gleich mehrmals. Und seine Agentin. Von ihr war auch eine SMS eingegangen: »Du bist gefeuert worden? Was ist denn da unten los? Bitte ruf mich an.«

Toni ließ sich zurück ins Bett fallen. Er legte das Handy zur Seite. Wahrscheinlich konnte er froh sein, dass der Manager noch nicht seine Tür eingetreten und ihn unter Polizeischutz nach draußen begleitet hatte. Wie lange würde er wohl noch in seinem Zimmer bleiben dürfen? Hatte er noch ein paar Tage Zeit, oder musste er gleich heute raus?

Am liebsten hätte er sich die Decke über den Kopf gezogen und weitergeschlafen. Stattdessen stand er auf und torkelte ins Bad. Nach einer langen Dusche fühlte er sich schon etwas besser. Die Ereignisse der vergangenen Nacht rückten in sein Bewusstsein. Vieles von dem, was passiert war, hätte er gern ungeschehen gemacht.

Er verließ das Zimmer und ging hinunter in die Lobby. An einer Säule hing ein buntes Plakat mit Sandy Brandt. Diese verfluchte C-Promitusse aus dem Dschungelcamp. Sie wurde als neue Hauptattraktion des Hotels angekündigt, unter anderem mit ihrer großartigen Andrea-Berg-Imitation. Toni sah sich um. Seine Plakate waren verschwunden. Die Leute vom Hotel hatten ganze Arbeit geleistet, das musste er ihnen lassen.

Zuallererst sollte er sich wohl beim Manager melden, dachte Toni, aber er fühlte sich nicht bereit dafür. Er war noch nicht stark genug, um diesem Choleriker entgegenzutreten. In seiner derzeitigen Verfassung würde sein Chef ihn in der Luft zerreißen. Das musste also warten.

Durch die großen Fenster sah er hinaus zum Pool. An einem Tisch unter einer Palme entdeckte er seine Tanten, die ziemlich aufgeregt miteinander zu diskutieren schienen. Nach einem gemütlichen Kaffeetrinken sah das nicht gerade aus. Sicher ging es um ihn und um die Dinge, die er ihnen gestern Abend an den Kopf geworfen hatte.

Er spürte das schlechte Gewissen. Wie hatte das nur passieren können, dass er so die Nerven verloren hatte? Er musste sich entschuldigen, unbedingt. Aber auch dem fühlte er sich noch nicht gewachsen. Er brauchte jetzt erst mal einen Kaffee. Und ein Aspirin.

Also setzte er die verspiegelte Sonnenbrille auf und schlich sich nach draußen. Eilig tauchte er in einer Touristengruppe unter und entfernte sich vom Hotel. Nicht einmal Christoph hätte ihn heute erkannt, so unauffällig war er gewesen. Er würde später zurückkehren. Und dann würde er alles klären. Mit seinen Tanten und dem Manager.

Er ging zu Enrico, in der Hoffnung, Sam dort anzutreffen. Aber Enrico meinte, er habe Sam heute auch noch nicht gesehen. Also bestellte sich Toni einen Kaffee und setzte sich an die Bar.

Wie oft würde er wohl noch hier sitzen, fragte er sich, tagsüber, wenn die Touristen am Strand waren und die ganzen Nachtgestalten hier auftauchten?

Enrico stellte ihm den Kaffee hin.

»Und? Was gibt's Neues?«, meinte er.

Toni lachte. »Nicht viel. Ich bin meinen Job los.«

»Du verarschst mich.«

»Nein. Sandy Brandt übernimmt die Show.«

»Die aus dem Dschungelcamp? Oh, das tut mir leid, Toni.«

»Eigentlich finde ich's gar nicht so schlimm. Ich brauch das Geld, das schon. Aber ansonsten …«

»Und wie geht's jetzt weiter?«

»Keine Ahnung. Abwarten. Ich muss mal mit meiner Agentin telefonieren. Vielleicht hat die eine Idee.«

»Aber was ist mit Klemens Horst? War der nicht gestern Abend da? Hat er dich kennengelernt?«

Toni winkte ab. »Ach, der ist gleich wieder abgehauen. Er hat mich nicht mal gesehen.«

Am anderen Ende des Tresens wollte jemand was bestellen. Enrico entschuldigte sich und verschwand. Toni blickte hinaus zur Strandpromenade. Die Palmen bewegten sich im Wind. Dahinter war das Meer zu sehen, das heute tiefblau unter der Sonne lag. Das Rauschen war bis hier oben zu hören.

Er fragte sich, ob er das alles vermissen würde. Darüber

hatte er noch nie nachgedacht. Eigentlich war es nur ein Job im Hotel gewesen, das Ganze, und keineswegs die Erfüllung irgendeines Traums. Doch jetzt, wo er zurück ins kalte Deutschland sollte, fragte er sich, ob es nicht doch auch seine guten Seiten gehabt hatte, sein Engagement hier auf der Insel.

Enrico kehrte mit dem Telefon in der Hand zurück.

»Also, pass auf, Toni«, begann er. »Ich hab mich gerade ein bisschen umgehört. Du weißt schon, so unter Kollegen. Klemens Horst kommt heute Abend noch mal her, heißt es. Macht einen Zug durch die Schwulenbars.«

»Das ist … bist du sicher?«

»Ziemlich. Du hast also noch eine Chance, alles zu retten. Leg dich ins Zeug.«

»Heute Abend … Das ist ja perfekt.«

»Hör zu. Ich werde mich später noch mal umhören. Wenn Klemens Horst irgendwo auftaucht, werde ich informiert, dafür sorge ich. Dann schicke ich dir eine SMS, und du weißt, wohin du musst.«

»Das ist toll! Du bist einfach phantastisch, Enrico! Danke! Du bist der Größte!«

»Was soll ich machen?«, meinte er zufrieden. »Ich komm halt nicht aus meiner Haut.«

Tonis Lebensgeister waren wieder geweckt. Er stürzte seinen Kaffee herunter.

»Ich muss mir überlegen, was ich zu ihm sage. Ich muss … Was soll ich nur anziehen? O Gott, ich weiß nicht, was ich anziehen soll!«

»Zieh dein schwarzes T-Shirt an«, sagte Enrico und zwinkerte. »Das mit der Knopfleiste. Darin siehst du ziemlich scharf aus.«

Toni sah überrascht auf. Er hätte nie im Leben gedacht, dass Enrico dieses T-Shirt überhaupt kannte. Geschweige denn, dass er ihn darin scharf fand. Enrico war doch hetero, er hatte eine Freundin namens Miriam. Plötzlich wirkte Enrico ein bisschen verlegen. Er nahm das Poliertuch und schnappte sich ein Glas.

»Ich meld mich, wenn ich mehr weiß«, sagte er. »Bis später.«

Toni machte sich auf den Weg zurück ins Hotel. Er musste sich vorbereiten. Wieder zu Kräften kommen. Als Erstes ließ er sich ein ordentliches Katerfrühstück kommen. Eine fettige Sardellenpizza mit doppelt Käse und dazu eine große Flasche Cola. Als er das verputzt hatte, fühlte er sich wieder wie ein Mensch. Der Abend konnte kommen.

Der Hotelmanager hatte ihm wieder eine Nachricht hinterlassen. Toni sollte sich umgehend melden. Aber das musste bis morgen warten. Jetzt brauchte er einen freien Kopf für Klemens Horst. Alles andere war nachrangig.

Das galt auch für seine Tanten. Er würde sich morgen um sie kümmern. Wenn er die Sache mit Klemens Horst hinter sich gebracht hatte. Der Streit zwischen ihnen musste solange ungelöst bleiben. Es ging nicht anders.

Als die Sonne untergegangen war, hielt es Toni nicht mehr im Hotel. Er musste nach draußen und ins Kneipenviertel.

Als er auf den Vorplatz vor dem Hotel trat, sah er eine Frau, die auf dem Bürgersteig eine Zigarette rauchte. Es war Tante Helga. Toni wollte sich eilig wegdrehen, aber es war schon zu spät. Sie hatte ihn erkannt.

»Toni! Wo willst du denn hin? Und wo warst du heute den ganzen Tag über?«

»Hallo, Tante Helga.« Er trat näher. »Ich brauchte heute meine Ruhe, sorry. Ich war ziemlich fertig.«

»Wegen deinem Job, oder? Es tut mir so leid. Auf den Plakaten ist jetzt überall dieses Flittchen aus dem Dschungelcamp. Sag mir, Toni, ist das unsere Schuld? Waren wir das? Wegen Klemens Horst?«

»Nein, Tante Helga. Das war nicht der Grund.«

»Und dass Kamilla diesen Stalker ins Hotel gebracht hat, war auch nicht gerade hilfreich, oder?«

»Bitte! Ihr seid nicht schuld. Vergiss das endlich.«

Tante Helga nahm einen Zug von ihrer Zigarette.

»Du hast Ebba gestern sehr wehgetan«, sagte sie.

Toni sah zu Boden. Als wenn er das nicht wüsste.

»Sie will nur die Familie zusammenhalten«, fuhr Tante Helga fort. »Das ist was Gutes, weißt du?«

»Ist sie sehr böse auf mich?«, fragte Toni betreten.

»Ach, böse ist wohl nicht das richtige Wort.« Sie winkte ab. »Vergiss es. Außerdem haben wir gerade ganz andere Probleme. Deine Tante Immi will hierbleiben.«

»Was? Tante Immi? Hier auf der Insel?« Ausgerechnet die konnte er sich nirgends anders als in ihrem Melkstall vorstellen. »Wieso denn das? Meint die das ernst?«

»Sie hat sich verliebt. In einen Kellner. Ist das zu fassen?«

Toni konnte nicht glauben, was er hörte. Es klang wie ein schlechter Scherz.

Tante Helga warf die Kippe weg und trat sie aus.

»Herrgott, ich gönn's ihr ja«, sagte sie. »Ich hätte auch gerne so einen Flirt gehabt. Ein bisschen Dolce Vita. Aber muss die denn gleich Ernst machen? Und ihr ganzes Leben auf den Kopf stellen?«

»Und was ist mit dem Bauernhof? Und mit Onkel Werner? Die kann nicht einfach weg! Die wird doch da gebraucht.«

»Mit ihr ist nicht zu reden. Du kennst deine Tante Immi. Wenn die sich was in den Kopf gesetzt hat, kann sie richtig stur werden.«

»Aber … Weiß denn dieser Kellner auch, dass Tante Immi seinetwegen hierbleiben will?«

»Das sagt sie jedenfalls.«

Toni bezweifelte das. Diese Art Geschichten kannte er zu gut. Ein spanischer Kellner an einem Touristenort hatte doch alle zwei Wochen eine andere.

»Ich bitte dich, Tante Helga. Der hat sich ein paar schöne Tage gemacht. Das kann man doch nicht ernst nehmen.«

»Mir musst du das nicht sagen.«

»Und wo steckt sie jetzt?«

»Bei Alvaro«, sagte Tante Helga. »So heißt er.«

Plötzlich schien sie eine Idee zu haben.

»Toni!«, sagte sie. »Vielleicht kannst du uns ja helfen. Dass wir nicht gleich daran gedacht haben! Wir überlegen nämlich gerade, was wir tun können. Wir müssen Immi klarmachen, dass sie sich da verrannt hat. Dieser Kellner ist ein Gigolo, mehr nicht. Aber wir brauchen Beweise, sonst wird das nichts. Und da sind wir aufgeschmissen, verstehst du? Wir kennen uns nicht aus, wir sprechen kein Spanisch. Aber du! Du kennst Leute. Und du kannst die Sprache, wenigstens ein bisschen. Du weißt, was man machen kann.« Sie klatschte in die Hände. »Du bist unsere Rettung, Toni. Zusammen fällt uns bestimmt was ein.«

In seiner Hosentasche vibrierte das Handy. Toni zog es hervor. Es war eine SMS eingegangen von Enrico: »klemens horst ist in der heart attack bar. beeil dich.«

»Komm mit ins Hotel«, sagte Tante Helga. »Die anderen sind an der Bar. Du musst uns einfach helfen.«

Toni überschlug seine Möglichkeiten, aber es hatte keinen Zweck. Er musste ins Kneipenviertel, sofort. Sonst würde er Klemens Horst verpassen.

»Ich kann jetzt nicht, Tante Helga. Ich hab was vor.«

»Aber was kann denn so wichtig sein? Toni, wir brauchen dich. Hilf uns.«

»Ich …« Seine Wangen begannen zu glühen. »Ich helfe euch, Tante Helga, versprochen. Morgen helfe ich euch.

Dann hab ich den ganzen Tag Zeit. Aber jetzt geht es nicht. Wirklich nicht. Ich muss los.«

Tante Helga blickte wie ein Kind, dem man ein großes Eis aus der Hand gerissen hatte. Toni wandte sich schnell ab. Er musste an seine Karriere denken.

»Ich meld mich, Tante Helga. Morgen früh. Mach's gut.«

Ohne sich noch mal umzudrehen, lief er los. Er spürte ihre enttäuschten Blicke im Rücken, bis er endlich hinter einer Ecke abtauchen konnte. Denk nicht drüber nach, sagte er sich. Denk an Klemens Horst.

Er bewegte sich schnell durch die Gassen. Die Verkaufsstände wurden langsam geschlossen, stattdessen öffneten Bars und Diskotheken. Menschen bummelten an den Restaurants entlang und blieben vor den Aushängen mit den Speisekarten stehen. Überall war Musik zu hören, Kellner stellten Korbstühle auf den Bürgersteig. Das Nachtleben würde bald in Schwung kommen.

Bald hatte Toni die Heart Attack Bar erreicht und warf von draußen einen Blick hinein. Es waren kaum Gäste in der Kneipe, und der Barkeeper sortierte die Schnapsflaschen im Regal. Vorn am Tresen saß eine einsame Gestalt. Klemens Horst. Er hockte allein vor seinem Bier, als würde er auf etwas oder jemanden warten.

Toni wusste, was zu tun war. Er würde sich dazusetzen. Es war ganz einfach. Er hatte sogar ein Thema, über das er mit ihm sprechen konnte. Das seltsame Verhalten seiner Tanten gestern Abend. Toni würde sich bei ihm dafür entschuldigen, und dann würden sie vielleicht sogar gemeinsam darüber lachen.

Doch irgendwas ließ ihn zögern. Er betrachtete die Gestalt am Tresen. Sam kam ihm in den Sinn. Und das, was er ihm an den Kopf geworfen hatte. Dass Toni nur an sich denke.

Dass ihm alle anderen egal seien. Und dass er sich für was Besseres halte.

Das Schmerzhafte daran war die Erkenntnis, dass wohl ein kleines Körnchen Wahrheit darin lag. Sonst hätte es ihn nicht so gequält. Wie um diese Vorwürfe zu bestätigen, hatte er jetzt seine Tanten sitzen lassen. Und das, nachdem er Tante Ebba gestern so schlimme Sachen an den Kopf geworfen hatte. Alles wegen dieser Sache hier. Wegen eines Produzenten, an den Toni sich ranwerfen wollte, um eine Rolle zu kriegen. Er wollte ihn kennenlernen und zusammen mit ihm über die Tanten lachen. Dabei war diese Art von Freundlichkeit so verlogen wie das ganze Filmbusiness. Klemens Horst interessierte ihn doch gar nicht als Person. Wem wollte er da was vormachen?

Toni fasste einen Entschluss. Er drehte sich um und steuerte das Hotel an. Erst zögerlich, dann im Schritttempo, und schließlich rannte er die Straße hinunter.

Als er in die Hotelbar stürmte, waren seine Tanten immer noch da. Tante Helga, Tante Kamilla und Tante Ebba saßen auf ein paar Barhockern um einen Stehtisch herum und wälzten offenkundig Probleme. Sicher ging es um Tante Immi und ihren Gigolo.

Tante Helga entdeckte Toni als Erste. Sie stupste ihre Schwestern in die Seite und zeigte zum Eingang. Die Überraschung war ihm geglückt. Seine Tanten sahen ihn mit offenen Mündern an, während er auf sie zukam.

»Tut mir leid«, sagte er. »Aber jetzt bin ich hier. Ich bin kein totaler Vollidiot. Ich helfe euch. Wenn ihr mich noch wollt.«

26

Toni hätte nicht sagen können, wann er das letzte Mal so früh aufgestanden war. Er stand am Fenster seines Hotelzimmers und betrachtete den Sonnenaufgang. Ein blutroter Ball über dem Meer. Es war ganz ungewohnt, den Tag mal mit diesem Anblick zu beginnen und ihn nicht damit enden zu lassen.

Aber heute war auch ein besonderer Tag. Er und seine Tanten hatten gestern Abend Pläne geschmiedet. Sie hatten eine Strategie entwickelt, wie sie Immi von ihrem Vorhaben, hierzubleiben, abbringen würden. Sie würden Alvaro als Gigolo entlarven und Immi vor Augen halten, was für ein Irrtum alles war. Sie hatten die Aufgaben verteilt. Sie waren vorbereitet. Es würde alles perfekt funktionieren.

Toni zog Shorts und T-Shirt an und machte sich auf den Weg in den Frühstücksraum. In den Fluren und Korridoren waren überall Menschen, die frisch und ausgeruht aussahen. Auch der Frühstücksraum war voller Gäste. Morgens um neun: Unfassbar, wie viele Leute um diese Uhrzeit schon auf waren. An einem ganz normalen Wochentag. Es war ein Paralleluniversum. Legte denn niemand Wert darauf auszuschlafen? Die Leute waren doch alle im Urlaub.

An einem Tisch am Fenster saßen seine Tanten. Alle außer Tante Immi. Auch sie wirkten so frisch, als wären sie schon seit Stunden auf.

Tante Helga entdeckte ihn und winkte.

»Toooni! Hier sind wir! Guten Mooorgen!«

Er setzte sich an ihren Tisch.

»Da bist du ja endlich, du Schlafmütze«, sagte Tante Kamilla. »Wir sind mit dem Frühstück schon fertig.«

»Aber lass dir ruhig Zeit, und iss erst mal in Ruhe«, sagte Tante Helga. »Wir wollen keinen hetzen.«

»Danke«, sagte er. »Aber mir reicht eine Tasse Kaffee.«

Es war noch viel zu früh, um feste Nahrung aufzunehmen. Er wollte erst mal wach werden.

Tante Ebba schenkte ihm Kaffee ein. Seit gestern Abend herrschte so etwas wie Waffenstillstand zwischen ihnen. Sie hatten nicht über das gesprochen, was zwischen ihnen vorgefallen war, aber Ebba schien es ihm hoch anzurechnen, dass er sie bei dieser Sache mit Immi nicht im Stich gelassen hatte.

»Dann wissen alle, was sie zu tun haben?«, fragte Toni.

»Ja, natürlich, Geheimunternehmen Immi«, sagte Tante Helga verschwörerisch.

»Dann fangen wir am besten gleich an«, meinte Toni und stürzte den Kaffee hinunter.

»Was ist denn mit dem Hotelmanager?«, fragte Tante Ebba. »Hast du gestern noch mit ihm gesprochen?«

»Ja, kurz. Bis morgen darf ich noch in meinem Zimmer bleiben. Dann muss ich raus.«

»Hat die Polizei inzwischen diesen Christoph gefasst?«, wollte Tante Kamilla wissen.

»Nein. Ich hoffe für ihn, dass die Polizei ihn zuerst schnappt und nicht der Manager. Ich glaube, ich bin nur deshalb mit einem blauen Auge davongekommen, weil sich der ganze Ärger des Managers auf Christoph richtet. Dass jemand in sein Hotel kommt, die Kostüme zerstört und eine Show ruiniert, das macht ihn rasend. Mehr als alles andere.«

»Aber wie geht es weiter?«, fragte Tante Helga. »Wenn du morgen hier rausmusst?«

»Keine Ahnung. Irgendwo kann ich schon übernachten. Ich kenn ja genug Leute hier. Und dann werde ich mir wohl einen billigen Flug suchen.« Er lächelte. »Aber jetzt wollen wir erst mal dafür sorgen, dass ich nicht auf Tante Immis Ticket zurückfliegen muss.«

Doch Tante Ebba wirkte immer noch nachdenklich.

»Schrecklich, Toni«, sagte sie. »Lässt dein Chef nicht vielleicht doch noch mit sich reden?«

»Nein. Und es ist auch besser so. Außerdem habe ich in den Vertrag gesehen. Ich werde noch für den ganzen Monat bezahlt. Also bin ich immerhin nicht pleite.«

Tante Ebba wollte anscheinend noch etwas dazu sagen, aber dann räusperte sie sich und presste die Lippen aufeinander. Auch sie wahrte den Waffenstillstand.

»Wie heißt der Mann, mit dem wir uns gleich treffen?«, fragte Tante Helga.

»Barry. Er wird euch erkennen, keine Sorge.«

»Und er spricht Englisch, ja?«

»Und Spanisch. Ich glaube, er kann auch ein paar Wörter Deutsch. Das wird schon klappen.«

»Gut«, sagte Tante Ebba. »Dann machen wir uns jetzt auf den Weg zu diesem Herrn Barry.«

»Was ist mit dir, Tante Kamilla?«, fragte Toni. »Bist du auch bereit?«

»So bereit wie eine Rakete vorm Start«, sagte sie freudig. »Das ist alles so aufregend, Captain Toni!«

Sie schob sich die verspiegelte Sonnenbrille ins Gesicht und salutierte.

»Houston, fertig zum Start«, sagte sie mit gespielt dunkler Stimme und fing an zu kichern.

»Perfekt«, sagte Toni. »Dann geht jede auf ihre Position. Ich werde noch ein paar Nachforschungen anstellen und treffe mich dann mit Tante Immi, damit sie aus der Schusslinie ist. Wir sehen uns heute Nachmittag wieder. Und dann wissen wir mehr.«

Eigentlich waren die Tanten alle startklar, trotzdem blieben sie am Tisch sitzen und sahen sich erwartungsvoll an. Es war, als warteten sie noch auf irgendetwas.

»Schön, dass wir was zusammen machen«, sagte Toni.

Er wusste nicht, ob es das war, worauf sie warteten, aber es war ihm ein Bedürfnis, das zu sagen. Seine Tanten lächelten. Dann standen sie auf.

Es ging los.

»Toni, warte mal«, sagte Tante Ebba und nahm ihn beiseite.

Tante Helga und Tante Kamilla gingen voran und tuschelten kichernd miteinander. Ihnen schien das alles mächtig Spaß zu machen.

»Noch mal zu dem, was du neulich gesagt hast …«, fing sie an.

»Das tut mir leid, Tante Ebba. Ich habe es nicht so gemeint. Wirklich nicht. Ich freue mich doch, dass ihr hier seid. Das war wirklich dumm.«

Sie tat das mit einer Handbewegung ab.

»Das weiß ich doch«, sagte sie, obwohl sich Toni da nicht so sicher war. »Es geht mir um was anderes, Junge. Ich will dir nur sagen … also … du sollst machen, was du für richtig hältst. Ich will mich nicht in dein Leben einmischen. Du bist erwachsen. Du triffst deine eigenen Entscheidungen, und ich respektiere das.«

»Das heißt, es ist okay, wenn ich mich dagegen entscheide, Großonkel Huberts Bauernhof zu verwalten?«

»Aber ja. Vergiss das einfach.« Sie seufzte. »Ich hätte das natürlich schön gefunden, dich in der Nähe zu haben. Und wir hätten uns keine Sorgen mehr machen müssen, was deine Schauspielerei angeht.«

»Ich werde schon Arbeit finden. Irgendwie geht es immer weiter. Wenn meine Agentin …«

»Nein, nein, Toni. Du musst dich nicht rechtfertigen. Das waren wohl eher unsere Sorgen und nicht deine. Du triffst jetzt deine eigenen Entscheidungen, und das ist gut so. Manchmal vergesse ich das offenbar.«

Toni betrachtete seine Tante. Sie hatte sich wirklich überwinden müssen, so offen mit ihm zu sprechen. Eine Welle der Zuneigung überkam ihn. Am liebsten hätte er Tante Ebba umarmt. Aber er wusste ja, sie war nicht so für körperliche Nähe, es sei denn, sie trieb die Kühe auf die Weide.

»Dann machen wir uns jetzt an die Arbeit, ja?«, meinte er und lächelte.

»Richtig«, sagte sie. »Und glaub mir, diesem schmierigen Kellner machen wir die Hölle heiß.«

27

Kamillas Aufgabe war es, das Restaurant im Auge zu behalten. Sie hatten es nämlich trotz aller Bemühungen nicht geschafft, an Alvaros Dienstplan zu gelangen, um herauszufinden, wann er Feierabend hatte oder Pause machte. Also würde Kamilla Schmiere stehen, damit sie die anderen warnen konnte, sobald er das Restaurant verließ. Schräg gegenüber vom Restaurant, direkt neben der Einfahrt zu ihrem Hotel, befand sich ein leer stehendes Ladenlokal, in dessen Hauseingang sie sich verstecken konnte. Es war perfekt, um Alvaro und das Restaurant im Auge zu behalten, ohne selbst gesehen zu werden.

Kamilla schob sich die Sonnenbrille auf die Nase und spazierte unauffällig zum Ladenlokal hinüber. Sie fühlte sich wie Jennifer Hart. Aufregend war das alles. Keiner ahnte, was sie hier im Sinn hatte. Alle hielten sie für eine einfache Touristin.

Am verrammelten Hauseingang wartete allerdings eine Überraschung auf sie. Dort war seit Ewigkeiten nicht geputzt worden. Die Wände waren mit Graffiti beschmiert, die Tür war demoliert. Zudem sah es aus, als hätte der Hauseingang schon so manches Mal als öffentliches Pissoir herhalten müssen. Alles war mit einer Staub- und Schmutzschicht überzogen. Kurzum: Der Eingang sah nicht besser aus als die heilige Rita, die Immi angeschleppt hatte. Ein einziges Nest für Keime und Bakterien.

Kamilla blieb unschlüssig stehen. Die freudige Aufregung

war wie weggewischt. Sie fragte sich, warum ausgerechnet sie für diesen Job eingeteilt worden war. Das war ja mal wieder typisch. Sie wollte da keinem was unterstellen, aber gemein war es trotzdem.

Hier auf der Straße durfte sie nicht stehen bleiben. Das war viel zu auffällig. Alvaro würde sie vom Restaurant aus sehen und womöglich Verdacht schöpfen. Es half alles nichts. Sie musste das Beste aus der Situation machen. Aus ihrer Handtasche zog sie eine Sprühflasche mit Desinfektionsmittel. Breitbeinig stellte sie sich vor den Hauseingang, nahm die Flasche mit beiden Händen und sprühte, was das Zeug hielt. Immer rein damit, sagte sie sich. Es kann gar nicht zu viel sein.

Passanten blieben stehen und reckten die Hälse. Offenbar fragten sie sich, was da vor sich ging. Aber darauf konnte sie keine Rücksicht nehmen. Sie würde schon früh genug unsichtbar werden. Zuerst musste der Eingang betretbar sein.

Als sie die halbe Flasche versprüht hatte, entdeckte sie einen Hundehaufen, der auf der Stufe zum Eingang lag. Sie schüttelte sich. Das wurde ja immer besser. Sie würde sich gleich weit in den Hauseingang hineindrücken müssen, um möglichst viel Platz zwischen sich und den Hundehaufen zu bringen.

Die Ecke verschwand nach und nach im Nebel aus der Sprühflasche. Aber das machte nichts. Je mehr, desto besser. Schließlich zog sie einen Flachmann hervor, in den sie Domestos abgefüllt hatte, für alle Fälle. Sie verteilte die Flüssigkeit auf den Bodenfliesen. Dann kramte sie aus den Tiefen ihrer Handtasche eine Küchenrolle heraus und legte den Boden mit Papiertüchern aus, die sich sofort mit dem Reinigungsmittel vollsogen.

Als alles fertig war, zog sie sich ein Haarnetz über. Dann

nahm sie ihre Plastikhandschuhe und holte tief Luft. Wenn sie nur darauf achtete, nicht die Wände zu berühren, dann würde es schon gehen.

Inzwischen hatte sich eine kleine Menschentraube auf der Straße gebildet.

»Hier gibt's nichts zu sehen!«, rief sie. »Gehen Sie weiter! Also wirklich.«

Langsam löste sich das Grüppchen auf. Kamilla fasste sich ein Herz und trat in den Hauseingang. Sie tauchte in eine Wolke von Desinfektionsmittel ein. Ein beißender Geruch stieg ihr in die Nase. Sie atmete flach. Nicht an die Wände kommen, sagte sie sich. Nur nicht an die Wände kommen. Dann kann dir nichts passieren.

Ihr Herz raste. Sie stand völlig steif da. Von hier würde sie also das Restaurant im Auge behalten. Den ganzen Tag über. Sie sah sich in dem engen Hauseingang um. Dieser Dreck überall. Und dann die Wände. Kamen die näher, oder bildete sie sich das ein?

Nein. Es ging nicht. Sie musste hier raus. Mit einem großen Satz sprang sie auf die Straße.

Entschlossen riss sie sich das Haarnetz herunter. Was immer die anderen sagen würden, sie hatte es versucht. Sie hatte alles gegeben. Keiner konnte ihr einen Vorwurf machen.

Doch was nun? Sie fragte sich, ob sie das Restaurant stattdessen von der Straße aus beobachten sollte. Auf die Gefahr hin, dass Alvaro auf sie aufmerksam würde.

Unentschlossen sah sie sich um. Das Hotel war von einer kniehohen Steinmauer umgeben, aus der dicke Metallstreben ragten, an denen ein Maschendrahtzaun angebracht war. Dahinter begann die Hotelanlage, ein Beet voller dichter, wuchernder Büsche, die als Sichtschutz für die Poolanlage dienten. Zur Straße hin war alles abgeschottet, wie eine

Gefängnisanlage. Aber Kamilla entdeckte ein Loch im Zaun. Groß genug, um hindurchschlüpfen zu können. Wenn sie sich auf der anderen Seite im Blätterwerk der Büsche versteckte, konnte sie auch von dort aus das Restaurant beobachten. Es war perfekt. Warum waren sie nicht gleich darauf gekommen? Das war doch viel besser als der Hauseingang. Sie gratulierte sich selbst zu ihrer Entdeckung.

Unauffällig schlenderte sie zu der Stelle hinüber, an der das Loch war. Sie blieb stehen, sah sich nach allen Seiten um, doch keiner schien sie zu beobachten. Also kletterte sie an der Mauer hoch, um auf die andere Seite zu gelangen. Mit ihren hochhackigen Schuhen war das gar nicht so einfach. Sie rutschte an der Kante ab und stolperte.

»Na, so was!«, rief sie und versuchte es erneut.

Wieder blieben ein paar neugierige Passanten stehen. Wenn sie so weitermachte, würde Alvaro tatsächlich auf sie aufmerksam werden. Aber es half nichts. Doch auch beim zweiten Mal rutschte sie ab. Jetzt klammerte sie sich stattdessen an den Maschendrahtzaun über der Steinmauer und blieb in der Luft hängen. Sie versuchte die Leute zu ignorieren. Wenn sie erst einmal in den Büschen abgetaucht war, dann war sie unsichtbar, dachte sie, schwang ein Bein auf die Mauer und zog sich höher.

Hinter ihr heulte eine Sirene auf, und ein Streifenwagen rollte auf den Bürgersteig. Die Polizei. Kamilla erstarrte und sah ängstlich zu dem Wagen hinunter. Zwei Polizistinnen stiegen aus, spanische Schönheiten in Uniform, mit dunklen Sonnenbrillen und furchtbar ernsten Gesichtern. Sie kamen mit schweren und wiegenden Schritten auf sie zu.

»Ich ... Ich bin keine Einbrecherin!«

Kamilla ließ den Zaun los und kletterte zurück auf den Bürgersteig. Sie klopfte sich die Hände ab.

»Ich wollte nichts Unrechtmäßiges tun, wirklich!«

Die beiden Frauen traten näher und redeten drauflos. Kamilla verstand kein Wort. Der Gesichtsausdruck der Polizistinnen war nicht gerade freundlich, und eine der beiden holte bereits Handschellen hervor.

»Ich bin Touristin hier!«, rief Kamilla aufgeregt. »Im Hotel.«

Auf der anderen Straßenseite traten ein paar schaulustige Gäste aus dem Restaurant. Und dann tauchte Alvaro auf. Mit weißem Hemd und bodenlanger Schürze.

Ach herrje, dachte Kamilla. Wie soll ich das später nur den anderen erklären?

Alvaro erkannte Kamilla sofort. Er überquerte im Laufschritt die Straße und sagte etwas auf Spanisch, woraufhin sich die Polizistinnen prompt zu ihm umdrehten. Er redete drauflos, zeigte immer wieder auf Kamilla, erklärte offenbar die Situation. Die Frauen entgegneten irgendwas, es ging hin und her. Kamilla konnte nichts anderes tun, als dazustehen und ein freundliches und schuldbewusstes Gesicht zu machen. Was ihr nicht schwerfiel, denn die Sache mit Alvaro war ihr tatsächlich furchtbar peinlich.

Schließlich zeigte die eine der Polizistinnen auf Kamilla und sagte etwas, bevor sie sich mit ihrer Kollegin wieder in den Streifenwagen setzte und davonfuhr.

»Da muss ich mich wohl bedanken«, meinte Kamilla, als die beiden fort waren.

Alvaro lächelte sie an. Diese Augen, dachte sie. Kein Wunder, dass Immi sich in ihn verliebt hatte.

»Es tut mir leid«, sagte sie. »Das ist mir furchtbar peinlich.«

»Nein. Kein Problem. Ich gerne helfen.«

Im Restaurant gegenüber war inzwischen der Koch an der Tür aufgetaucht und rief nun etwas auf Spanisch. Alvaro drehte sich um und gab ihm ein Zeichen.

»Muss zurück«, erklärte er. »Arbeiten. Grüßen Sie Schwestern.«

Dann lächelte er wieder, ließ seine schönen Augen aufblitzen und verschwand im Restaurant.

Kamilla machte einen letzten Versuch. Diesmal konzentrierte sie sich. Schnell und beinahe lautlos schlüpfte sie durch das Loch im Zaun, und im nächsten Moment war sie auf der anderen Seite.

Unter dem Blätterdach der Sträucher war es wie in einer Höhle. Sie war völlig abgeschieden, keiner würde sie sehen können.

Neugierig blickte sie sich um. Von hier aus waren der Pool und die Hotelgäste zu sehen. Ein schmaler Pfad verlief durch ihre Höhle. Offenbar war sie nicht die Erste, die diese Stelle entdeckt hatte.

Mit einem Blick zum Restaurant versicherte sie sich, dass Alvaro bei der Arbeit war. Dann folgte sie dem Pfad unterhalb des Blätterdachs, um herauszufinden, wo der Weg hinführte.

Als sie um einen Strauch bog, bemerkte sie, dass sie nicht allein war. Eine Gestalt hockte da und beobachtete das Hotel. Ein kleiner Mann mit einem sonnenverbrannten Gesicht. Es war Christoph.

28

Sie stand minutenlang hinter ihm, ohne dass er sie bemerkte. Das war auch gut so. Ganz sachte ließ sie ihr Handy zurück in die Handtasche gleiten. Dann machte sie einen Schritt auf ihn zu.

»Christoph!«

Sie gab ihrer Stimme einen festen und entschlossenen Klang. Von Verunsicherung keine Spur. So weit käme es noch. Dieses Bürschchen würde sie nicht noch mal in Verlegenheit bringen.

Er fuhr zusammen, wirbelte herum und sah sie mit großen Augen an.

»Tante Kamilla!«

»Ich bin nicht Ihre Tante Kamilla! Damit das schon mal klar ist!«

Er schien etwas sagen zu wollen, aber der Mund blieb ihm offen stehen.

»Was machen Sie da?«, fuhr sie ihn an.

»Ich … ähm … gar nichts. Ich seh mir nur die Grünanlagen an. Wirklich. Die Grünanlagen hier sind echt schön, oder?«

»Sie beobachten das Hotel!«

»Nein, ganz sicher nicht! Warum sollte ich das tun?«

Sie sah sich um. Auf dem Boden lagen ein Schlafsack, eine Tüte mit Chips und ein Tetrapak Orangensaft. Außerdem waren überall zerdrückte Zigarettenkippen verstreut.

»Sie beobachten von hier aus Toni.«

»Das tue ich nicht!«, sagte er eindringlich. »Bitte. Er ist ja auch gar nicht da im Moment. Er ist doch eben gegangen, weil er sich mit Tante Immi trifft. Und danach will er … das heißt, ich weiß gar nicht, wo er ist. Weil ich ihn ja gar nicht beobachte, wirklich nicht. Bitte, Tante Kamilla, du musst mir glauben.«

»Jetzt wird's mir langsam zu bunt. Noch einmal: Ich bin nicht Ihre Tante Kamilla. Und ich möchte auch nicht mehr von Ihnen geduzt werden.«

»Bitte, Sie müssen mir glauben. Ich weiß, wie das aussieht.« Er lachte gezwungen. »Natürlich, man könnte den Eindruck gewinnen, als würde ich das Hotel beobachten. Aber es gibt eine ganz einfache Erklärung. Es ist nämlich so, dass ich … also, ich … ich kenne den Gärtner. Genau. So ist das. Und mit dem Gärtner habe ich gestern gesprochen. Und da sagt der zu mir …«

»Hören Sie schon auf! Ich glaube Ihnen kein Wort, Christoph. Ganz egal, was Sie sagen. Das ist vorbei.«

»Was wollen Sie dann von mir? Sicher, dass ich Toni in Ruhe lasse, oder?«

»Ja. Aber ich glaube nicht, dass es etwas bringt, wenn ich Sie darum bitte. Sie werden nicht auf mich hören.«

»Das heißt, Sie bringen mich jetzt zur Polizei?«

»Nein, Christoph. Ich übergebe Sie nicht der Polizei. Das war mein erster Gedanke, aber dann habe ich mich dagegen entschieden.«

»Aber …« Er schien irritiert. »Was wollen Sie dann von mir? Wenn Sie denken, es bringt nichts, mit mir zu diskutieren, warum reden Sie dann überhaupt mit mir?«

Kamilla sah über seine Schulter hinweg. Männer stiegen lautlos in das Gebüsch. Es war so weit. Kamilla spürte, wie ihr Herz zu Stein wurde.

»Ich rede mit Ihnen, weil ich Sie hinhalten muss«, sagte sie kalt. »So lange, bis die Sicherheitsleute da sind.«

Sie klammerte sich an die Handtasche, in die sie das Handy nach dem Anruf gesteckt hatte. Als wäre es eine Tatwaffe. Er starrte sie fassungslos an. Dann sackte die Erkenntnis zu ihm durch.

»Vom Hotel?«, hauchte er.

Kamilla nickte. Er sah sich hektisch um, aber da war es schon zu spät. Die beiden Männer packten ihn. Es gab kein Entkommen.

»Nein!«, schrie er panisch. »Kamilla, bitte! Bringen Sie mich zur Polizei! Ich leiste keinen Widerstand, versprochen. Holen Sie die Polizei!«

Die beiden Männer zerrten ihn aus dem Gebüsch. Der Lieferanteneingang war nur wenige Meter entfernt. Ein dunkles Loch, in das der Junge offenbar gezogen werden sollte. Christoph sah zur offenen Tür und schien zu begreifen, was gleich passieren würde. Er wand sich, strampelte mit den Beinen, jammerte und schrie. Aber es half alles nichts. Der dunkle Schlund rückte immer näher.

»Rufen Sie die Polizei, Kamilla!«, rief er. »Bitte! Ich werde alles gestehen! Helfen Sie mir!«

Kamilla regte sich nicht. Sie kannte keine Gnade.

Die Männer hatten den Eingang erreicht. Jetzt spiegelte sich nackte Panik in Christophs Gesicht. Mit aller Kraft bäumte er sich auf, und es gelang ihm, sich für eine Sekunde zu befreien und in Richtung Ausgang zu bewegen. Doch schon im nächsten Moment packten ihn die Männer an den Beinen, und er fiel. Stück für Stück wurde er ins Innere gezogen. Er schrie markerschütternd, in seinem Gesicht lag der blanke Wahnsinn. Ein letzter panischer Schrei, dann war Christoph im Eingang verschwunden. Die Tür fiel ins Schloss. Es wurde still.

Kamilla räusperte sich. Dann zupfte sie ihre Bluse zurecht und nahm Haltung ein.

Diese kleine Anekdote würde sie den anderen lieber verschweigen. Sie glaubte nicht, dass irgendwer Christoph vermissen und Fragen stellen würde.

Sie drehte sich um und kehrte in ihr Versteck im Unterholz zurück. Ihr Blick fiel eher zufällig auf die Straße, und sie erstarrte. Sie sah Alvaro, der die Schürze abgelegt hatte und gerade in ein Taxi stieg. Die Tür fiel zu, und der Wagen jagte los.

Sie hatte ihren Job vernachlässigt! Ihre dringendste Aufgabe. Das würde sie sich niemals verzeihen. Schon war das Taxi aus ihrem Blickfeld verschwunden.

Sie zog ihre Handtasche hervor. Hektisch suchte sie nach dem Handy. Sie hatte es doch gerade noch gehabt, als sie die Sicherheitsleute vom Hotel hergerufen hatte. Wo steckte es denn auf einmal? Sie musste den anderen Bescheid sagen. Und zwar schnell. Alvaro könnte jeden Moment bei ihnen auftauchen.

29

Vor dem Gebäudekomplex stand ein junger rothaariger Bursche mit grünen Augen und einem Gesicht voller Sommersprossen. Er grinste schief und kam auf sie zu. Offenbar war das ihre Verabredung. Barry. So viele rothaarige Nordeuropäer gab es hier schließlich nicht.

»Hi, girls. You must be Toni's aunts!«

Ebba stockte. Sie hatte kein Wort verstanden. Aber er hatte mit ihnen gesprochen, so viel war sicher. Und er war Engländer, wie Toni gesagt hatte. Es passte also alles.

Sie bemühte sich, laut und deutlich zu sprechen.

»Sind Sie Barry?«

Sein Grinsen wurde breiter. Er salutierte.

»Yeah, that's me in all my glory.«

Ebba blickte verständnislos. »Jä *was?*«

»It wasn't that important. We can get started.«

Ebba wandte sich an Helga, die ihrer älteren Schwester wie immer die Kommunikation überlassen hatte.

»Helga!«, bellte sie. »Du hattest doch Englisch in der Berufsschule! Los jetzt!«

Zu Ebbas Zeiten hatte es das schließlich noch nicht gegeben. Aber Helga war die Jüngste von ihnen. Was das betraf, gehörte sie schon einer anderen Generation an.

»Schon«, meinte Helga kleinlaut. »Aber wie lange ist das her? Und das waren ja auch nur ein paar Brocken.«

»Ja, aber was hat er denn gesagt? Jetzt gerade, als er zu uns gesprochen hat.«

»Das weiß ich nicht genau.«

»Dann hör beim nächsten Mal etwas genauer hin! Wofür habe ich dich denn mitgenommen?«

Barry stand da und lächelte abwartend. Helga trat näher und betrachtete ihn mit zusammengekniffenen Augen. Sie schien nachzudenken.

»Ich glaube, er hat nur gesagt, dass er Toni kennt.«

»Na, das hätte ich mir auch selber denken können«, meinte Ebba vergrätzt.

Sie betrachtete ihre Schwester ungeduldig.

»Und was kommt jetzt?«

»Ich weiß nicht, Ebba.«

»Ja, dann sag doch was! Sprich mit ihm!«, polterte Ebba drauflos.

Helga ging in Deckung. Barrys Lächeln gefror ein wenig. Er sah die Schwestern fragend an. Helga erkannte, dass sie handeln musste. Sonst würde ihr Ebba den Kopf abreißen.

»How do you do?«, sagte sie.

Jetzt wurde sein Lächeln wieder breiter.

»Well, I'm fine. I've got my tools with me. We can get started as far as I'm concerned.«

»Was sagt er?«, fragte Ebba forsch.

»Ich glaub, er sagt, dass ihm das Wetter gefällt. Auch wenn es gestern ein bisschen zu heiß war für seinen Geschmack.«

Ebba runzelte die Stirn. »Sicher?«

»Ich glaub schon.«

Sie schob Helga zur Seite. Das wurde ja sonst nichts.

»Mr. Barry«, sagte sie klar und deutlich, so als würde sie mit einem schwerhörigen Demenzkranken im Altersheim sprechen. »Toni sagt, Sie helfen uns.«

Da er offenbar nicht verstand, was sie sagte, rückte Ebba näher an ihn heran. »H-E-L-F-E-N.«

»Helping«, sprang Helga ein.

»Yes, sure. I'm helping. Should we go up? It'll only take two minutes.«

Helga schenkte ihm ein Lächeln. »No, thank you.«

»Was hat er denn gesagt?«, fragte Ebba.

»Ich glaub, ob wir was trinken gehen möchten.«

»Nein!«, wandte Ebba sich an den jungen Mann. »Wir wollen hochgehen! Hoch!« Sie deutete mit der ausgestreckten Hand auf den Wohnkomplex. »Hoch!«, wiederholte sie.

Barrys Lächeln bekam erneut einen Kratzer.

»Okay, let's go«, sagte er und steuerte die Hauseinfahrt an. »I know where he lives.«

Die Schwestern schlichen hinter ihm her. Ebba fürchtete, ein Concierge könnte sie aufhalten und Fragen stellen. Oder einer der alten Männer, die unten vorm Haus auf Campingstühlen ihren Café Americano tranken. Aber nichts dergleichen passierte. Sie spazierten einfach zum Haus hinüber und gingen die Treppen hinauf.

Im siebten Stock angelangt, traten sie auf einen Laubengang, von wo aus sie in den Hof sehen konnten. Überall waren Wäscheleinen und offene Türen, Hausfrauen unterhielten sich, Fernseher liefen, die Sonne warf ihr helles Licht herein.

»Fallen wir denn hier nicht auf?«, fragte Helga, die ebenfalls zum Hof gesehen hatte.

»Unsinn. So viele Menschen. Wer weiß da schon, wer fremd ist und wer nicht?«

»Hoffentlich behältst du recht.«

Barry blieb vor einer Wohnungstür stehen. Aus seinem Overall zog er etwas, das wie ein Schlüsselbund aussah. Nur hingen keine Schlüssel daran, sondern Drähte und Haken.

»Keep quiet and don't move«, sagte er.

Helga übersetzte wieder: »Wir sollen die Leute ablenken, die hersehen.«

Er hantierte mit seinen Haken am Türschloss herum. Es dauerte nur Sekunden, dann sprang sie auf. Als hätte er einfach den Hausschlüssel benutzt. Mit einem Schulterblick vergewisserte er sich, dass sie nicht beobachtet wurden. Dann schob er die Tür auf und machte ihnen Platz.

»So, that's it. Have fun and give Toni my regards.«

»Good-bye«, sagte Tante Helga und trat ein. »And thank you.«

Ebba blickte diesem Barry etwas verunsichert hinterher.

»Also, ist schon erschreckend, wie schnell so was geht, oder?«, meinte sie. »Vielleicht sollte man bei sich zu Hause mal über ein Sicherheitsschloss nachdenken.«

»Bei euch auf dem Hof gehen sowieso alle über die Waschküche. Und die kann man doch gar nicht abschließen, oder? Jetzt komm schon, Ebba.«

Helga zog sie herein und schloss die Tür. Nach dem grellen Licht draußen kam es ihnen im ersten Moment dunkel vor hier drinnen. Aber dann gewöhnten sich ihre Augen an das Zwielicht. Eine kleine aufgeräumte Wohnung mit winzigen Fenstern und dichten Vorhängen war zu sehen. »Die Spanier sind Höhlenmenschen«, hatte Helene Bruns mal gesagt, nachdem sie den Jakobsweg gegangen war. »Da haben sie so tolles Wetter und sitzen doch nur in ihren dunklen Häusern rum. Ich würd ja den ganzen Tag auf der Terrasse unterm Sonnenschirm sitzen. Aber so sind die Spanier nicht.«

Nein, und Alvaro war offenbar auch nicht so. Er hatte seine Höhle aber sehr gemütlich eingerichtet. Dunkel zwar, doch irgendwie auch einladend. Und vor allem war es sauber, das erkannte Ebba auf den ersten Blick.

»Sieht so eine Junggesellenwohnung aus?«, fragte Helga.

»Eher nicht«, stimmte Ebba zu.

Es war eine Wohnung, in der man sich vorstellen konnte,

alt zu werden. Sie strahlte Ruhe und Nüchternheit aus. Hier passierten keine allzu großen Überraschungen.

»Sauber ist es hier«, staunte Ebba. »Das muss man ihm lassen.«

Sie ging zurück zur Wohnungstür und fuhr mit dem Finger über den Türrahmen. Kein Staub. Alles sauber.

»Er muss eine Putzfrau haben«, sagte sie.

»Er ist Kellner, Ebba. Was glaubst du, wie viele Kellner können sich eine Putzfrau leisten?«

»Kein Mann putzt seine Türrahmen, ganz ausgeschlossen.«

»*Unsere* Männer nicht, das stimmt. Aber das kannst du nicht verallgemeinern. Vielleicht ist Alvaro einfach ein ordentlicher Mensch.«

Ebba trat in die kleine Kochecke und nahm sich den Schrank vor. Das wollte sie doch erst mal sehen. Schließlich wusste sie, wo sich der Schmutz versteckte. Sie öffnete die Türen und begutachtete alle Ecken.

»Ebba, was machst du denn da?«

»Mein Respekt«, sagte sie. »Die Einlegebretter sind tipptopp. Auch das Milchglas. Kein Spritzer, nichts. Da kann man nicht meckern.«

Wirklich. Es könnte bei ihr zu Hause nicht besser sein.

»Lass das doch jetzt!«, sagte Helga. »Wir sind aus einem anderen Grund hier.«

»Ja, du hast recht.« Ebba schloss den Küchenschrank und sah sich um. »Also. Wo fangen wir an?«

»Viele Möglichkeiten gibt es ja nicht. Ich sehe mir mal die Schränke im Schlafzimmer an. Du kannst dir so lange den kleinen Sekretär vornehmen.«

Sie waren hier, um Beweise für Alvaros Frauengeschichten zu finden. Ein Kellner in einem Urlaubsort. Sicher hatte der ständig irgendwelche Affären, davon waren sie überzeugt. Jetzt ging es darum, es ihm nachzuweisen. Damit Immi wusste, an was für einen Gigolo sie geraten war. Und sich nicht länger was vormachte. Sie suchten Liebesbriefe. Fotos. Irgendwas. Vielleicht Höschen. Es gab viele Männer, die Trophäen sammelten. Nach so etwas wollten sie Ausschau halten.

Helga ging nach nebenan, während Ebba rasch in den Wohnzimmerschrank sah, doch da waren nur das Sonntagsgeschirr und ein paar Porzellanfiguren. Und in dem Schränkchen neben dem Fernseher befanden sich seine Spirituosen. Außerdem lagen da Kleingeld und Spielkarten. Aber sonst nichts. Auf der Kommode ein Hochzeitsfoto. Eine Schwarz-Weiß-Aufnahme. Das war Alvaro, in jungen Jahren. Daneben eine Frau, eine hübsche Spanierin mit vollem Haar und stolzem Gesicht.

Ebba ging weiter zum Sekretär. Sie öffnete die erste Schublade. Briefpapier, Schere, Tesafilm. Nichts Ungewöhnliches. In der zweiten tauchte ein Fotoalbum auf. Ebba blätterte darin. Lauter Fotos von Alvaro und seiner Frau. Eine kleine Tochter hatten sie, die auf den Fotos groß und größer und schließlich erwachsen wurde. Auch die Frau wurde älter, so wie Alvaro, doch ihre Schönheit bewahrte sie sich über all die Jahre.

Ebba durchsuchte die nächste Schublade. Nichts. Keinen Hinweis auf irgendwelche anderen Frauen. Das konnte doch nicht sein. Dann fand sie einen Stapel Beileidsbriefe. Alle auf Spanisch, deshalb konnte sie nicht viel damit anfangen. Das Datum lag drei Jahre zurück. Aus einem Brief flatterte eine Todesanzeige. Ein kleines Foto war darauf abgebildet. Es war Alvaros Frau, sie hieß Maria. Sie war es, um die getrauert wurde.

Ebba blickte in die letzte Schublade. Aber da schienen nur Abrechnungen und Steuerunterlagen zu sein. Sonst nichts.

Keine Trophäen anderer Frauen. Falls es die überhaupt gegeben hatte. Hier würden sie jedenfalls keine Beweise finden, die sie Immi unter die Nase halten konnten.

Helga kam aus dem Schlafzimmer.

»Hast du was?«, fragte sie betrübt.

Es klang nicht so, als hätte Helga nebenan die große Entdeckung gemacht.

»Nein«, sagte Ebba. »Und du?«

Sie schüttelte den Kopf.

»Er war verheiratet«, sagte Ebba. »Mit Maria.«

»Und war er ihr treu? Hier im Ort, wo alles voller liebeshungriger Urlauberinnen ist?«

»Das weiß ich natürlich nicht. Aber …« Sie betrachtete den Sekretär. »Ich glaube schon. Irgendwie habe ich das Gefühl, Alvaro war ihr treu. Ich kann nicht sagen, warum.«

»Verdammt, Ebba. Dann sind wir ganz umsonst hier eingebrochen? Was machen wir denn jetzt mit Immi?«

»Ich weiß es nicht.« Sie stand auf. »Immi muss mit uns zurück nach Papenburg, das steht außer Frage. Wir müssen uns halt was anderes einfallen lassen.«

»Aber was denn? Und vor allem: Wann? Wir fliegen doch schon morgen. Was wird denn Werner sagen, wenn er uns vom Flughafen abholt und seine Frau ist nicht dabei?«

»Es bringt nichts, jetzt die Nerven zu verlieren, Helga. Wir müssen einfach …«

Ein Telefon klingelte. Es dauerte, bis Ebba begriff, dass es ihres war. Dieses neumodische Handy, das sie seit ein paar Wochen besaß. Oder Smartphone, wie so was heutzutage hieß. Sie konnte damit Anrufe tätigen, gerade im Ausland war das nützlich, wenn man wissen wollte, ob zu Hause alles beim Rechten war. Aber wie man ein Gespräch entgegennahm, damit war sie immer noch überfordert.

Sie zog das Gerät mit spitzen Fingern aus der Handtasche.

Auf dem Display leuchtete ein Telefonhörer, daneben erschien Kamillas Name. Ihre Schwester rief an.

Ebba tippte auf das leuchtende Telefonsymbol, doch es passierte nichts.

»Wischen, Ebba!«, sagte Helga. »Du musst wischen!«

Das hatte ihr der Mann im Handyladen gesagt, als sie sich das Gerät gekauft hatte. »Bei Smartphones müssen Sie mit dem Finger über den Bildschirm wischen, verstehen Sie? Nicht tippen, sondern wischen.«

Ebba zog mit dem Finger übers Feld, doch nichts passierte. Das schrille Klingeln ging immer weiter, egal was sie machte.

»Wischen!«, drängte Helga. »Jetzt wisch schon!«

»Ja, wisch *du* doch! Das klappt hier nicht!«

Ebba drückte ihr das Gerät in die Hand. Das Klingeln ging unerbittlich weiter. Helga brauchte zwar auch ein paar Versuche, aber dann war die Verbindung da.

»Wischen«, belehrte sie Ebba nochmals, dann hielt sie sich das Gerät ans Ohr. »Ja, hallo?«

Kamillas Stimme war so laut und schrill, dass selbst Ebba sie klar und deutlich hören konnte.

»Ihr müsst da raus! Hört ihr? Alvaro kommt!«

30

Toni schlenderte die Strandpromenade entlang. Er blickte auf die Uhr. Halb elf. Wenn alles gut gegangen war, befanden sich Tante Ebba und Tante Helga jetzt in der Wohnung. Hoffentlich stießen sie auf irgendwelche Hinweise.

Er setzte sich auf eine Steinbank unter einer großen bauchigen Palme. Tante Immi musste jeden Moment eintreffen. Er hatte sich hier mit ihr verabredet, damit die anderen freie Bahn hatten. Ihr Plan würde schon aufgehen, er hatte ein gutes Gefühl.

Unter ihm rauschte das Meer. Würzige Luft zog herauf. Er schloss die Augen. Jetzt, wo er seinen Job verloren hatte, konnte er das alles plötzlich genießen. Vorher hatte er gar keine Augen dafür gehabt. Irgendwie war er immer abgelenkt gewesen.

Sein Handy klingelte. Er zog es hervor und sah aufs Display. Es war Enrico. Na endlich. Er hatte ein paar Nachforschungen über Alvaro anstellen wollen. Seine Kontakte spielen lassen. Mal sehen, was dabei herausgekommen war.

»Schön, dass du anrufst«, sagte Toni. »Hast du was über ihn erfahren können?«

»Schon. Aber es ist nicht das, was wir gedacht haben.«

»Wie meinst du das? Stimmt mit Alvaro was nicht?«

»Im Gegenteil. Er ist fleißig, beliebt bei den Kollegen, großzügig, alles. Man kann sich auf ihn verlassen, heißt es. Wen auch immer du fragst, du hörst nur Gutes.«

»Ja, aber was ist mit seinem Liebesleben? Hat er Affären mit Touristinnen? Ist er ein Hansdampf in allen Gassen?«

»Kein Stück, das meine ich ja. Es ist nicht, wie du gedacht hast.«

»Komm schon, das kannst du mir nicht erzählen. Hier hat doch jeder was mit Touristen. Soll er da jetzt die große Ausnahme sein?«

»Es sieht ganz so aus. Er hatte eine Frau, weißt du? Und er muss seine Maria über alles geliebt haben. Er war ihr treu, das sagen jedenfalls alle, die ihn kennen.«

»Hatte? Sind sie geschieden?«

»Sie ist tot. Ein Schlaganfall. Als sie gestorben ist, dachten alle, er stirbt auch. So sehr haben die beiden aneinander gehangen. Keiner hat geglaubt, dass er sich je wieder verliebt. Oder eine Frau in sein Leben lässt.«

»Aber was bedeutet das? Will er jetzt auf seine alten Tage den Don Juan raushängen lassen?«

»Nein, Toni. Das heißt, dass er es wohl sehr ernst meint mit deiner Tante Immi.«

Toni schwieg. Er wusste nicht, was er davon halten sollte. Eines war jedenfalls klar: Tante Ebba und Tante Helga waren wahrscheinlich umsonst bei Alvaro eingestiegen. Sie würden nichts Kompromittierendes finden.

»Danke, Enrico«, sagte er. »Ich bin dir was schuldig. Noch mehr als ohnehin schon.«

»Ach was. War mir ein Vergnügen.«

Toni steckte das Handy weg. Eine Katze schlich vorbei und miaute herzzerreißend. Doch als Toni sich vorbeugte, um sie zu streicheln, nahm sie Reißaus. Er blickte ihr hinterher, bis sie hinter der Steinmauer verschwunden war.

Seine Gedanken wanderten zu Tante Immi. Er konnte sich nicht vorstellen, dass sie tatsächlich alles hinter sich lassen würde, um auf der Insel neu anzufangen. Da waren der

Hof, ihr Ehemann, Papenburg. Nein, es war einfach undenkbar. Wie auch immer die Geschichte weitergehen würde, er war überzeugt davon, dass sie einen Tag später zusammen mit den anderen im Flieger nach Deutschland sitzen würde.

»Antonius, mein Junge. Wartest du schon lange?«

Tante Immi war hinter ihm aufgetaucht. Die Einzige in der Familie, die ab und zu seinen vollen Namen benutzte. Sie wirkte verändert, ruhiger. Ihr Lächeln schien ein wenig über den Dingen zu stehen. Sie war verliebt, eindeutig.

»Nein, gar nicht«, sagte er. »Setz dich doch zu mir.«

Normalerweise redete Tante Immi einfach drauflos, wenn sie ihn traf, meist ohne Punkt und Komma. Heute setzte sie sich schweigend auf die Bank und folgte seinem Blick hinaus aufs Meer.

»Schön ist es hier, nicht wahr?«, meinte sie.

»Ja, man versteht schon, warum Gran Canaria auch die Insel des ewigen Frühlings genannt wird.«

Sie nickte. Dann deutete sie auf einen wuchtigen Strauch, der jenseits der Steinmauer stand.

»Siehst du den Busch da vorne? Guck genau hin. Das ist ein Weihnachtsstern. Die gleiche Pflanze, die ich in der Adventszeit auf der Fensterbank stehen habe. Nur so groß wie ein Nussstrauch. Ist das nicht toll? Solche Sachen kann man hier jeden Tag entdecken.«

»Ja. Es gibt viel zu sehen.«

Tante Immi betrachtete ihn von der Seite.

»Was hast du vor, Toni? Jetzt, wo dein Job weg ist. Wie geht es für dich weiter?«

»Keine Ahnung. Erst mal fliege ich nach Deutschland. Ich werde mit meiner Agentin sprechen, vielleicht hat die eine Idee. Mal sehen.«

»Onkel Huberts Hof wirst du also nicht führen.«

»Nein. Das … das ist nichts für mich, Tante Immi. Bitte. Ich will damit ja gar nicht sagen, dass ich …«

»Nein, nein. Ist schon gut. So meine ich das nicht. Mach, was du für richtig hältst, das ist das Beste. Wirklich. Damit bist du immer gut gefahren.«

Er spürte wieder sein schlechtes Gewissen wegen der schlimmen Sachen, die er in seiner Wut zu Tante Ebba gesagt hatte.

»Vielleicht wäre es ja vernünftig, aber ich kann das einfach nicht. Ich glaube, Tante Ebba fällt es nicht so leicht, das zu akzeptieren.«

»Sie macht sich nur Sorgen, Toni. Wir alle machen uns Sorgen. Aber so ist halt das Leben. Und ich glaube, sie hätte dich gern bei sich in der Nähe, weißt du? Das ist alles.«

Toni lächelte. »Seltsame Art, das zu zeigen.«

»Du kennst sie doch, oder?«

Nun lachten sie gemeinsam, was sich gut anfühlte.

»Du hattest halt immer schon deinen eigenen Kopf«, fuhr Tante Immi fort. »Das war schon als Kind so.«

Toni sagte nichts dazu. Er lächelte.

»Du könntest doch auf meinem Ticket fliegen!«, rief sie plötzlich aus. »Warum denn nicht? Das wäre perfekt.«

»Ja, aber geht das denn so einfach?«

»Du wirst eine Umbuchungsgebühr zahlen müssen, schätze ich mal. Aber sonst wird es sicher kein Problem geben. Du gehörst doch zur Familie.«

»Dann wäre ich morgen Abend schon wieder in Deutschland.« Er kratzte sich am Kopf. »Hui. Das geht ja Hals über Kopf.«

Sam kam ihm in den Sinn. Ob er ihn dann vor der Abreise überhaupt noch mal sehen würde? Das versetzte ihm einen Stich. Sam hatte sehr deutlich gemacht, was er über Toni dachte, aber trotzdem hätte er sich gern von ihm verabschiedet. Auch auf die Gefahr hin, dass es peinlich werden würde.

»Was geht da eigentlich hinter meinem Rücken ab?«, fragte Tante Immi und klang dabei ganz unschuldig.

Toni versteifte sich. »Ich weiß nicht, was du meinst.«

»Dieses Treffen hier … sosehr ich mich darüber freue, Toni. Aber das ist doch kein Zufall, oder? Die anderen führen was im Schilde, und du sollst mich ablenken.«

Toni zögerte. Aber er merkte schnell, dass es keinen Sinn hatte, es abzustreiten. Immi kannte ihre Schwestern eben sehr lange.

»Also gut«, sagte er. »Die anderen versuchen, etwas über deinen Alvaro rauszufinden. Irgendwas, womit sie ihn kompromittieren können. Damit du einsiehst, dass er nur ein Don Juan ist, und mit ihnen zurück nach Deutschland fliegst.«

»So was in der Art hab ich mir schon gedacht. Das war wohl Ebbas Idee. Das ist typisch für sie.«

»Aber da gibt es nichts«, sagte Toni schnell. »Ich meine, sie haben nichts gefunden. Er ist kein Gigolo, Tante Immi. Ganz im Gegenteil.«

»Das weiß ich doch längst, Toni. Für wie naiv hältst du mich eigentlich?«

Er schwieg und beschloss, ihr lieber nicht zu erzählen, dass ihre Schwestern gerade mit seiner Hilfe in Alvaros Wohnung einbrachen. Vermutlich würde für Tante Immi der Spaß spätestens dort aufhören.

»Weißt du, Toni«, sagte sie. »Ich habe dich immer bewundert. Du hörst nur auf dich. Du lässt dir von keinem reinreden. Du machst deine Träume wahr, und das finde ich großartig.«

»Ich weiß nicht, Tante Immi. So traumhaft ist mein Leben gar nicht. Eher anstrengend. Dieser Job hier zum Bespiel.«

Tante Immi wischte das mit einer Handbewegung beiseite.

»Hör schon auf. Du könntest auch in Papenburg bei der Sparkasse arbeiten. Deine Tante Ebba hätte das damals jedenfalls sehr glücklich gemacht.«

Das brachte ihn zum Schweigen. Vielleicht war ja doch was dran an dem, was sie sagte.

»Ich hab noch zehn, vielleicht fünfzehn Jahre, in denen ich alles machen kann, Toni«, fuhr Tante Immi fort. »Danach werde ich zu gebrechlich sein. Es ist *mein* Leben, verstehst du? Es muss auch für mich eine Zeit geben, in der ich meine Träume lebe. Ich denke, jetzt oder nie.«

Toni schwieg. Er konnte ihr schließlich keinen Vorwurf machen. Auch wenn er sich immer noch nicht vorstellen konnte, dass sie Ernst machte und Papenburg tatsächlich den Rücken kehrte.

»Du fragst dich sicher, was mit Onkel Werner ist«, sagte sie. »Und dem Bauernhof, oder?«

Er zuckte mit den Schultern. Es war wirklich eine sonderbare Vorstellung. Auch wenn das egoistisch von ihm war, bedauerte er Tante Immis Entscheidung. Denn damit würde auch ein Stück seiner Kindheit verloren gehen.

»Wir sind eine andere Generation, Toni. Wir haben immer getan, was uns gesagt wurde. Große Träume hatten wir nicht. Ich will gar nicht behaupten, dass es schlechter war als heute. Manchmal ist es auch einfach, wenn man keine Wahlmöglichkeit hat. Da wird einem viel Last von den Schultern genommen.«

»Und Onkel Werner?«, fragte er.

Sie blickte zum Meer. Ein leiser Seufzer entfuhr ihr.

»Für ihn tut es mir leid. Ich wünschte, ich könnte ihm das ersparen. Er hat mich nie schlecht behandelt, das weißt du ja. Wir waren immer ein gutes Team. Es tut mir wirklich sehr leid für ihn. Aber …«

Sie verstummte. Plötzlich wurde ihm bewusst, dass es so klang, als hätte er seiner Tante einen Vorwurf gemacht. Weil sie Onkel Werner zurückließ. Dabei wollte er das nicht, auf gar keinen Fall.

»Tante Immi …«

»Ich war jung, als wir geheiratet haben«, unterbrach sie ihn. »Es hat sich eben so ergeben. Werner war nett zu mir. Außerdem war er Hoferbe, und da hat deine Großmutter mir natürlich mehr als gut zugeredet. Es war auch nicht *falsch*. Wir hatten gute Jahre. Eine gute Zeit.«

Jetzt sah sie ihn an. Traurigkeit lag in ihrem Blick.

»Aber ich habe mich immer nach irgendwas gesehnt«, sagte sie. »Ich habe mich immer gefühlt, als wäre ich nicht ganz. Als würde etwas fehlen.«

Sie schüttelte den Kopf und blickte wieder in Richtung Meer.

»Meine Hüfte!« Sie stieß ein ersticktes Lachen aus. »Sie tut gar nicht mehr weh. Wenigstens kaum noch. Es ist wie ein Wunder.«

»Das hört sich doch gut an«, sagte er.

Aber sie achtete gar nicht auf das, was er sagte.

»Das ist meine Chance!« Jetzt hatte sie Tränen in den Augen. »Davon habe ich immer geträumt.«

Toni wusste nicht, wie er sie trösten sollte. Er lächelte. Sie nahm seine Hand und drückte sie.

»Dann mach es«, sagte er. »Tante Ebba wird sich um Werner kümmern, ganz sicher. Und die anderen auch.«

Wieder war es, als hörte sie gar nicht richtig zu.

»Ich hab nur dieses eine Leben, weißt du? Und von so etwas wie hier habe ich immer geträumt. Ein bisschen Romantik.«

Sie sagte es mehr zu sich selbst als zu Toni. Dann wischte sie ein paar Tränen weg.

Eine Weile saßen sie da und schwiegen. Nur das Rauschen des Meeres war zu hören. Dann räusperte Tante Immi sich lautstark. Die Beichte war offenbar vorüber.

»Heute Abend ist eine Überraschung für dich geplant.«

»Ach ja? Was denn?«

»Das verrate ich nicht. Sonst ist es ja keine Überraschung. Ich will dir nur sagen … Tut mir leid, Toni, du weißt, ich hab dich sehr lieb, aber ich kann heute Abend nicht dabei sein. Ich kann nicht mit den anderen zusammensitzen und feiern, als wäre nichts. Ihr müsst das alleine machen. Die anderen können mich besuchen kommen, vielleicht im Winter. Bis dahin hat sich alles ein bisschen gesetzt. Sagst du ihnen Bescheid, dass ich nicht komme?«

»Ja, natürlich mache ich das.«

»Gut.« Sie drückte seine Hand.

»Tante Immi? Darf ich dich was fragen?«

»Natürlich. Alles.«

»Darf ich dich auch besuchen kommen im Winter?«

Sie lachte und nahm ihn in den Arm.

»Natürlich, du dummer Junge. Du darfst mich jederzeit besuchen. Ich würde mich riesig freuen.«

In seiner Hosentasche vibrierte das Handy.

»Entschuldige, Tante Immi«, sagte er, löste sich aus der Umarmung und zog es hervor. Es war Tante Ebba, die anrief. Von ihrem neuen Smartphone. Das war aber eine Ehre, dachte er, denn normalerweise benutzte sie das nur in Notfällen.

»Ist es was Wichtiges?«, fragte Tante Immi.

Tante Ebba wollte wahrscheinlich nur berichten, dass sie bei Alvaro nichts gefunden hatten und dass die Luft rein war, falls Immi wieder in seine Wohnung zurückwollte.

»Nein, aber ich muss kurz rangehen«, sagte er, stand auf und ging vorsichtshalber ein paar Meter die Promenade entlang. Nicht, dass Tante Immi noch mitbekam, wer am anderen Ende war.

»Toni Müller«, meldete er sich förmlich.

»Toni, ein Glück, dass ich dich erreiche«, kam es leise und gedämpft. »Du musst uns helfen, hörst du? Wir brauchen dich.«

Er warf einen Blick zu Tante Immi. Doch die sah nur gedankenverloren zum Meer.

»Wo seid ihr denn?«, flüsterte er.

»Bei Alvaro im Kleiderschrank.«

»Was?«

Er war zu laut gewesen, denn Tante Immi sah verwundert herüber.

»Was macht ihr da?«, schob er flüsternd hinterher.

»Wir stecken fest, Toni. Alvaro war gerade da, er ist in der Mittagspause nach Hause gekommen. Kamilla hat uns zu spät gewarnt, das war ja mal wieder typisch. Na ja, da sind wir in den Kleiderschrank, damit er uns nicht sieht. Und jetzt ... was soll ich sagen, jetzt kommen wir nicht mehr raus. Du musst uns helfen.«

»Ich kann hier nicht weg«, flüsterte er. »Sonst merkt Tante Immi, was Sache ist. Wieso kommt ihr denn nicht mehr raus, wenn ihr vorhin prima reingekommen seid?«

»Toni, jetzt werde nicht spitzfindig! Die Tür lässt sich von innen nicht öffnen. Glaub es mir einfach.«

»Ich meine nur, wenn ihr doch ...«

»Toni! Jetzt ist aber Schluss! Du kommst sofort her und befreist uns! Die Luft wird knapp hier drin, hörst du? Und sorge dafür, dass Immi nichts merkt.«

»Wie soll ich das denn machen? Ich habe doch ...«

Aber da war die Leitung bereits tot. Tante Ebba hatte einfach aufgelegt. Tante Immi hockte noch immer auf der Bank und lächelte ihm entgegen.

»Und? Alles geklärt?«, fragte sie.
»Ja, Tante Immi. Alles geklärt.«
Jetzt musste er sich schleunigst etwas einfallen lassen.

31

»Lange wär das auch nicht mehr gut gegangen in dem Schrank heute Mittag«, meinte Ebba etwas abfällig, während sie Toni die Augenbinde umlegte. »Deine Tante Helga wurde nämlich langsam unruhig.«

»Ich bitte dich, Ebba. Dazu hatte ich ja wohl auch allen Grund. Auf so engem Raum eingesperrt zu sein, und dann wird die Luft auch noch knapp.«

»Unsinn. Das ist alles eine Frage der Disziplin.«

Helga schüttelte den Kopf. »Du warst die Ruhe selbst, das habe ich gemerkt. Aber man kann mir wirklich keinen Vorwurf machen, finde ich. Oder, Kamilla?«

Ihre Schwester stand mit blassem Gesicht da und sagte nichts. Allein die Vorstellung schien ihr zuzusetzen. Ebba mochte sich lieber nicht ausmalen, was passiert wäre, wenn Kamilla mit ihr in den Schrank gesperrt worden wäre.

»Jedenfalls war die Befreiungsaktion ein Erfolg, und darauf kommt es an«, sagte Ebba.

Toni hatte sich ein Taxi genommen, um vor Immi die Wohnung zu erreichen. Mithilfe von Barry, der eilig ein zweites Mal gekommen war und die Tür geöffnet hatte, konnte er sie und Helga rechtzeitig aus dem Kleiderschrank befreien.

Ebba sah, wie Toni heimlich an der Augenbinde herumfingerte.

»Finger weg, Toni!« Sie schlug ihm unsanft auf die Hände. »Die Binde bleibt, wo sie ist!«

»Sonst ist es doch keine Überraschung!«, fügte Kamilla hinzu. »Das ist nur der halbe Spaß.«

Toni schien nicht besonders glücklich über seine Situation. Er stand mitten im Flur des ersten Obergeschosses. Da der Teppich jedes Geräusch schluckte, gab es nichts, was ihm als Orientierung gedient hätte. Ebba hatte die Augenbinde fest verknotet, sich mehrfach versichert, dass alles dicht war, und ihn danach ein paar Mal um die eigene Achse gedreht.

»Was habt ihr denn vor mit mir?«, fragte er gequält. »Jetzt sagt schon.«

»Das wirst du gleich sehen«, sagte Kamilla und kicherte. »Überraschung ist Überraschung.«

Sie war stolz auf das, was sie gemeinsam gezaubert hatten. Und Ebba ging es nicht anders. Es war nicht leicht gewesen, ihren Plan in die Realität umzusetzen. Aber sie hatten es hingekriegt, gegen alle Widrigkeiten. In Stresssituationen waren die Müller-Schwestern eben unschlagbar.

»Ich führe dich«, sagte Helga und legte sich Tonis Hand auf den Arm. »Halt dich einfach an mir fest, dann kann nichts passieren.«

Toni kannte das Hotel nicht gut genug, um zu ahnen, wohin sie ihn führten. Ebba ging voran und öffnete die hohe goldbeschlagene Tür. Helga warf ihr ein verschwörerisches Grinsen zu. Ihre Augen leuchteten. Warte es ab, Ebba, schien ihr Blick zu sagen, damit rechnet Toni nie im Leben.

Ein dumpfer Knall, und Helga blieb überrascht an Tonis Arm hängen. Dann ein Aufjaulen. Erst da bemerkten sie, dass Toni gegen den Türrahmen gedonnert war. Helga hatte ihn direkt dagegen geführt.

»Um Gottes willen!«, rief sie. »Entschuldigung, Toni! Da ist man mal eine Sekunde mit den Gedanken woanders, und dann passiert gleich so was! Das ist ja furchtbar.«

Sie legte den Arm um seine Schulter und führte ihn behutsam in den Raum. Nun, wo sie da waren, konnten sie ihn von der Augenbinde befreien. Toni verzog das Gesicht und betastete vorsichtig seinen Kopf.

Dann hob er den Blick. Was er sah, ließ ihn den Schmerz vergessen. Der kleine Ballsaal lag ganz im Dunkeln. Nur in der Mitte leuchtete eine festliche Tafel im Kerzenlicht. Ein großer, runder und großzügig gedeckter Tisch für fünf Personen. Kunstvoll drapierte Stoffservietten, Kristallgläser, in denen sich das Kerzenlicht brach, funkelndes Silberbesteck.

»Was ist denn hier los?«

»Gar nichts, das ist ja das Gute«, meinte Kamilla. »Der Raum war heute Abend frei, deshalb konnten wir ihn uns ausleihen. Der Manager darf natürlich nichts davon erfahren, aber … nun ja, wir werden es ihm auch nicht auf die Nase binden.«

»Aber woher habt ihr die Schlüssel? Und das ganze Zeug?« Er deutete auf den Tisch. Bewunderung spiegelte sich in seinem Blick.

Ebba schwellte stolz ihre Brust.

»Nun ja«, sagte sie würdevoll. »Ohne allzu sehr zu übertreiben, kann ich wohl behaupten, dass ich eine neue Freundin gefunden habe. Lucia, die Küchenchefin. Verantwortlich für mehr als zwanzig Angestellte.«

Tante Kamilla zwinkerte. »Sie hat sofort erkannt, aus welchem Holz Ebba geschnitzt ist. Die beiden haben sich auf Anhieb gut verstanden.«

»Aber …« Toni war fassungslos. »Ist das ein Abendessen? Für uns?«

»O ja, mein Junge«, sagte Ebba. »Und was für eins!«

Sie klatschte in die Hände, und die stuckverzierten Seitentüren öffneten sich. Die beiden Küchenhilfen, die Toni sonst hinter der Bühne halfen, schoben Servierwagen herein.

Wunderkerzen brannten, und der dunkle Raum leuchtete im Funkenregen. Etwas kitschig zwar, aber wunderschön.

»Ihr habt die Küchenchefin dazu gekriegt, uns das Abendessen hier oben zu servieren? Ich kann's nicht glauben.«

»Nein, Toni. Das ist nicht das Abendessen vom Hotel. Wir haben selber gekocht. Die Küchenchefin hat uns nur eine Ecke in der Küche zur Verfügung gestellt.«

»Ihr habt … was?«

»Dein Lieblingsgericht«, platzte Kamilla hervor. »Sauerbraten mit Rotkohl und Salzkartoffeln.«

»Und als Nachspeise gibt's Herrencreme«, meinte Ebba. »Aber die richtige, mit braunem Rum.«

»Und vorweg Emsländische Hochzeitssuppe«, sagte Helga. »Mit Zwiebackklößen.«

Toni schien seinen Ohren nicht zu trauen. Er starrte die Servierwagen an. Sein Blick wurde weich.

»Mit Zwiebackklößen? Und Herrencreme?« Er schien tatsächlich gerührt zu sein. »Und das habt ihr extra für mich gemacht?«

»Ja, und das war gar nicht so einfach«, meinte Kamilla. »Am Flughafen mussten wir nämlich die Hälfte der Zutaten abgeben. In der Sicherheitskontrolle.«

»Das gute Fleisch«, sagte Ebba. »Ich sage euch, auch wenn dieser Sicherheitsfuzzi ein Hornochse war. Ich hoffe doch, er hat das Fleisch mit nach Hause genommen, damit seine Frau einen ordentlichen Braten daraus machen kann.«

»Das war von unserm Metzger in Papenburg«, sagte Helga. »Und du weißt, bei dem kann man sicher sein, dass man noch Qualität kriegt.«

Toni konnte den Blick nicht von den Servierwagen lösen. Er schien den Tränen nah. Doch schließlich fasste er sich, sah auf und lachte in die Runde.

»Ihr seid unverbesserlich! Also, worauf warten wir noch? Ich stehe kurz vor dem Verhungern.«

»Das darfst du auch, nach allem, was du heute getan hast«, sagte Helga und knuffte ihn in die Seite.

Eine der Küchenhilfen schickte sich an, die Suppe aufzutragen, doch Ebba ging dazwischen. Das wollte sie selbst machen. Den Küchenhilfen überließ sie, die Sektgläser zu füllen.

Als die anderen an den Tisch traten, wurden sie still und nachdenklich.

»Ein Stuhl bleibt heute Abend frei«, sagte Kamilla.

»Immi hat gesagt, das Ganze soll sich erst mal setzen«, meinte Toni. »Es soll ein bisschen Gras drüber wachsen.«

»Was sollen wir nur zu Hause erzählen?«, meinte Helga seufzend. »Ich will gar nicht darüber nachdenken.«

Ebba stellte den ersten Suppenteller auf den Tisch.

»Jetzt setzt euch. Sonst wird die Suppe kalt.«

Schweigend nahmen sie Platz. Schließlich setzte sich Ebba ebenfalls, und sie begannen stumm und bedächtig zu essen. Toni war es, der das Schweigen schließlich brach.

»Die Suppe ist so köstlich, Tante Ebba! Ich kann es gar nicht glauben. Es ist so, als wäre ich zu Hause. So schmeckt Heimat.«

Das war ihm wohl nur so rausgerutscht, und Ebba glaubte auch nicht, dass er das wirklich ernst meinte. Trotzdem bedeutete es ihr viel. Es brachte ein bisschen Ordnung in das ganze Durcheinander mit Immi. Wenigstens hier und heute Abend war es ihr gelungen, die Familie wieder zusammenzuführen. Ein kleiner Erfolg, den sie dringend brauchte.

»Ich wünschte nur, Tante Immi wäre hier«, sagte Toni.

»Das geht uns wohl allen so«, meinte Ebba.

»Was wird denn eigentlich aus Onkel Werner?«

»Ich weiß nicht, Toni. Uns wird schon was einfallen. Wir kümmern uns um ihn. Er gehört schließlich zur Familie.«

»Auch wenn Werner das nicht immer so zeigen kann, liebt er doch seine Immi«, sagte Helga. »Das hat er immer getan.«

»Das wissen wir doch«, sagte Ebba. »Er ist ein bisschen spröde. Wie die Bauern bei uns halt sind. Das ist keine feurige Leidenschaft. Aber lieben tut er sie.«

»Sie sind ein gutes Team, die beiden«, sagte Kamilla. »Das ist auch viel wert. Sie haben sich immer ergänzt.«

»Und was ist mit dem Bauernhof?«, fragte Toni. »Und den Kühen?«

Ebba hob die Schultern. »Immi und Werner müssen sowieso früher oder später den Stab an die nächste Generation weitergeben. Sie sind beide längst im Rentenalter. Jetzt sind die Kinder gefragt.«

»Für die wird das sicher auch ein großer Schock sein«, meinte Helga. »Wenn sich Eltern scheiden lassen, ist das immer schrecklich. Erwachsen oder nicht.«

»Das wäre die erste Scheidung in unserer Familie.« Ebba hatte sichtlich mit dem Wort zu kämpfen. Es klang so kalt und förmlich.

»Wieso reicht ihr nicht einfach ein Flirt?«, meinte Helga. »So wie das alle anderen Frauen im Urlaub machen? Ist das alles nicht ein bisschen übertrieben?«

»Und auch ein bisschen selbstsüchtig«, fügte Kamilla leise hinzu. »So kenne ich unsere Immi eigentlich gar nicht. Die war ihr Leben lang immer für andere da. An sich selbst hat die doch zuletzt gedacht.«

»Vielleicht ist das ja der Grund«, sagte Toni. »Sie sehnt sich halt nach Romantik. Das hat sie mir jedenfalls gesagt. Und wenn sie es jetzt nicht macht, dann ist es zu spät. Dann ist sie irgendwann zu alt, meint sie.«

Alle starrten ihre Teller an. Der Appetit schien ihnen vergangen zu sein.

»Schluss jetzt«, meinte Ebba barsch. »Weg mit den trüben Gedanken. Wir sind heute Abend hier, um zu feiern. Ob mit oder ohne Immi.«

Sie hob ihr Sektglas.

»Auf Gran Canaria!«, sagte sie. »Und natürlich auf Toni! Deine Show war wunderbar, trotz allem. Du warst toll auf der Bühne.«

»Auf Toni!«

»Auf Gran Canaria!«

Sie stießen an und tranken.

Da klopfte es an der Tür. Helga fuhr erschrocken zusammen, und Kamilla verschluckte sich an ihrem Sekt.

»Ist das der Manager?«, hauchte Helga.

»Keine Bange«, sagte Ebba. »Der weiß nichts.«

Das hoffte sie jedenfalls.

Die Tür öffnete sich. Es war nicht der Manager. Stattdessen stand dieser junge Österreicher vor ihnen. Tonis Arbeitskollege.

»Entschuldigung, ich wollte nicht stören«, meinte er. »In der Küche hat man mir gesagt, ich könnte Sie hier finden.«

»Komm schnell rein und mach die Tür zu«, sagte Ebba. »Hat dich jemand gesehen?«

»Nein, natürlich nicht.« Er drückte die Tür ins Schloss. »Ich wollte nur … ich hab gehört, was passiert ist. Das tut mir alles leid. Und ich hab …« Er wandte sich an Toni. »Enrico hat mir das erzählt mit Klemens Horst. Und dass du deinen Tanten den Vorzug gegeben hast.«

Er wirkte plötzlich ganz verunsichert. Ebba runzelte die Stirn. Was war denn plötzlich mit dem Jungen los? Und wieso redete er so seltsam?

»Ich wollte mich nur verabschieden, Toni«, stammelte er.

»Du fliegst morgen, habe ich gehört. Ich ... Es war eine gute Zeit mit dir auf der Bühne.«

Er räusperte sich. »Tja, ich geh dann mal. Schönen Abend noch.«

»Nein!«, rief Toni. »Bleib doch ... Ich meine, vielleicht ... du könntest ...«

Ebba erkannte sofort, was Sache war. Sie ergriff eilig das Wort.

»Hier ist ein Platz frei«, sagte sie. »Setz dich doch zu uns. Oder setzen *Sie* sich doch zu uns, muss ich wohl sagen. Das ist die einmalige Gelegenheit, Emsländische Hochzeitssuppe zu probieren. Oder haben Sie heute schon zu Abend gegessen?«

»Natürlich hat er noch nicht gegessen«, sagte Kamilla. »Jedenfalls nicht genug. Seht ihn euch doch an, er ist ja nur Haut und Knochen, der Junge.«

»Setzen Sie sich schon«, rief Helga. »Ebba, ein Glas Sekt für unseren Gast!«

Tonis Wangen waren leuchtend rot, wie Ebba interessiert zur Kenntnis nahm.

»Wenn du nicht willst, musst du nicht, Sam«, sagte er eilig. »Falls du was anderes vorhast.«

Der junge Mann zögerte.

»Nein, ich ...«, sagte er und begann zu lächeln. »Ich würde gerne bleiben.«

Kamilla sprang auf, zog den Stuhl zurück und nahm den leeren Teller. Dann ging sie zur Suppenterrine.

Der Junge, der sich als Samuel vorstellte, nahm neben Toni Platz. Die beiden wirkten nebeneinander ganz verlegen. Ebba mochte ja altmodisch sein, aber auf den Kopf gefallen war sie nicht. Da lief doch was zwischen denen. Sie würde das im Auge behalten.

Die Gespräche wurden wieder aufgenommen, und der

Hauptgang folgte. Sauerbraten mit Rotkohl und Salzkartoffeln. Der Rotkohl hatte zwar nicht über Nacht ziehen können, aber er schmeckte trotzdem ganz passabel. Sogar mehr als das, glaubte man Tonis Schwärmereien.

Irgendwann richtete Ebba das Wort an Tonis Freund.

»Sagen Sie, Samuel, Sie können uns da sicher aufklären. Sind wir schuld an Tonis Jobverlust?«

»Also, das würde ich so nicht sagen«, sagte er vorsichtig und blickte Toni hilfesuchend an. »Ich denke, der Hauptgrund war Christoph … und das, was er in der Garderobe gemacht hat. Und natürlich die Tatsache, dass der Manager Toni ohnehin nicht leiden konnte. Ich denke nicht, dass man behaupten kann, Sie wären schuld daran.«

Ebba lächelte. Sehr diplomatisch, der Junge.

»Wir haben von Christoph gar nichts mehr gehört«, sagte Helga. »Dann hat die Polizei ihn wohl immer noch nicht geschnappt.«

»Ach was!«, sagte Kamilla. »Der ist bestimmt schon über alle Berge. Der ist gar nicht mehr auf der Insel.«

Sie sagte das etwas zu laut und gekünstelt. Ebba wurde sofort hellhörig.

»Weißt du was über die Sache, Kamilla?«

»Ich?«, kam es empört zurück. »Nein! Was soll ich denn wissen? Arbeite ich bei der Polizei? Das ist doch Unsinn!«

Ebba runzelte die Stirn. Jetzt war klar, dass sie etwas wusste. Aber was immer das war, sie wollte Kamilla ihr kleines Geheimnis lassen. Der Stalker war weg, und das war die Hauptsache.

»Ich bin jedenfalls froh, dass er nicht mehr aufgetaucht ist«, meinte Toni. »Und ich hoffe, das bleibt auch so.«

Dann wechselte er das Thema. »Was ist eigentlich mit deinem Zahnarzt, Tante Helga? Hast du den gar nicht mehr getroffen?«

Nun war es an Helga, verlegen zu wirken. Außer Ebba wusste ja keiner, was zwischen den beiden vorgefallen war.

»Vermutlich hat er das Interesse verloren«, sagte Ebba schnell. »Männer – was soll man anderes erwarten?«

»War das dieser ältere Herr, mit dem Sie am Pool gesessen haben?«, fragte Samuel. »Neulich nach der Show?«

Helga nickte tapfer. Das Ganze war ihr furchtbar unangenehm. Samuel machte jedoch ein Gesicht, als könnte Helga sich beglückwünschen.

»Nehmen Sie's nicht persönlich«, sagte er. »Es war das Beste, was Ihnen passieren konnte.«

»Das sage ich auch«, meinte Kamilla. »Auf solche Typen ist kein Verlass. Nimm es nicht persönlich, Helga.«

»Nein, ich meine das wortwörtlich.« Samuel fing an zu kichern. »Ich habe den Typen gestern an der Rezeption getroffen. Er hat mich zunächst gar nicht gesehen. Ich hab gehört, wie er den Pagen nach einem Arzt für Geschlechtskrankheiten gefragt hat. Als er mich entdeckt hat, war ihm das furchtbar peinlich.«

Kamilla und Toni lachten los, und auch Ebba bemühte sich, in das Gelächter einzustimmen. Helga versteifte sich allerdings, und ihre Augen quollen beinahe hervor. Nicht auszudenken, wie Wolfgang reagiert hätte, wenn sie mit einer Geschlechtskrankheit nach Hause gekommen wäre. Sie nahm ihren Sekt und schüttete ihn in einem Zug herunter. Sicher fühlte sie sich gerade, als wäre sie um ein Haar von einem Zug überrollt worden.

Um sie alle auf andere Gedanken zu bringen, teilte Ebba den Nachtisch aus. Emsländische Herrencreme. Toni konnte gar nicht genug davon bekommen, er nahm sich zweimal nach und jammerte dabei ständig, dass er doch eigentlich auf sein Gewicht achten müsse. Was Ebba nur ein müdes Lächeln hervorlockte. Dieser Hungerhaken.

Die Gespräche am Tisch wurden wieder aufgenommen. Als sich die anderen über Travestieshows unterhielten, nutzte Ebba die Gelegenheit und wandte sich an Helga, die immer noch mit geschocktem Gesicht dasaß.

»Siehst du, es ist immer alles für was gut«, sagte sie leise zu ihr, damit die anderen es nicht hörten. »Diese Affäre hättest du teuer bezahlt.«

»O ja, da hast du wohl recht. Lieber Gott. Was da los gewesen wäre. Ebba, ich hätte nie wieder alleine aus dem Haus gehen können. Nicht mal zum Kegeln.«

Ebba lächelte. »Da haben wir ja alle Glück gehabt, dass Wolfgang in Zukunft nicht bei unseren Frauenabenden mit am Tisch sitzt.«

Helga lächelte. Sie schien sich allmählich zu erholen.

»Ich glaub ja, Kamilla weiß was über Christoph«, sagte sie leise.

Ebba sah unauffällig zu ihrer Schwester, die mit Toni und Sam plauderte.

»Irgendwas stimmt da nicht«, sagte sie. »Das habe ich mir auch schon gedacht. Aber lassen wir ihr das kleine Geheimnis, oder?«

»Früher oder später verplappert sie sich eh.«

»Das denke ich auch.«

»Und Toni scheint sich ja ausgesprochen gut mit diesem Jungen zu verstehen, nicht wahr?«, fügte Helga mit einem verschwörerischen Lächeln hinzu. »Schade, dass Immi nicht da ist. Die würde die beiden jetzt sicher in richtig peinliche Situationen bringen. Vor lauter Freude darüber, dass Toni sich verknallt hat.«

»Wenn du willst, kann ich das übernehmen.«

Helga lachte. »Nein, lass das lieber.«

Ebba nahm die Sektflasche, umrundete den Tisch und goss allen nach.

»Das Problem ist«, sagte Samuel gerade zu Kamilla. »Wenn man als Junge auf die Welt kommt, dann muss man sich anziehen, als wäre man eine Lesbe. Keine Puffärmel, keine Röcke, keine Schleifen im Haar, gar nichts.«

Und Kamilla erwiderte offenherzig: »So habe ich das noch gar nicht betrachtet. Das ist ja interessant.«

»Ja, sage ich doch. Deshalb habe ich mein Interesse an Mode erst erkannt, als ich schon erwachsen war.«

Als Ebba ihrem Neffen von dem Sekt nachschenkte, beugte sie sich über sein Ohr.

»Wer ist der junge Mann?«, fragte sie mit einem wissenden Lächeln. »Einfach nur ein Arbeitskollege?«

Toni lächelte zurück, doch in seinen Augen lag große Ernsthaftigkeit.

Ebba kehrte zu ihrem Platz zurück und hob das Glas.

»Ich möchte noch einen Toast aussprechen«, sagte sie.

»Erst mal vielen Dank für das Essen!«, rief Toni dazwischen. »Das war wirklich großartig.«

»Da kann ich mich nur anschließen«, sagte Samuel. »Unglaublich lecker.«

»Wenn ich die Augen zumache, bin ich in Papenburg«, meinte Toni. »Nur, dass hier keine Mücken sind.«

Die Schwestern lachten. Es hatte sich also doch gelohnt, das alles auf sich zu nehmen. Ebba hob erneut das Glas.

»Es war ein wunderschöner Urlaub auf Gran Canaria«, sagte sie. »Auch wenn es ein paar kleinere … wie soll ich sagen … Irritationen gegeben hat.«

Dabei wollte sie an die Sache mit Immi jetzt lieber gar nicht denken. Das war die eigentliche Katastrophe, doch darüber würden sie noch genug reden müssen, wenn sie erst zurück in Papenburg wären.

»Eines möchte ich dir noch sagen, Toni. Ich weiß, du willst nicht auf den Hof von deinem Großonkel Hubert. Und das ist auch gut so. Es ist deine Entscheidung, und wir werden sie respektieren.«

»Wer weiß, vielleicht überlege ich es mir ja noch«, meinte Toni.

Ebba sah ihn verwundert an. In seinen Augen leuchtete der Schalk, trotzdem glaubte sie auch einen Funken Ernsthaftigkeit zu spüren.

»Das ist ein Scherz, oder?«, fragte Tante Helga.

»Ach, gebt mir ein paar Tage Zeit. Irgendwie wäre es ja doch ganz schön, wieder zu Hause zu sein. Bei euch in der Nähe.«

Ebba wechselte einen Blick mit Helga und Kamilla. Die beiden nickten zufrieden.

»Also dann«, sagte Ebba. »Darauf stoßen wir an!«

»Auf uns!«, rief Toni, und sie ließen ihre Gläser aneinanderklirren.

32

Ein Flugzeug stieg über den felsigen Hügeln auf. Die Sonne blitzte auf den Tragflächen, ein leises Dröhnen war zu hören, dann wurde es schnell kleiner und verschwand langsam im Himmel. Toni sah ihm durchs Taxifenster hinterher. Nicht mehr lange, dann würden auch seine Tanten dort oben in den Himmel abheben. Ihr Urlaub war zu Ende.

»Bist du sicher, dass du nicht auf Immis Ticket zurückfliegen willst?«, fragte Tante Helga vom Rücksitz.

»Ja, natürlich.« Toni warf seinen Tanten einen Schulterblick zu. »Ich habe im Internet einen spottbilligen Flug gefunden, der in ein paar Tagen geht. Das Umbuchen wäre uns wahrscheinlich teurer gekommen.«

»Er will noch etwas bleiben«, erklärte Tante Kamilla. »Wegen Samuel.«

Was auf der Rückbank ein verzücktes Lächeln auslöste. Toni wandte sich wieder der Straße zu. Der Taxifahrer verstand zum Glück kein Deutsch. Er lenkte das Fahrzeug stumm und gleichmütig über die Autobahn in Richtung Flughafen.

»Nun sag schon, Toni«, beharrte Tante Kamilla. »Es ist doch wegen dem Jungen, oder? Deshalb bleibst du noch.«

Toni war schon im Begriff, etwas Abwehrendes zu sagen, aber dann überlegte er es sich anders.

»Ja, Tante Kamilla. Du hast recht. Es ist wegen Sam.«

»So ein netter Junge, Toni«, sagte sie. »Das habe ich mir ja gleich gedacht.«

»Er ist heute Nacht im Hotel geblieben«, ließ Tante Helga die anderen wissen. »Bei Toni auf dem Zimmer.«

Und Tante Ebba beugte sich vor und sagte: »Du siehst, Toni, deinen Tanten entgeht nichts.«

Dann lächelten sie wieder, sanken zurück in ihre Sitze und sahen aus dem Fenster. Die heiße Nachmittagssonne stand tief am Himmel. Die Hügel links und rechts der Autobahn waren völlig ausgedörrt. Flirrende Luft stand über den verbrannten Grasnarben. Vor ihnen lag der Flughafen, dahinter glitzerte das Meer in der Sonne. Das Wetter zeigte sich noch einmal von seiner besten Seite.

Toni drehte sich um. Die Tanten saßen schweigend auf der Rückbank und hingen ihren Gedanken nach. Es herrschte plötzlich Abschiedsstimmung. In ein paar Stunden würden sie in Deutschland landen, über das gerade ein ausgedehntes Regentief zog.

Wenig später waren sie auf dem Flughafengelände. Toni half dem Fahrer, die schweren Koffer aus dem Auto zu wuchten. Seine Tanten wollten Toni dazu bewegen, mit dem Taxi gleich wieder zurückzufahren, aber er lehnte ab. Er wollte sie bis zur Sicherheitskontrolle begleiten. Für alle Fälle, sagte er sich. Auf dem Hinweg war ja einiges schiefgegangen.

In der Abflughalle war an diesem Nachmittag nicht viel los. Nur wenige Schalter hatten geöffnet, und dort ging es sehr gemächlich zu. Toni erkannte schnell, an welchem Schalter seine Tanten einchecken mussten.

»Du kannst uns ruhig alleine lassen, Toni«, sagte Tante Ebba. »Den Rest schaffen wir schon.«

»Wir fliegen ja nicht das erste Mal«, fiel Tante Helga ein.

»Nein, nein. Ich bleibe bei euch, bis ich nicht mehr weiterdarf. Nur zur Sicherheit.«

Toni steuerte den Check-in für den Flug nach Düsseldorf

an. Mit Tanten und Koffern reihte er sich hinten in die Schlange ein. Dann hieß es warten.

»Habt ihr euch noch von Tante Immi verabschiedet?«, fragte er.

»Ja, heute Morgen«, meinte Tante Helga. »Das war schon seltsam. Ich meine, sie bleibt wirklich hier. Es fühlt sich ganz komisch an, das Ganze. Ich kann es immer noch nicht glauben.«

»Sie ist glücklich«, meinte Tante Ebba. »Wer wollte ihr das streitig machen?«

»Du hast recht, Ebba«, fügte Tante Kamilla hinzu. »Ich freu mich für sie. Dieser Alvaro scheint ein feiner Kerl zu sein.«

»Trotzdem«, sagte Tante Helga. »Sie kennt ihn doch erst seit ein paar Tagen. Da kann sie doch nicht gleich ihr ganzes Leben umschmeißen. Ich meine, wegen ein paar Tagen. Das ist verrückt.«

»Lass gut sein, Helga«, meinte Tante Ebba. »Immi weiß sehr genau, was sie macht.«

Das brachte Tante Helga zum Schweigen. Auch wenn der angestrengte Zug um ihre Mundwinkel vermuten ließ, dass sie die Meinung ihrer ältesten Schwester nicht ganz teilte.

Vorne wurde ein weiterer Schalter geöffnet. Eine Frau in Uniform rief etwas auf Spanisch, dann kam Bewegung in die Schlange. Überall wurden Jacken und Koffer zusammengerafft.

Die Tanten brachen sofort in Hektik aus. Sie sahen sich verstört um und hielten krampfhaft das Gepäck fest, als wären Plünderer über sie hergefallen.

»Was ist denn jetzt los?«, rief Tante Kamilla. »Was passiert hier?«

»Da macht nur ein zweiter Schalter auf«, sagte Toni.

Doch es half nichts. Das Durcheinander war perfekt.

»Fliegen wir trotzdem?«, rief Tante Kamilla panisch.

»Wo müssen wir denn jetzt hin?«, kam es von Tante Ebba. »Toni, jetzt sag doch schon. Hilf uns!«

Und Tante Helga rief: »Wir verpassen unseren Flug!«

»Nein, nein«, sagte Toni und schob sie zurück in die Schlange. »Wir bleiben einfach hier stehen. Es ist nichts passiert.«

Tante Ebba beruhigte sich wieder. Auch sie hatte jetzt erkannt, dass sich einfach nur eine neue Schlange gebildet hatte.

»Flughäfen«, kommentierte sie. »Ich werde mich nie mit ihnen anfreunden.«

Toni sagte nichts dazu. Aber er fand, dass es eine gute Idee gewesen war, sie bis zur Sicherheitsschleuse zu begleiten.

Sein Blick fiel auf die Nachbarschlange. Mehr und mehr Fluggäste trafen ein. Plötzlich erschrak Toni. Er traute seinen Augen nicht. In der Schlange neben ihnen war ein bekanntes Gesicht.

»Da ist ja Klemens Horst«, meinte Tante Kamilla, die ihn ebenfalls entdeckt hatte.

»O Gott, hoffentlich sieht der nicht zu uns rüber«, sagte Tante Helga. »Nicht, dass wir uns schämen müssen.«

Toni wollte sich eilig wegdrehen, denn er schämte sich schon jetzt. Aber es war zu spät. Klemens Horst hatte sie ebenfalls entdeckt. Zu Tonis Überraschung hellte sich sein Gesicht jedoch auf. Er sagte etwas zu seinem Assistenten, der neben ihm stand und telefonierte, dann kam er auf sie zu.

»Sie sind Toni Müller, nicht wahr?«, begrüßte er ihn. »Ich hab Sie gleich erkannt.«

Toni blieb wie angewurzelt stehen. Ihm war zwar bewusst, dass er den Produzenten mit offenem Mund anstarrte, aber er konnte nichts dagegen tun.

Klemens Horst nickte den Tanten freundlich zu.

»Wir haben uns ja schon kennengelernt«, sagte er. »Ich muss mich wohl entschuldigen, dass ich Sie ohne ein Wort habe stehen lassen.«

»Nein, wir müssen uns entschuldigen«, sagte Tante Helga. »Wir hätten Sie nicht so überfallen dürfen.«

»Sie wollten Ihrem Neffen helfen, das ist nachvollziehbar. Nur leider passiert mir so was viel zu häufig. Deswegen war ich wohl ein bisschen genervt.«

Er lächelte Toni an, der immer noch reglos dastand.

»Ich hab an dem Abend im Hotel mal in die DVDs reingesehen.« Klemens Horst lachte. »Nicht in Ihre Schulaufführungen, keine Angst. Aber in die Abschlussarbeit an der Schauspielschule und in eine Folge vom ›Männerknast‹. Das ist eigentlich nicht der normale Weg, wie ich auf Schauspieler aufmerksam werde. Aber ich muss sagen, ich bin interessiert. Wir suchen gerade noch jemanden für eine Rolle, da wären Sie perfekt.«

»Ich … also, das ist … Ich bin …«

Tante Kamilla sprang ein.

»Das ist ja phantastisch«, sagte sie. »Toni wird gerne zu einem Casting kommen. Haben Sie den Namen seiner Agentin?«

»Ja, den hab ich. Die Castings sind in zwei Wochen in Köln.« Er wandte sich an Toni. »Können Sie da sein?«

Toni konnte gar nicht glauben, was da gerade passierte.

»Ja! Ja, natürlich.« Dann begann er zu strahlen. »Danke. Vielen Dank. Ich komme liebend gerne.«

»Bedanken Sie sich nicht bei mir. Bedanken Sie sich bei Ihren Tanten. Die waren sehr hartnäckig.«

Sein Assistent winkte ihn zu sich. Es ging offenbar um das Telefonat, das er führte. Er wollte seinem Chef etwas mitteilen.

»Ich muss wieder zurück«, sagte Klemens Horst. »Guten

Flug, die Damen. Und wir sehen uns dann in zwei Wochen in Köln, Herr Müller.«

Damit ließ er den völlig verdatterten Toni stehen. Seine Tanten begannen zu strahlen. Tante Kamilla nahm ihn stürmisch in den Arm, und Tante Ebba schlug ihm anerkennend auf die Schulter.

»Na also, Junge«, sagte sie. »Wer sagt's denn!«

»Das müssen wir feiern!«, rief Tante Helga.

»Ich hab immer gesagt, aus dir wird mal was«, meinte Tante Kamilla. »Ich bin so stolz, mein Junge.«

Toni begriff langsam, was passiert war. Klemens Horst interessierte sich für ihn. Es war einfach so passiert.

»Was für ein Abenteuer«, sagte Tante Kamilla. »Wir müssen gleich noch einen Prosecco aufmachen. Denn damit haben wir …«

Sie stockte und sah über Tonis Schulter hinweg in die Halle. Ihre Gesichtszüge erstarrten.

Verwundert drehten sich alle um. Hinter ihnen in der Halle stand Tante Immi. Sie trug ihr blaues Flatterkleid, ihre Strickjacke hatte sie über den Arm gelegt. Neben ihr stand der große Koffer, mit dem sie gekommen war. Ihr Blick war ernst.

»Immi!«, sagte Tante Kamilla überrascht.

»Ja«, sagte sie. »Da bin ich.«

Sie nahm den Griff des Rollkoffers und kam näher. Als sie die Gruppe erreicht hatte und Koffer und Tasche abstellte, verzog sie schmerzhaft das Gesicht.

»Au. Meine Hüfte.«

Tante Kamilla war die Erste, die die Sprache wiederfand.

»Aber was ist denn passiert? Hast du dich mit Alvaro gestritten?«

Tante Immi lächelte traurig.

»Nein, ganz im Gegenteil«, sagte sie.

»Aber warum bist du dann hier?«, fragte Tante Helga. »Ich begreife das nicht. Es muss doch was passiert sein.«

»Was passiert ist, fragst du? Der Urlaub ist um, das ist passiert. Und das habe ich erst begriffen, als ihr weg wart. Mir ist klar geworden, dass das Ganze nur eine Auszeit war. Eine Auszeit von unserem Alltag.«

Tante Immi hielt sich mit der Hand die schmerzende Hüfte. Sie versuchte zu lächeln, was ihr kläglich misslang.

»Ich habe mich an meine Pflichten erinnert«, sagte sie. »An meine Verantwortung. Vor allem Werner gegenüber. Ich kann doch nicht einfach hierbleiben. Ganz egal, wie sehr mir das gefiele. So bin ich nicht. Ich kann das nicht. Für ein paar Tage habe ich geglaubt, es wäre anders. Aber nachdem ihr euch heute Morgen verabschiedet habt, ist die Realität zu mir durchgedrungen. Ich habe einen Hof in Papenburg. Einen Mann. Und Kinder. Ich habe eine Aufgabe. Das alles kann ich doch nicht einfach so wegwerfen. Ich würde Werner das Herz brechen, und das hat er nicht verdient. Keiner hat das verdient.«

Ihre Schwestern schwiegen. Keine von ihnen widersprach ihr, aber alle schienen Mitleid mit Immi zu haben, das glaubte Toni jedenfalls an ihren Gesichtern ablesen zu können.

»Ich habe Alvaro gesagt, er soll mich zum Flughafen bringen«, sagte Tante Immi. »Wir haben uns draußen verabschiedet. Ich wollte nicht …«

Sie stockte und sah für einen kurzen Moment so aus, als würde sie gleich zu weinen beginnen. Aber sie hatte sich sofort wieder unter Kontrolle.

»Ich wollte nicht, dass er mit reinkommt. Ihr habt mein Ticket doch nicht etwa auf Toni umschreiben lassen?«

»Nein, keine Sorge«, sagte Tante Ebba.

Tante Immi nickte. Sie reihte sich mit ihrem Koffer in die Schlange ein.

»Ist das nicht Klemens Horst?«, fragte sie plötzlich.

»Er ist es tatsächlich«, sagte Tante Kamilla. »Und er hat Toni eine Rolle angeboten. Ist das nicht aufregend?«

»Eine Rolle?« Tante Immi sah ihn ungläubig an. »Ist das wahr, Toni?«

»Na ja, es ist erst mal ein Casting. Aber es stimmt tatsächlich. Das habe ich euch zu verdanken.«

»Oh, Toni, das ist ja wunderbar!«, rief sie aus. Alvaro schien für den Augenblick vergessen. »Ich freu mich so für dich.«

Sie umarmte ihn stürmisch, dann trat sie zurück und nahm sein Gesicht in ihre Hände. »Ich wusste, dass du auf einem guten Weg bist«, sagte sie leise und nur für seine Ohren bestimmt. »Halt einfach daran fest. Mach deine Träume wahr, Toni.«

Ehe er etwas erwidern konnte, waren sie plötzlich am Abfertigungsschalter angekommen. Hektik brach aus. Seine Tanten schoben und wuchteten ihre Koffer zum Laufband, redeten auf die arme Uniformierte ein, stritten übers Handgepäck und suchten panisch ihre plötzlich verschwundenen Tickets.

Toni betrachtete das Spektakel mit einem gewissen Sicherheitsabstand. Nachdem die Koffer auf dem Laufband verschwunden waren und Tante Ebba die Bordkarten entgegengenommen hatte, gingen sie gemeinsam zur Sicherheitskontrolle.

»Dann ist die Sache mit Onkel Hubert wohl hinfällig«, kommentierte Tante Helga.

»Das war sie doch sowieso schon«, meinte Tante Immi.

»Nicht unbedingt. Aber jetzt, wo Toni so eine wichtige Rolle bekommt, ist es wohl wirklich entschieden.«

»Tut mir leid«, sagte er. »Dabei fand ich die Idee am Ende gar nicht so schlecht.«

Schließlich folgte das große Abschiednehmen. Man umarmte und drückte sich, Küsschen wurden verteilt.

»Ich komme euch besuchen«, sagte Toni. »Ganz bald.«

»Ja, lass nicht zu lange auf dich warten.«

»Spätestens Weihnachten. Oder zu Tante Helgas Geburtstag im November.«

»Dann sehen wir uns im November«, sagte Tante Helga. »Mach's gut, Toni. Es war sehr schön bei dir.«

Wieder folgten Umarmungen und Küsschen, dann verschwanden die Tanten im Sicherheitsbereich. Kaum hatte Tante Ebba die Sicherheitsleute erreicht, fielen laute Worte. Toni verstand nicht, worum es ging, aber er war davon überzeugt, dass sie sich schon alleine behaupten würden.

Er wandte sich ab und verließ das Gebäude. Draußen blendete ihn die Sonne. Ein warmer Wind fuhr durch seine Haare. Im Hotel wartete Sam auf ihn. Toni hatte ihnen beiden von seinem letzten Gehalt noch eine weitere Nacht spendiert. Er konnte kaum abwarten, wieder bei ihm zu sein. Er winkte ein Taxi heran und schwang sich auf die Rückbank.

»Zum Hotel Las palmeras del las islas«, sagte er und zog die Tür von innen zu.

33

Es war ein Zweibettzimmer, auf das man Immi gelegt hatte. Die andere Patientin, eine junge Frau mit einer Sportverletzung, war bereits am Morgen entlassen worden, und so hatte Immi das Zimmer jetzt doch für sich allein. Blumen standen auf dem Nachttisch, und die Sonne schien durchs Fenster herein. Von ihrem Bett aus hatte Immi einen schönen Blick auf den Park des Krankenhauses und den dahinterliegenden Kiefernwald.

Es hätte schlimmer kommen können, dachte Ebba, als sie ins Zimmer trat. Hier ließ es sich durchaus aushalten.

Helga und Kamilla folgten ihr mit besorgten Gesichtern.

Immi war wach. Sie lag auf dem Rücken und sah durchs Fenster hinaus in den Himmel. Die Schwestern verteilten sich rund um das Bett.

»Wie geht's dir?«, fragte Kamilla. »Wie war die OP?«

»Alles gut gelaufen«, sagte Immi schwach. »Ich hab Schmerzen, aber sie haben mir was dagegen gegeben.«

Sie wirkte ziemlich angeschlagen, und Ebba hatte den Verdacht, das lag nicht nur an der OP. Immi war ein harter Hund, gerade was Schmerzen anbelangte, das hatte sie in den vergangenen Monaten bewiesen. Für gewöhnlich ließ sie sich in dieser Hinsicht nichts anmerken, doch das war heute anders.

»Von jetzt an geht's bergauf«, sagte Kamilla. »Wirst schon sehen. Es wird jeden Tag ein bisschen besser.«

»Und irgendwann bist du wieder ganz die Alte«, fügte Helga hinzu.

Immi nickte. Den Blick hielt sie dabei auf die Bettdecke gerichtet.

»Ja, ganz die Alte«, sagte sie tonlos.

Ebba beschloss, das Thema zu wechseln.

»Toni hat die Rolle!«, sagte sie freudig. »In der Produktion von Klemens Horst. Es ist eine der Hauptrollen.«

»Das ist ja wunderbar«, sagte Immi. »Das freut mich für ihn. Er hat es sich so gewünscht.«

»Er sagt, es sei ein Riesenerfolg«, meinte Helga. »Weil er damit ins ernsthafte Fach wechseln kann.«

»Er ist gerade in Köln, wo die Dreharbeiten anfangen«, erzählte Kamilla. »Aber er will uns am Wochenende besuchen. Er sagt, mit dem Zug geht das ganz schnell nach Papenburg. Er fährt über Münster.«

»Und was ist mit Samuel?«, fragte Immi. »Ist der auch in Köln?«

»Nein«, sagte Ebba. »Der ist auf Gran Canaria geblieben.«

Das schien Immi zu enttäuschen. »Oh«, sagte sie.

»Nein, es ist anders, als du denkst«, sagte Ebba. »Die Dreharbeiten werden hauptsächlich auf den Kanaren stattfinden. Toni wird viel Zeit dort unten verbringen.«

»Na, da bin ich ja beruhigt. Dann geht es also weiter mit den beiden.«

»Ja.« Ebba nahm die Blumen auf dem Nachttisch in Augenschein. »War Werner schon da?«

»Ja, natürlich. Er kommt jeden Tag. Er weiß doch gar nicht, was er alleine zu Hause anfangen soll. Er kann sich ja nicht mal ein Ei in die Pfanne hauen.«

Die Schwestern schwiegen. Vermutlich wanderten ihrer aller Gedanken zu Alvaro.

»Dann ist es doch gut, dass er dich hat«, meinte Ebba.

»Er spürt, dass er mich beinahe verloren hätte«, sagte Immi leise. »Er redet nicht darüber, aber ich kann es ihm anmerken. Wenn er zu Besuch ist, will er gar nicht mehr gehen. Und sooft, wie er hier ist, muss der Hof ziemlich leiden.«

Helga musterte die Blumen, die Werner mitgebracht hatte.

»Die sind aus dem ALDI, oder?«, meinte sie. »Hat er wenigstens die Plastikhülle vorher entfernt?«

»Ach was, du kennst doch Werner«, sagte Immi und begann zu lachen. Sie versuchte sich aufzurichten, gab es aber mit schmerzverzerrtem Gesicht gleich wieder auf. »Eine neue Hüfte! Jetzt gehöre ich endgültig zum alten Eisen.«

»Ach was! Wer sagt denn so was?«, kam es von Kamilla. »Mechthild Hallmann hat eine neue Hüfte, und sieh dir an, was die alles macht! Die ist im Garten, auf dem Acker. Sie reitet sogar wieder. Und sie sieht blendend aus. Man könnte denken, sie wäre gerade fünfzig geworden.«

»Fünfzig!« Immi schnaubte. »Diese alte Wachtel. So wie die aussieht, könnte die doch meine Großmutter sein.«

Das brachte die anderen zum Lachen. Plötzlich schien die Trübsal im Raum wie weggeblasen. Ebba war erleichtert. Sie wusste, dass Immi mit dem Altwerden nicht nur die neue Hüfte gemeint hatte. Es ging auch um die vertane Chance, noch mal neu anzufangen. Alles hinter sich zu lassen. Beinahe hätte Immi damit Ernst gemacht.

Die Tür öffnete sich, und der Stationsarzt kam herein. Ein junger Mann mit professionell zuversichtlichem Gesichtsausdruck. Er sah die Schwestern am Bett stehen und lächelte.

»So viele hübsche Frauen auf einmal«, sagte er mit aufgesetzt guter Laune. »Das kann einen ganz aus dem Konzept bringen.«

Sie verdrehten die Augen. Wen glaubte der denn vor sich zu haben?

»Wenn Mechthild noch hier wäre, dann wär's ganz um ihn geschehen«, bemerkte Immi und entlockte damit den anderen ein Kichern.

Der junge Arzt ließ sich dadurch keineswegs aus dem Konzept bringen.

»Wie geht's Ihnen denn?«, fragte er Immi. »Die Werte sind hervorragend. Wie aus dem Lehrbuch.«

»Ich hab ziemliche Schmerzen. Und ich kann mich kaum bewegen.«

»Das ist ganz normal nach der OP. Alles ist wie geplant verlaufen. Man kann Ihnen gratulieren.«

»Dann wird es also besser werden mit den Schmerzen?«

»Ob es besser wird?« Er sah auf und lächelte. »Keine Angst, eins kann ich Ihnen versprechen: Eine neue Hüfte, das ist wie ein neues Leben.«